有栖川有栖

幻想運河

実業之日本社

実業之日本社文庫

目次

宏と
鏡恵さんに

アムステルダム中心部

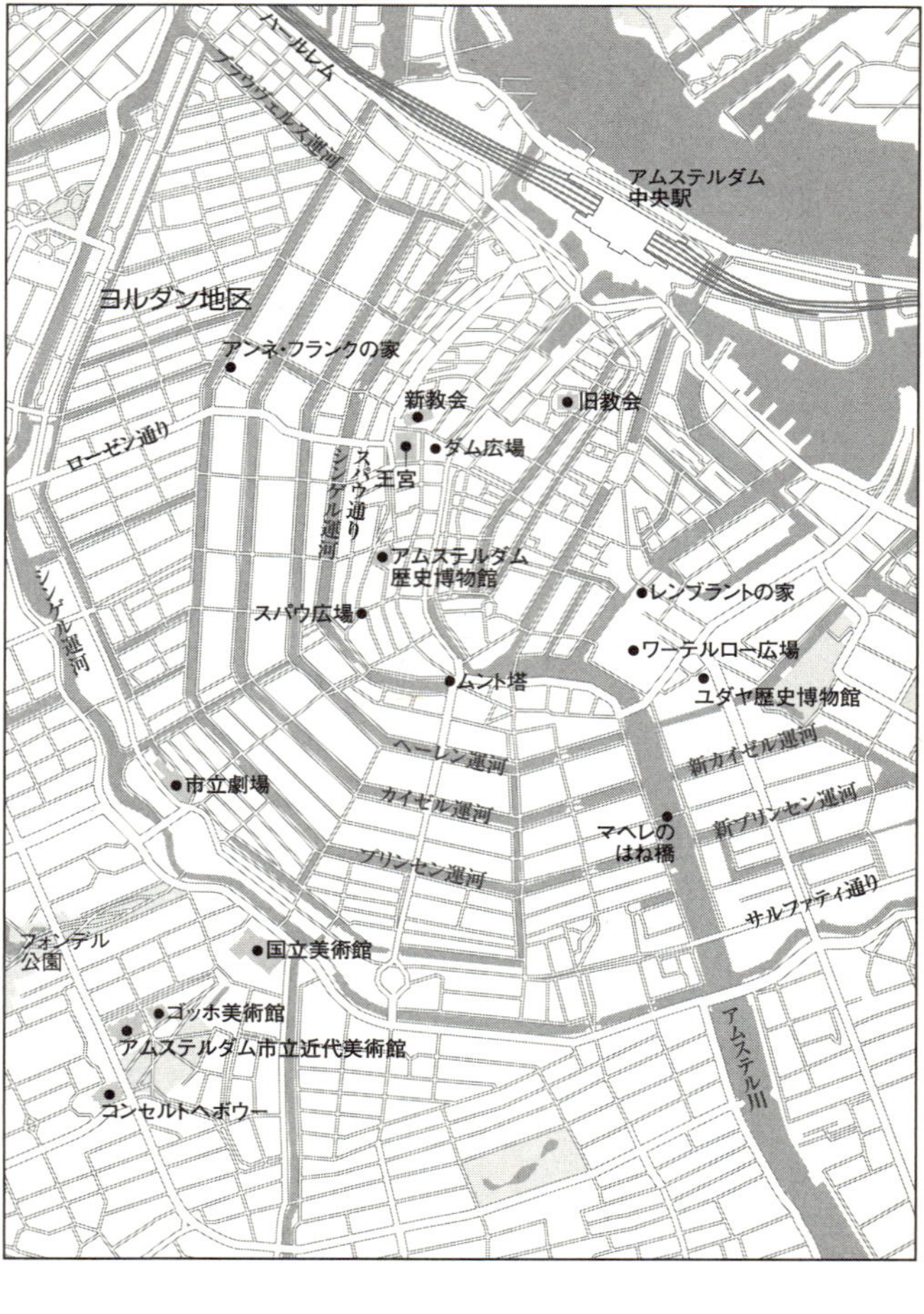
N
ハールレム
ブラウヴェルス運河
アムステルダム
中央駅
ヨルダン地区
アンネ・フランクの家
新教会
旧教会
ローゼン通り
ダム広場
王宮
スパウ通り
シンゲル運河
アムステルダム
歴史博物館
レンブラントの家
スパウ広場
シンゲル運河
ワーテルロー広場
ムント塔
ユダヤ歴史博物館
ヘーレン運河
新カイゼル運河
市立劇場
カイゼル運河
マヘレの
はね橋
新プリンセン運河
プリンセン運河
サルファティ通り
フォンデル
公園
国立美術館
アムステル川
ゴッホ美術館
アムステルダム市立近代美術館
コンセルトヘボウー

大　阪

OSAKA

1

何かの物音で目が覚めた時、彼は、自分がどこにいるのか皆目判らなかった。無理な姿勢をしていたためか、腰のあたりが少し痛む。尻の下のひんやりとした感触は、どうやらコンクリートから伝わってくるものらしい。

「あれ……」

寝呆《ねぼ》けた呟《つぶや》きを洩《も》らしながら音がする方を見ると、倒れたごみ箱からこぼれた残飯を痩《や》せた黒犬がつがつと漁《あさ》っているところだった。ちらりと上目遣いにこちらを見た犬とまともに目が合う。気弱で、情けない目をしていた。

もう空が明るい。

ただ、微かな朝靄《あさもや》に景色がかすんでいる。

目をこすって腕時計の針を読むと、五時五十分だ。三時前までの記憶はあるから、二時間ほど人事不省になっていたことになる。まだ酒気が残っていた。額に手をやったまま、彼は意識を失う直前の様子を思い出そうとする。

東京本社に栄転する同期入社の同僚のための歓送会があった。小さなパブを借り切っての一次会はまずは愉快なものだったが、その後の二次会のカラオケボックスにまで、四十近い課長がのこのこついてきたのがよくなかった。ふだんから酒の席になると「早く東京に帰して欲しいよ」「こんなとこに飛ばされてさ」と愚痴るので、ほとんどの課員から鬱陶《うっとう》しがられていたが、彼はこの男が心底嫌《きら》いだった。仕事の進め方から雑談の話題に至るまで苛立《いらだ》たせられることばかり。何かにつけ合わないのだが、とりわけ狭い空間で彼のムード演歌を聴かされると、鳥肌が立つほど気分が悪くなった。

赤ら顔の課長が「それ、俺だ俺だ」とマイクを摑《つか》んだ途端にハンドバッグを取り、一つ後輩の景子《けいこ》が席を立った。やはり課長の歌を毛嫌いしている彼女だから、トイレに行って不愉快な時間をやり過ごそうとしていることは明らかだ。彼はこっそり鞄《かばん》を持ち、景子に続いて部屋を出た。

――ふけようや。

――せやね。

即決である。急ににこやかになった二人は、道頓堀《どうとんぼり》のショットバーで飲み直すことにした。職場の話はやめよう、と言いながら、いつしか会社批判の周りを話題がぐるぐる回ることに辟易《へきえき》したが、いくらか憂さが晴らせた。

――明日は休みやし、どっかで休んでいけへんか？

勢いでもちかけると、親がうるさいから、という但し書きとともに拒絶された。

送っていこうか、と言う申し出も辞退されたので、御堂筋《みどうすじ》でタクシーに乗る彼女を見送ってから、やむなくボトルを置いてある店で一人でさらに飲むことにした。彼女と別れるなり、また課長の声が脳裏に甦《よみがえ》ってきたので、それを振り払いたかったのだ。

「そんな大阪が嫌《いや》やったら帰れ帰れ。アホ、ボケ、カスが」

あんな論ずるに値しない奴のことをどうしてここまで嫌うのか、と自分でも呆《あき》れながら、バーボンのグラスを重ねた。

いつしかカウンターの隅で寝込んでしまい、肩を揺すって起こされたのが二時半だった。店はとっくにクローズしており、もう帰りたいので出てくれとマスターは言う。ごめんごめんと詫《わ》び、足許《あしもと》をふらつかせながら表に出た。

意味不明のことをわめいて歩く酔っぱらいとすれ違い、ひっかけ橋の異名がある戎橋《えびすばし》のたもとまでくると、ギターをかき鳴らしてボブ・ディランを歌っている男がいた。才能がないということは悲しい、としみじみ感じさせる、思い上がりだけの下手くそな歌だった。しかも、四十近い爺《じじい》じゃあるまいし、いい若い奴が黴《かび》の生えたような歌を、とうんざりする。

世界に対する悪意ばかりが込み上げてくる夜だった。栄転の辞令が自分に下っていたとしても、景子とベッドで楽しめたとしても、それで薔薇《ばら》色の気分になったわけでもないだろう。つまらない。子供みたいにすねるなよ、としまいには自らに毒づいた。

歩くことが億劫《おっくう》になってきて、腰を下ろせる場所はないかときょろきょろ探すと、雑居ビルの階段が目についた。その柱の陰あたりに身を寄せたら居心地がよさそうだ。あそこに座って煙草でも一服し、休んでいこうとした。

煙草を一服。

そこまでは記憶をたどれた。

フィルターだけになった吸い殻が一本、足許に転がっているところをみると、一服つけながらころりと眠ってしまったのだろう。

始発が出る時間を過ぎている。

いつまでもこんなところにいても仕方がないので、腰をさすりながら立ち上がった。犬が漁ったために生ごみが散乱している。清々《すがすが》しい五月の朝にはおよそ似つかわしくない眺めだった。

一度背伸びをしてから歩きだす。

けばけばしいネオンもすべて消え、電気仕掛けで動く化け物じみた看板――蟹《かに》、海老《えび》、竜、蛸《たこ》、エイリアンなどなど――も魂を抜かれたように静止していた。音をたてて紙屑《かみくず》が舞う路上には吐物が点々としている。白い調理着の親父が世にも難しげな顔をしてホースを使い、そんな不作法な酔漢の置土産を洗い流していた。

これまで何をしていたのか、スケートボードを小脇に抱えた高校生ぐらいの男三人連れがくたびれた様子でうろついていたりもする。ガキまるだしののっぺりした顔で朝帰りとは生意気な。

ＪＲ難波《なんば》駅を目指し、御堂筋を渡って西へとぼとぼと歩く。うちに帰って、寝て、目が覚めたら夕方になっているかもしれない。もう少しましな休日を過ごしたかったな、などと考えながら。

煙草を吸おうとしたが、なかなか火が点《つ》いてくれないので苛々《いらいら》する。橋のたもとあたりで立ち止まり、片手で囲いを作って、ようやく点けられた。

ふと見た欄干に大黒橋《だいこくばし》とあった。御堂筋に架かった道頓堀橋から二つだけ川下の橋だが、名前を知っている者などわずかだろう。斜め上方で分岐する阪神高速道路の陰になった、いかにも場末の雰囲気を漂わせている橋だった。

欠伸《あくび》が出る。

視線を川面に移すと、緑青色の水がけだるげに流れていた。風が渡り、朝の光がゆらいでいる。

道頓堀川って、どこから流れてきているんだったろうか？

どうでもいいような疑問が浮かんだ。子供の頃から何百回も見てきた川なのに、川上に橋を五つ六つ遡《さかのぼ》ったあたりの景色に見覚えがなかった。まるで、この川は、あやとりをするようにもつれた高速道路の陰からこっそりと湧き出してきているのではないか、と思いながら、きょろりきょろりと川上、川下を見やった。

川下の橋脚に何かひっかかっていた。

どうせつまらないものだろう。だが——

一旦《いったん》はそらした視線が、何故か引き戻される。

紫煙をくゆらせながら、彼は欄干に寄りかかって、そのものをよく見ようとした。もっとよく見えるようにと、数歩、そちらに近寄る。

何か細長い包みだ。幾重にかくるんであった新聞紙の一部がめくれて、中のビニールが覗《のぞ》いている。その袋に詰まった空気の浮力で浮かんでいるらしい。

「あれ……」

半透明のビニールの中身は、何やら生々しく白いものだ。非常識な飲食店が投げ棄てたごみではないか、それなら見ても胸が悪くなるだけだ、と思いながら、なおも目を凝らしてしまう。

生々しく。

白い。

まるで女の腕のように。

女の腕。

死体。

バラバラになった死体が河川敷で発見された、というニュースを聞くたびに、見つけた人間はさぞやたまげたことだろう、と同情することがあった。自分がそんな災難に出くわすこともあり得るとは考えずに。

「ほんまかよ」

赤黒い断面のようなものが覗いた。

酒気も眠気も、瞬時に吹き飛ぶ。驚きで思わず開いた唇の間から、ぽろりと煙草が落ちた。

＊

同じ時刻。

大川《おおかわ》に沿って細長く伸びる桜之宮《さくらのみや》公園を、一人の老人が歩いていた。

風薫《かお》る五月という言葉がぴったりの、気持ちのいい朝だ。

少し早く家を出たことだし、いつもより遠くまで歩いてみよう、と老人は思う。愛犬も元気がよく、ぐいぐいと鎖をひっぱった。人間にすればまだ十代である相棒の柴犬《しばいぬ》と引いたり引かれたりの早朝の散歩は、食事に次《つ》ぐ大きな楽しみだった。

川の向こうには、つい一ヵ月ほど前、あでやかな八重桜が咲き乱れる敷地内を市民に開放する「通り抜け」で賑《にぎ》わった大蔵省造幣局が見えている。それを左手に眺めながら、老人は川上へ向かった。

黄色いジョギングウェアを着た顔馴染《かおなじ》みの女性が駈《か》けてくる。おそらく大学生だ。紐《ひも》でくくった長い黒髪はスポーツ選手には不似合いなので、美容と健康のために走っているのだろう、と勝手に想像している。

「おはようさん」

「おはようございます」

声をかけると、荒い息をしながらも彼女は応えてくれる。老人はそのひと言を聞くことも毎朝のささやかな楽しみにしていた。

しかし、右手前方に目を転じた途端にいかにも不健康そうな眺めが映る。大阪市内というより日本屈指のラブホテル街が、白けた表情で朝日を浴びているのだ。

昨夜は週末。何百あるかもしれない客室は、ほとんど満室の状態だったであろう。おぞましいというより、ひどく滑稽《こっけい》な街だ。誰も滑稽だと言わないところが、また傑作ではないか。考えてもみろ。もし、街全体がトイレというところがあったらおかしいだろう。

街全体がトイレ？　そんな街があったら壮観かな、と老人は一人でにやにやした。

愛犬が足を止めた。いつもの場所で片脚を上げてマーキングを行なうらしい。鎖を手に巻きつけて、老人も歩みをやめた。

桜宮橋のアーチ型のトラスが、銀橋の別名のとおり鈍い銀色に輝いているのをぼんやりと眺める。京橋《きょうばし》の方から走ってきた紺色の車が一台、スピードをゆるめたかと思うと、橋の中ほどで停《と》まった。

くぅと腹が鳴った。やはりあまり遠くまで行かず、適当なところで朝食が待つ家に引き返そうか、と思い直す。

もうすんだぞ、というように勢いよく尻尾《しっぽ》を振る犬に引かれて、「よしよし」と歩きだした。

「ん？」

雀《すずめ》のさえずりの中に、異物のような水音が混じった。川の真ん中で波紋が広がっている。橋の上から何か落ちたのだろうか、と視線を転じると、黒っぽいシャツの男が、先ほどの車に乗り込む背中が見えた。

わざわざ車を停めて不用品を投げ棄てたのだろう。

「けしからんやっちゃな」

飼い犬の粗相を始末するためのビニール袋とスコップを持ち直しながら、老人は声に出して呟いた。

＊

黒シャツの男が何かを投棄したのは、そこだけではなかった。

あと、いくつか。

＊

この都市がまだ深い朝靄と暁闇《ぎょうあん》の中にいる時刻に、一つは淀川《よどがわ》に捨てられた。

梅田《うめだ》の北の中津《なかつ》と、歓楽街の十三《じゅうそう》とをつなぐ十三大橋。すぐ川上には、阪急電車の京都線、神戸線、宝塚線の鉄橋が架かっている。三つの路線が梅田―十三間を並走する三複線であるから必然とはいえ、三本の鉄道橋が並んでいる風景は、他では見ることができないものだった。ラッシュアワーともなれば、上り下りの列車が四台、五台と橋上でせわしなくすれ違う。が、男が十三大橋を通ったのは、まだ始発電車がターミナルを出る一時間も前のことだった。

男は車を徐行させつつ、窓からそれをほうり投げたのだ。見ていた者は一人もいない。橋から二キロばかり下った伝法《でんぽう》に舟溜《ふなだま》りがある。停泊していた警戒船の間にそれが漂っているのが発見されたのは、翌日のことだった。

＊

もう一つは、JR大阪城公園駅《おおさかじょうこうえん》のすぐ北を流れる平野川《ひらのがわ》に架かった橋から。

投げ捨てられたものは橋のすぐ下に沈み、時折、川底を転がり、這《は》うように海を目指していた。

ついには誰の目にふれることもなく、大阪湾の海底の泥濘《でいねい》に埋まってしまうものだった。

*

安治川《あじがわ》沿いなど、大阪市内に住む者でもわざわざ訪ねてくる用事がない。しかし、小京都とでも呼ばれるこぎれいな町の一角であったなら、若い女性のグループが喜んでシャッターを押すであろう、という風景がなくもなかった。

文明開化の明治維新。ここ川口《かわぐち》の一帯は、外国人の居住が許された大阪で唯一のエリアだった。かつての大阪府庁はとうに移転してしまったが、市内で最も古いカフェの跡など、モダンシティの面影を残す建物もある。中でも、西警察署の斜め前にあるくすんだ赤煉瓦《あかれんが》の川口基督《キリスト》教会は、この旧外国人居留地のランドマークと呼んでよかった。ガソリンスタンドの陰になっていることが興を殺《そ》ぐが、よそへ移築すれば観光資源になる資格もありそうだ。

安治川に沿っては赤煉瓦の倉庫が並んでいる。現役の海運倉庫に、大正時代に建てられた風格のある年代ものの遊休倉庫も点々と混じっていた。

晴れかけた朝靄を貫く曙光《しょこう》を浴びて、その倉庫街の中を二台の自転車が走っていく。

六時を過ぎたばかりという時間では当然のことながら、歩いている者はほとんどいない。早朝の集会帰りらしい野良猫たちが、路上に三々五々いるだけだった。黒トラ、茶トラ、三毛、黒、白。見事に柄の違う組み合わせなのがおかしい。

彼はこの時間の警邏《けいら》が好きだった。管内をくるりとひと回りしたら夜勤が明けるからだが、それだけではなく、夜明けの倉庫街を自転車で駈けること自体が快かったのだ。

並んでペダルを漕《こ》いでいる同僚は、むすっと黙りこくったままだ。このところ、不機嫌そうな表情を見せることが多い。まだ新婚間もないというのに、家で面白くないことでもあるのだろうか、と想像したりしていたが、立ち入ったことを訊《き》く気にはなれなかった。向こうから話してきても、妻帯者の愚痴なんて聞きたくもない。

住友倉庫を過ぎ、昭和橋《しょうわばし》のたもとの交差点に出た。赤信号で二人はブレーキをかけた。橋を渡った江之子島《えのこじま》をくるりと回って、今日はあがりだ。

「おい」

同僚がぶっきらぼうに声をかけてきた。

「何や?」

あれ、と左手を指差す。

ここは川と道路が複雑な交錯を見せる場所だった。中之島《なかのしま》の北と南を流れる堂島川《どうじまがわ》と土佐《とさ》堀川《ぼりがわ》が合流し、安治川と木津川《きづがわ》という二つの川になって再び分岐するのだ。その形はKの字に似ている。そこに鉄骨のトラスをもった昭和橋、端建蔵橋《はたてくらばし》、船津橋《ふなつばし》の三つの橋が架かり、神戸線中之島入口から頭上に伸びる高速道路が川面に影を落としていた。

「あいつ」

同僚の言葉は短い。

信号の向こうの端建蔵橋の上に佇《たたず》んでいる黒いシャツの男に注意を促しているのだ。傍らに駐《と》まった紺のカローラはその男の車のようだ。

三十歳前後だろうか。

真ん中で分けた長めの髪が、風になぶられている。

男は新聞紙の包みを手にしていた。長さ五、六十センチの棍棒《こんぼう》のような包みだ。横顔しか見えていないが、男はひどく思いつめた表情でそれを凝視していた。ただごとではない気配が、男の周囲の空気の色を変えている。

まだ人気《ひとけ》もないこの時間、こんな場所で、何をしているのか?

同僚は自転車を押して男に向かっていった。彼もその後を追って信号を渡る。

男は二人の巡査が近づいてくるのに、気がついているのかどうか判らなかった。じっと両手の中の包みを見たままだ。

「ちょっと、あなた」

同僚が呼びかける。

聞こえなかったはずはないのに、男はそれを無視した。

「ねぇ、ちょっと」

目玉だけが動き、こちらを見た。まるで感情のこもっていない目だ。

「あー、こんなところで駐車して何してるの？」

答えるどころか、男はぷいと顔をそらし、川面に視線を落とした。包みを右手に持ち替えて、ゆっくりとした動作で振り上げる。

「おい、待て」

制止の声を黙殺し、男は包みを投げた。

こすれた新聞紙がたてた乾いた音を、その後、彼はしばらく忘れられなかった。下で、どぼんと水音があがる。

警官に対する侮辱的な行為に、同僚はいたく立腹したようだった。男の真横に立ち、顔を近寄せる。

「何を棄てた？　答えんかったら車の中を見せてもらうぞ」

ひんやりとした響きの返事が返ってきた。

「見ろ」

「何？」

訊き返す同僚に、男は理知的な顔立ちと不似合いの乱暴な言い方で吐き捨てた。

目の下に、隈《くま》が濃い。

「見ろや。見てみんかい」

「こいつ……」

同僚は舌打ちして向き直り、カローラの後ろに回ってトランクに手を掛けた。ロックは解除されていた。

覗くと、何か大きな荷物に青いビニールシートがかぶせられている。その下から何が現われるのか、彼は同僚の肩越しに見守った。ちらりと横目で黒シャツの男を一瞥《いちべつ》すると、醒《さ》めた目でこちらの様子を見ている。

「うっ！」

同僚はうめいて口許を押える。彼は喉《のど》を鳴らしただけで、声も出なかった。

シートの下にあったものは思いがけないものだった。

女の死体らしきもの。

首がない。

両の腕も。

両の脚も。

白い全裸のトルソー。

下腹部に白い静脈が、絵筆で引いたようにくっきり鮮やかに浮かんでいる。人形か彫刻ではないのか、とわが目を疑ったが、そのいずれでもないようだった。

同僚は思いきった様子でそのトルソーに手を伸ばした。と、灼《や》けた鉄棒に触れでもしたかのように、慌ててその手を引っ込める。熱いのではなく、石のように冷たかったのだろう。

肩越しに見ていた彼には、その感触は推測するしかない。しかし、肉の塊の腹が、指先で加えられた圧力に従ってわずかにくぼんだことは、はっきりと判った。

「一緒にきてもらおか」

同僚は右手を制服の裾《すそ》で拭《ぬぐ》ってから、叩きつけるようにトランクを閉め、強い調子で男に言った。

「どこへ？」

相手は間の抜けたことを真顔で訊き返す。

「何を言うとる。一緒にこいっちゅうとんじゃ」

男の応えは同じだった。


どこへ？

AMSTERDAM

アムステルダム

1

中世に建てられた姿のまま佇む倉庫を横目にブラウヴェルス運河を渡り、ハールレム街に向かってペダルを漕ぐ。運河沿いに隙間《すきま》なく並んだ家々の窓からは、柔らかい光がもれていた。

九時。たいていの家庭で夕餉《ゆうげ》がすみ、家族が団欒《だんらん》を楽しんでいる時間だ。

恭司《きょうじ》は、左手をハンドルから離し、親指と人差し指で作った輪を通してそんな眺めを覗いてみる。文句なく、いい映像《え》になる。問題は、その映像からどんな物語を紡ぎ出せるか、ということだ。そう考えたところで前輪がふらつき、慌てて両手でハンドルを握った。

どうにも漕ぎにくい自転車だった。ハンドブレーキがなく、ペダルを逆に回して制動するということにはとうに慣れているのだが、やたらと脚が長い隣人からの借りものであるため、サドルの位置が高すぎるのだ。停まって調節しようか、と思いながら、面倒なのでそのまま走っている。

スーパーの前に十分ほど置いていた間に盗まれた愛用の自転車が惜しまれる。不覚だった。

日本以上に自転車が普及しているオランダだが、少し油断するとたちまち盗難に遭ってしまうことは変わりがないのだ。

乱暴に首を振り、目にかぶさる髪を払う。こんなに長く伸ばしたことはこれまでなかった。夏がくるからさっぱりしたら、と美鈴《みすず》が半ば強引にカットしてくれたことがあるだけで、アムステルダムにきて一度も理髪店に行ったことがない。試しに行ってみるか、それとも鏡を見ながら切ってしまうか。

どっちでもいいけれど、髪を乱す風が冷たい。

十月も下旬になって、朝夕は肌寒さを覚えるようになった。北海道よりも緯度が高いのだから、初冬のつもりで服を選ばなくてはならないのは承知していたが、まだこの地にきて五ヵ月のせいで、適当なものを持っていなかったのだ。

書を捨てた。

旅に出た。

日本を発《た》ったのは今年の一月。季節は真冬だったが、しばらくインドのあたりをうろうろしていたのでコートなど必要なかった。トルコを経《へ》て、ユーレイルパスを利用してパリに流れついたのが今年の四月。すでに重い服はいらない季節だった。

そろそろ古着でいいから冬ものを調達しなくちゃな、と思う。両膝がざっくりと裂けたまま穿《は》いているジーンズもつらい季節になりそうだ。

元々、服を買うのは面倒なのであまり好きではない。ましてオランダ人はヨーロッパ人の中でもひと際体格がよく、男の平均身長が一メートル八十を超えているのだから、満足できるサイズのものを捜すのが骨なのだ。日本では彼のように百七十センチあれば中背だが、ここではまぎれもなくチビだ。

冬ものを買えば、春夏秋冬の服が揃うことになる。しかし——

いつまで自分はこの街にいるのだろう？

それがよく判らなかった。ものを書くための修業と称するこんな根なし草《デラシネ》ごっこがいつまで続けられるのか、いつまで続けていいものか、判らない。ちゃんと大学を卒業して就職した友人たちは、もう会社で主任などと呼ばれ、今年の新人はどうも迫力不足で、とオヤジぶったりしているのではないか？　そんなことで焦燥に駆られたりはしない。しかし、現在の自分も冴《さ》えているとは言えないだろう。

アムスを出た方がいいのかもしれない。楽に住めるようになりすぎた。友だちがたくさんできすぎたのだろう。

パリでは嫌な思いばかりした。あの冷たい街で味わった苦痛を取り戻そうと、アムスでは愉快に居心地よく暮らそうと努め、それに成功した。もう充分に帳尻は合っただろう。

この都市の不思議な魅力に引き留められて、ずるずると不法滞在を続けてきた。風車とチューリップの国の都。童話のように愛らしく美しい家々と運河の街。素朴で親切で、成熟した大人の市民である人々が暮らす街。それでいて、麗《うるわ》しい風景の底に、得体の知れない闇を忍ばせたこのアムステルダムを舞台に、何とか納得がいくシナリオを一本書き上げたい、と願っていたのだが——企ては、まだ果たされていない。

やはりアムスを離れた方がいいのかもしれない。距離をとって振り返った時、印画紙に感光した映像が定着するように、ぼやけたイメージが輪郭のくっきりとした物語の形をとってくれるのかもしれない。おそらくは、それが自分自身が初めて誇れるシナリオ作品になるのではないか。

などと考えながら、今もお友だちの集まりに招かれて出ようとしている。楽しいことがあるから是非おいで、と美鈴に誘われて。

アムスを出るまでは、アムスにいよう。

それでいいではないか。

シナリオライターを志すようなやくざ者は、どこでどんな体験をしようと益なしとはしないのだから。

そら着いた。

隣りの薬局が目印の四階建てのフラット。昼間だと苔《こけ》むしたような色合いが美しい煉瓦《れんが》積みのファサードがある。半地下があるので、玄関の扉は石段を上がったところにあった。その扉の抹茶色も、彼はかなり気に入っている。

石段の脇に自転車を停め、施錠してから、所有者の指示に従ってサドルを取りはずした。いくら何でもサドルのない自転車をかっぱらう奴はいない、というわけだ。見事な生活の知恵だが、そこまでするのかよ、とも思う。小脇に抱えたサドルが邪魔でかなわない。

圧迫感を感じるほど狭くて急な階段を、四階まで上っていく。いつもながら少し息が切れたので、呼吸を整えてからノックした。ドアにはＭＡＳＡＫＩ、その下にやや小さな字で正《まさ》木《き》と書いたカードが表札として貼りつけてある。

「恭司さんでしょ？　どうぞ」

向こう側から美鈴の声。

「失礼します」

そう言いながら入ると、ドアが美鈴の鼻先をかすめた。お互いに目を丸くする。

「びっくりした……」

「そんなに近くに立ってるとは思わなかったから」

彼女は胸をなでてから、艶《つや》やかなストレートの髪を掻《か》き上げつつ、ちょっと批判がましく恭司の顔を見上げた。それから彼の携えているものに気づき、今度はくすりと笑う。

「どうしたの、それ？　誰かむかつく奴の自転車からかっぱらってきたとか？」

オランダ在住一年の彼女も、こんな自衛策はご存じなかったみたいだ。

「美鈴へのプレゼントだよ」

彼はサドルを恭《うやうや》しく手渡した。彼女はそれを、ドアに近い椅子に掛けているアニタにぽんとほうり投げる。

「恭司が自分のものを大切にすることを覚えたってことでしょ」

彼と美鈴のやりとりの内容の見当をつけて、アニタは言った。恭司たちに対しては、当たり前のように英語でしゃべってくれる。何世紀も前から世界の海に商船を繰り出していたことに加え、オランダ語という言語が国際社会でマイナーな存在であることを自覚しているためか、この国の人々はたいてい自在に英語を操ることができた。そのことを指し、英語もブロークンな恭司が「みんな二ヵ国語以上話せて便利だね」とうっかり言うと、「努力して習得するのよ」と返されて、バツが悪くなったことがある。

「早く座りなさいよ」

アニタはいつものちょっと生意気な調子で言った。大人びた雰囲気のショートレイヤーがよく似合っていて、日本人の目からすると二十五、六歳に見えるが、実は十八になったばかりなのだ。

「山尾《やまお》さん、待ってましたよ」

ソファに久能健太郎《くのけんたろう》がいた。目鼻立ちのはっきりした九州男児だ。

「君がけえへんかったら始まらん。今夜の主賓《しゅひん》なんやから」

この部屋の主、正木遥介《まさきようすけ》は手首をぶらぶらさせながら、健太郎の隣りを指差した。上背は恭司と大して変わらないのだが、がっしりとした体格と、口髭《ひげ》、顎鬚《あごひげ》が貫禄をつけている。いつものように裸足《はだし》にゴム草履ばきだった。

「ほな、やろか」

美鈴と一緒に奥のキッチンに立つ。飲み物の用意をしてくれるらしい。

「今日のメンバーはこれだけですか？」

隣りに掛けながら訊くと、「ええ」と健太郎は頷《うなず》く。この場に不釣り合いなスーツ姿なのは、おそらく、会社の帰りに直行してきたからなのだろう。

自分たちとこうして交わっているところを彼の上司や同僚が目撃したら、眉《まゆ》をひそめるかもしれない。ちゃんとしたビジネスマンがあんな胡散《うさん》臭そうな連中と付き合うのは感心しないね、などと忠告されたりしないだろうか、と考えて恭司はにやにやする。人の縁というのは判らない。

「何をにやけてるんです？」

「いえ、別に」

「今夜の集いはこの五人だけです。水島《みずしま》さんもきたがっていたんですけど、受験勉強の追い込みに入ってるそうで、残念ながら欠席ですよ」

「受験勉強って何なんです？」

「コンセルトヘボーのオーディションが急に決まったんだそうです」

水島智樹《ともき》は音楽の武者修行のためにアムスに滞在しているヴィオラ奏者だった。

「一週間しか時間がないということですから、課題曲の猛練習をやっているんでしょう。トリップしてる場合じゃありませんね」

十歳年下の、自分のようなチンピラが相手でも、いつも健太郎は律儀なしゃべり方をしてくれる。アニタのぞんざいさの埋め合わせのようだ。

「智樹はオーディションの準備でこられないみたい」

日本語のやりとりが判らないアニタが重複したことを言う。

「忙しいのよ。もっとも、忙しい仕事の合間にわざわざネクタイを締めてきている人もいるけど」

健太郎は大きな口を開けて笑った。

「実は、パリへ日帰り出張に行った帰りなんですよ。スキポール空港から車でここへ真っ直《す》ぐきたので、こんな恰好です」

「よくやりますね」

「われながら。でも、まあ、明日は代休を取っていますから、かまわないんです。しばらくは独身で、朝帰りをしても怒る人もいないしね」

「うれしそうな顔してちゃ、奥さんに悪いですよ」

久能夫人は、実家での出産を希望して、先週から日本に帰っていた。「かみさんがいないと、さすがに不便です」と言いながら、羽を伸ばして喜んでいる節もある。確か夫人は正木兄妹をあまり好いていなかったはずだ。

酒のボトルやグラスをのせた盆を掲げた遥介が、熊のようにのそのそと体を揺すりながら戻ってきた。美鈴はテーブルの皿にチーズやビスケットを盛っていく。事情を何も知らない者が見れば、いくら質素が生活信条のオランダにしても淋《さび》しい客のもてなし方だな、と感じるかもしれない。

「料理なんか用意してないからな。晩飯は食うてきてるやろ？」

「ええ」と恭司は応える。

「その代わり、ロンから上物を分けてもろてる。初めが肝心やからな」

「アニタノアニキ」

アニタの兄貴。アニタは美鈴に教わったその言い回しが妙に気に入っていて、ロンの名前が出ると笑いながら言い直す。勘がいいので、そのタイミングがいつも見事だ。遥介たちと付き合っているうちに、ある程度の日本語が理解できるようになっているのではないか、と思いたくなるが、そんなわけはあるまい。

「おっと、いいな。上物って、ハッシッシでしょ？」

健太郎がうれしそうに尋ねる。この人、赴任《ふにん》期間を勤め上げ日本に帰ることになったら、さぞや淋しい思いをしなくてはならないだろう、と恭司はいらぬお世話ながら気になる。なあに、ドラッグが恋しくてたまらなくなったら、格安チケットでまたオランダに飛んできますから、と本人は笑っていたが。

「じゃ、それらしいムードにしましょうか。こんなものがあるの」

美鈴は隣りの部屋から何か胸に抱くようにして運んできた。燭台《しょくだい》だ。魚の骨のような形をしている。真新しい五本の蠟燭《ろうそく》が立てられると、今度は魔物の手にも見えた。

「なかなか趣があるでしょう？　金曜日にワーテルロー広場で掘り出してきたのよ。蠟燭つきで二十ギルダー」

美鈴は得意げだった。そして、これまた同じ蚤《のみ》の市で買ったという、軸が赤いマッチを一座の者たちにかざして見せてから、気取ったしぐさで火を灯《とも》して、そっと椅子に腰を下ろした。

「消すぞ」

壁際で待ちかまえていた遥介は、すかさず室内灯を消した。蠟燭の明かりが妖《あや》しいまでに煌々《こうこう》とした輝きを放ち、部屋の雰囲気を一変させる。

「栄光の手みたいだな」

ソファに身を沈めてリラックスしながら恭司が言うと、健太郎はネクタイの結び目をゆるめて尋ねてきた。

「エイコーノテって何です？」

「日本語ですから、エイコーノテなんて変な発音をしないで下さいよ。栄光の手。ヨーロッパに古来伝わる魔術のアイテムです。死人の手を燭台にして、まじないに使ったそうですよ」

「そう。絞首刑になった男の手を酸に漬けたんや」

遥介は机の抽斗《ひきだし》から取り出したパイプを燭台の周りに並べながら、恭司の説明に補足を加えた。それが外科医が手術器具を扱っている姿にも見えて、恭司の背筋を微《かす》かな緊張が縦走する。肘《ひじ》までまくった袖から剝《む》き出しになった腕は太く筋肉が盛り上がっており、そのたくましい腕の剛《こわ》そうな毛が、蠟燭の光で黄金色に染まっていた。

「それから死人の脂肪で作った蠟燭を立てる。その光に照らされたら金縛りになる、という呪力《じゅりょく》があるとされたから、盗賊がこれを手に入れたがったわけや。けど、死人の手や脂肪なんかまだおとなしい方でな。赤ん坊の手やったらもっと効く。いや、胎児のが最高や、という俗信もあったから、十七世紀頃には、それを目当てに妊婦が殺されて腹を割かれる、ということもあったそうや」

大阪弁は迂遠《うえん》で粘着質なところが苦手だ、と思っていた横浜育ちの恭司だが、不思議に遥介の言葉は気にならなかった。直截《ちょくせつ》なものの言い方をするという遥介の性格のせいだろうが、彼が使う大阪弁はねばっこいどころか、さらりと乾燥した印象さえある。

「中世ヨーロッパの魔術からお茶室での作法まで、何でもよく知ってるねぇ、遥介さんは。

いつも感心するよ。博識を通り越して博覧強記だ」

「名門国立大学ご出身の久能さんに感心してもらえるとは光栄です。雑学なんかちょっとも自慢になれへんのやけど」

遥介は最後に自分が愛用しているパイプを出し、ハンカチで丁寧に拭いた。

博学家でも雑学家でもいい。ささいなことだ。そんなことに今さら感心しているところをみると、健太郎は正木遥介の秘密をまだ知らないのだろう。

「雑学自慢はいいけど、あまり適切な話題じゃないわね。妊婦を殺しておなかを割く、なんてグロテスクな話は遠慮してもらわないと、これから童貞喪失に臨む恭司君がびびっちゃうじゃない。初めて行こうとしてるんだから、もっとセットに注意してもらわないと」

歯切れがいい口調に、遥介は頭を掻《か》く。

「ああ、判ってる。先生にまかせなさい」

「何が先生だか。兄貴と違って恭司君は繊細かもよ」

そんなやりとりを聞きながら、恭司はまたいつもの疑問に襲われていた。経済的だからと言って2ベッドルームのフラットで同居しているこの二人、兄妹と称しているけれど、はたして本当なのだろうか、と。

言葉がまるで違うのは家庭の事情があって、遥介は大阪、美鈴は東京の近郊で育ったからだと説明されたことがあった。それは珍しいことでもないから疑う理由はないのだが、それでも彼と彼女の言に疑いを差し挟んでしまうのは、時々、うまく言い表わせない違和感を覚える瞬間があるからだ。自分が一人っ子で、兄弟というものを知らないために錯覚しているのかもしれないが。

そもそも、ゆくゆくは美術の最高峰ベネチア・ビエンナーレへの出品を目指すという彼と彼女がアムステルダムに留まっている事情も、恭司にはよく判らなかった。昼間はアルバイト——美鈴のウエイトレスはさておいて、遥介が空手道場でインストラクターをしているというのは最初冗談かと思った。似合いすぎている——で生活費を稼ぎながら、夜と休日を利用して創作を行なっているそうだが、わざわざアムスにこなくても、日本でだってできる生き方だろうに。

この街でアトリエが確保できたからだろうか？　空きビルの不法占拠《スクウォッティング》というこの寛容な街ならではの方法で手に入れた前衛アーチストたちの城の一角を、正木兄妹は自由に使っている。しかし、粗末なアトリエ代わりの空間ぐらい、日本で求めて得られなくもないはずだ。

ここの水が合うんや、と遥介はひと言で説明をしていたが、それだけではないように思う。二年前から滞在している彼の後を追うようにして、一年遅れでやってきた美鈴の真意についても、やはりはっきりしなかった。が、詮索《せんさく》をするのは趣味でもない。

「残念ながらハッシッシと違うんや、久能さん。今夜は恭司にデビューしてもらうのが目的やから、ロンに頼んでマイルドで質のいい奴を用意してもろた。今度バッドな目に遭《お》うたら、もうクスリはこりごりやって手を出すことがなくなるやろしな」

遥介はしゃべりながらテーブル上の準備を進めていく。喫煙具の次は、シガレットペーパーらしきものと、薄い油紙のようなもの、オルゴールのような木製の小函《こばこ》。小函の蓋《ふた》が開くと、中に深緑色の粉末が覗く。遥介はそれを取り上げ、恭司の顔に近づけた。甘い芳香がぷんと漂う。不自然なものではなく、夏の草いきれのような、なつかしささえ誘う匂いだった。

「ひどい目に遭うたんは、インドでやったかな？」

恭司は頷く。

「ええ。インドに着いて二日目でしたっけ。ニューデリーをふらふらしていて、路上でもの売りに声をかけられたんです。早口でまくしたてるので、何を売りつけたがっているのかも判らなかったんですけど、『ハッシッシ』と言ったのだけ聞き取れました。それで勝手も判らないくせに、これは経験しておいて損はないぞ、と面白がって買ってしまったんです。なめられないように、わけ知り顔で値切ったりして。ところが、宿に帰って試してみたら……」

「悪夢？」

美鈴がコーヒーを淹《い》れる手を一瞬、止めて訊《き》く。

「そう。黒い渦巻きに飲まれたみたいな気分だった。……ああ、思い出してもいい気がしないな。帰ろうかな」

黒い渦巻きは外からではなく、自分の内部から雷雲のように湧き起こってきた。これはしくじったかな、と感じるなり、彼は軽いパニックに陥ってしまったのだ。木賃宿の土壁に貼りついていた守宮《やもり》が下品な黄金色に輝きだし、信じられない速さで部屋中を這《は》い回りだした時は、嘔吐《おうと》を催した。天井に達したそいつの体が頭からつーっと真っ二つに裂け、二匹に増えたのを見た途端、無意識のうちに大きな声を出したらしく、部屋の前を通りかかった宿の親父が、驚いて激しくドアを叩いた。

——おい、日本人。どうした、大丈夫か？

聴覚にも異常をきたしたようで、まるで部屋の四方にドアがあって、それが代わる代わる叩かれているように聞こえた。親父の声が聞こえてくる方向もくるくる変わる。

これは駄目だ。こんなものは自分に合わないと思い、それ以来、ドラッグに手を出す気にならなかった。ソフトドラッグが公認されているここオランダには、ドラッグを合法的に楽しむためにイギリスなどからそれを目的としたツアーがあるほどだが、恭司は冗談半分に試そうともしなかったのだ。もとより、麻薬のたぐいに深い関心を持っていたわけでもない。

遥介に誘われた時も躊躇《ちゅうちょ》したのだが、彼に対する信頼感と好奇心が最後には勝《まさ》った。しかし、今度試してまた不愉快な思いをしたら、もう手は出すまい。

「帰っちゃ駄目よ」と美鈴。「主賓なんだから」

久能は薄くスライスされたチーズを一枚、ひょいとつまんで口に運ぶ。

「どうやって味わったんですか？　吸った？」

「ええ。煙草に混ぜて吸えばいい、と聞いたので」

「ふぅん。いきなりチャラスがきつかったのかな。チャラスというのはヒンドゥー語でいうハッシッシのことです。それか、ビギナーだと見抜かれて、まがいものをつかまされたんでしょう。そうじゃなければ、セットかセッティングに問題があったんでしょうね。特に、初めての時はコンディションが悪いとバッドトリップして、もうあんな気色の悪いものはこりごりだ、ということになってしまいがちです」

久能はこんな話が楽しくてならないように見受けられる。コンピュータをヨーロッパ各国の官公庁に売りつけるために赴任してきた時は、ドラッグの世界に目覚めることになるとは予想もしていなかった、とよく自嘲《じちょう》めかして話してはいたが。

「ネクタイを締めたマリファナ博士に質問があるんですけど、セットとセッティングって同じことじゃないんですか？」

恭司の初歩的な質問に、チッチッとこの場で一人だけのビジネスマンは舌を鳴らして、人差し指を振る。

「違いますね。セットというのは、クスリをやる人間の精神状態を指します。ゆったりと、リラックスして楽しむことが何よりも大切です。こんな不道徳なことをしてもいいのだろうか、という疑念があったり、これは犯罪だ、警察に見つかったらどうしよう、とおびえるぐらいなら、やらないのがよろしい。ろくなことはありません。下手をすると、錯乱して痛い目に遭う。

一方のセッティングは、外的な環境のことですね。今夜は遥介さんと美鈴さんが心配りのいき届いたセッティングをしてくれているんですよ。馴染《なじ》みがあってくつろげる場所で、よく知った親しい仲間と一緒に、経験者の手ほどきで楽しめるんですから、理想的でしょう。ほら、美鈴さんが淹れてくれるおいしいコーヒーもあるし、好きな音楽だって聴けます」

「何かかけようか？」

美鈴はCDラックの前で振り返った。

「何があるの？　遥介さん、案外、日本を恋しがってド演歌ばっかり聴いてるとかってことはない？」

「兄貴は音楽なんか聴かないよ。だから、水島さんと音楽談義をすることもないでしょう」

「そもそも水島さんと反《そ》りが合わないみたいだしね」

久能の冷やかしに「うるさいわい」と遥介は応じた。そんな反応がすぐに返るところが、久能の言葉が的はずれでないことを示している。

「演歌はないけど、クラシックでもロックでも色々あるよ。クラシックはピアノ曲が多いけどね。賑《にぎ》やかなのにする？　ヴァン・ヘイレンとか？」

「ファン・ハーレン」

恭司は言い直した。オランダ、インドネシア混血のロックアーチストの名の本来の――オランダ語の――発音だ。

「ファン・ハーレンがいいの?」

恭司は止めた。

「いや、静かなのがいい。ショパンのノクターンみたいなのが」

「ショパンはあるけど、それはないなぁ。あっ、ソナタにしようか。ポリーニが弾いてるのがある」

それでいいよ、と応えるよりも早く、美鈴は取り出したものを棚のCDラジカセに入れていた。てきぱきとしていて、小気味がいいぐらいだ。彼女がアルバイトをしているインドネシア料理店にアニタと様子を見にいったことがあるが、そこでもテーブルの間を蝶《ちょう》が舞うように動き回っていた。

「飲んでよ。どうぞ」

美鈴に勧められて、コーヒーに口をつける。味わい深くて、おいしい。彼女が淹れるコーヒーは、と言いたいところだが、オランダのコーヒーはインスタントでも実にうまかった。イギリスの紅茶と対比させて恭司が考えるに、世界貿易の覇者《はしゃ》であった国は、早いもの勝ちで良質の嗜好《しこう》品の産地をがっちりと押えてしまったのであろう。

「オランダで一番おいしいものはコーヒーだ」

アニタに向かって英語で言ってみた。

「どうせ料理はろくなものがないって言いたいのね。オランダの料理がおいしいと言う外国人はあまりいないけれど、特に日本人は自分たちの味覚と日本料理に絶大な自信があるみたいだから」

「サテはうまいよ」

彼はわざとインドネシア風焼き鳥を選んでほめ、アニタを苦笑させる。

「それに、俺は日本人の味覚を自負なんかしていないよ。味噌汁という塩水みたいな、世界中で最低の部類のスープを毎朝飲むんだから」

「え、味噌汁が嫌いな日本人がいるとは驚いたな」久能も英語でしゃべりだす。「じゃ、トビながら味噌汁を試してみたらどうですか？　ドラッグは新しい味覚の地平に誘《いざな》ってくれますよ」

わざわざドラッグで味噌汁の野卑な味を理解して、何がうれしいのだ。自分にとって味噌汁はまずい。馬鹿馬鹿しいほどまずい。そして、そんな同胞がいることに本気で驚くというのは、ちょっと情けないことではないのか？

遥介は黙々と作業にいそしんでいる。油紙のようなものの上にばらしたケントの葉を落とし、そこに小函の中身をまぶしていく。半々ぐらいの比率だろうか。それをシガレットペーパーで巻いて、マリファナジョイントというものを作ってくれるのだろう。手料理をごちそうになるわけだ。

「アニタはいつから吸ってるの?」

訊くと、彼女は「VWOに上がってすぐ」と言う。VWOとは、十三歳からの六年制大学進学コースのことだ。ドラッグ歴は五年目ということか。

「ロンがすぱすぱやってたから、手ほどきを受けて始めたのよ。兄貴は昔から好きだったんだ。まさかコーヒーショップのオーナーになるとは思わなかったけれどさ」

「お金持ちだから何でもできるのよね、アニタのところは」

美鈴がテーブルに尻をのせ、自分の分を飲みながら言う。

「金持ちったって、大したことないよ。ただのせこい開業医だから、プチブルにも入らない」

そうは言うものの、恭司の目にはロンはいかにも金満家のドラ息子と映っていた。親に二隻——二軒と言うべきか——のハウスボートを買い与えてもらい、その一つで生活しながら、もう一方ではコーヒーショップなどというまるで道楽のような商売をしているのだから。

「どうしてドラッグをやる店をコーヒーショップなんて呼ぶのかな」

恭司には、それが納得できなかった。

「それはですね、やはりまともにドラッグショップじゃ抵抗があるからですよ」

すかさず久能が教えてくれる。

「確かに、オランダは一九七六年の麻薬法改正によってソフトドラッグの使用を容認するようになりました。マリファナなんて麻薬としてはザコである、なんていう恥知らずな記述が一部の日本の出版物には載っていたりしますが、元来、大麻は麻薬の範疇《はんちゅう》に含まれないものですからね。古来、世界中のあちらこちらで日常的に、あるいは宗教的に用いられて、人類の文化のどれほどかの部分の形成に貢献してきたものだし。——でも、オランダの麻薬法にしても、マリファナを煙草やワインと同等に認めるというものでもないんです。いわば限りなく公認に近い黙認。その曖昧《あいまい》さの表われの一つがコーヒーショップという婉曲《えんきょく》な呼び名になっているんですよ」

それは恭司も知っている。アムステルダムにはソフトドラッグを供する店が四百軒ほどあるが、それらは皆、本当にコーヒーを飲ませる喫茶店と同じ名称で営業している。それは日本のソープランドが売春風呂と名乗らないのと同じようなことなのだろう。日本では銭湯とソープランドを間違えて入店してしまうことはあり得ないが、アムスのコーヒーショップは違う。コーヒーを飲んでひと休みしようか、とドアを開けてから、甘い紫色の煙がたち込めているのを見て、慌てて踵《きびす》を返した経験がある。店名と店構えだけでは区別がつかないことがしばしばあるのだ。市民がそんな間抜けな間違いをしないためには、扱っている商品を表に出せばいいし、あるいはインド麻のリーフをデザインした看板を掲げさせれば一目瞭然《いちもくりょうぜん》だ。が、それは禁止されているのである。唯一の識別法は、ラスタカラーという赤・黄・緑の三色の帯が店頭を飾っているか否か、ということになっている。もし、そんな店がコーヒーシヨップという看板を出していても、日本ならジャズ喫茶ならぬレゲエ喫茶にでも見られるだけだろうが。

「オランダって、本当におかしな国だね。日本人が尻込みして、議論するのも避けたがるようなことだとか、そんなことは初めから決まってたことだ、と言いたがるようなことにちゃんとケリをつけてる」

随所で言葉を選ぶのに苦労しながら、恭司は何とか思うところを英語でアニタに伝えようと努める。

「たとえばどんなこと?」

アニタは遥介がジョイントの材料にしているケントを一本失敬し、蠟燭《ろうそく》の火で一服つけながら訊く。

「色々ある。助からないことが明白になって苦しんでいる人に安楽死を認めたこともそうだ。多くの日本人はその制度を理解できるだろうけれど、世界に先駆けて法律化する勇気も決断力も持ちあわせていない」

「ああ、あれは随分と議論されたのよ。うちのパパが医者だから、私だって関心があって、本を読んだりしたわ。条件が凄《すご》く厳しいらしい」

アニタは煙を盛大に天井に吹き上げる。

「知ってる。その議論ができない国もたくさんあるんだ。――それから、オランダでは同性の結婚を実質的に認めているよね。大したもんだよ。同じ現実はあるのに、日本では議論の対象にもならない。日本人は同性愛者を表だって非難するような露骨な差別はしてはいないかもしれない。それは彼らを優しく包み込んでいるからじゃなくて、彼らの抱えている問題をこれっぽっちも真面目に考えず、まるで何かの間違いみたいに見ているからさ。俺自身はヘテロセクシャルで、ホモセクシャルの友だちもいないけれど、もしそんな友だちが身近にいて悩んでいたら、見ていてかなりつらいと思う」

気がつくと、アニタだけでなく、美鈴も久能も、ジョイントを巻いている遥介までもが彼の話に耳を傾けているようだった。

「熱弁やんけ。続けてくれよ」

遥介がにやにやしているので照れくさくなったが、黙ってしまうわけにもいかない。

「まだありますよ。それがドラッグだ。俺はそんなものどうでもいいんだけど、個人の自由だからやりたい奴はやればいいっていうんでしょ、ここでは？」

「そんな単純なことじゃないよ、恭司」

アニタが少し気に障った様子で止めようとする。

「マリファナやハッシッシなんてソフトドラッグはあちらこちらに自生していた大麻から抽出したナチュラルなものだし、大昔から人間がうまく付き合ってきたものだ、という理解が必要よ。煙草や酒ほどの依存性もなくて、本来はヘルシーなものだし。それを下手に法律で禁止するからアンダーグラウンドで取り引きされてブラックマネーを生むんだし、ろくでもない付き合い方しか覚えられなくてハードドラッグにはまっていく奴ができるわけ」

「そう。酒に比べればグラスなんて可愛いもんです。酒なんてものは人間を愚かにしかしないんですから」

久能がたまりかねたように割り込んだ。体がアルコールを全く受け付けないために苦労することが多かったのか、彼は酒に対しては深い敵意を抱いていた。

「酒を飲むと愉快な気分になれるようですが、長年、素面《しらふ》でそれに付き合わされてきた僕はとことん不愉快でしたよ。ただいい気分になっている人を見るのは悪い気はしないけれど、とにかく酔うほどに話すことがくだらなくなる。百人が百人ともです。時間の観念も狂ってくるから、うんざりするほど長時間付き合わされているこっちの身になってくれないしね。接待は時間をドブに捨ててるようで嫌だけど、仕事の打ち上げなんてのも最低です。だらだら飲むほどに酒飲み連中は疲れが取れていくらしいけれど、臭い息を吐きかけられながら退屈しているこっちは心底くたびれてしまう。飲めない負い目があるから、そんな態度は見せられないのがまた苦痛だしなぁ。飲め飲めと注《つ》ぎたがる奴。飲めない奴は面白くないとか男らしくないとか言う奴。下品に騒ぐ奴。酔っぱらって道に吐く奴。挙げ句に喧嘩《けんか》して人を刺す馬鹿。とにかく、酒は地上で最低最悪の下劣でくだらないドラッグです。酒を愛す、なんて自己陶酔まじりに言う馬鹿野郎に、グラスやハッシシの非科学的な悪口を言われる筋合いはこれっぽっちもありません。煙草もしかりです。あんな百害あって一利もないという野蛮でちんけなものを――」

「もういい、久能さんがお酒を恨んでるのはよーく判りました」

美鈴がたまりかねたようにストップをかけた。ぽりぽりと頭を掻《か》く久能に遥介は、

「俺は酒も好きやから賛同しかねるけどな。人間、馬鹿になりたい時もあるし、酒で超越的精神体験をすることはできへんにしても、心の垢《あか》ぐらいは落としてくれるし、酒の力で素直になれる人もいてる。久能さんはクスリがボードレールやのポーやのの芸術を生んだのに酒は人をアホにするだけ、と言うけど、酒かて偉大な文化を創ってきたよ。李白《りはく》の詩でも吟じてみましょうか?」

「いえ、結構。いやいや失礼しました」

すっかり脱線してしまった。律儀に話題を元に戻す必要もなかったのだが、恭司は自分の話がどこまでいっていたのかを思い起こして、続けた。

「取り締まりを徹底することができないほどドラッグが蔓延《まんえん》してしまったから半ば公認することにした、というのがオランダの事情かもしれないけど、その決断は大したもんだと思うよ。それだけじゃなくて、ほら、この国では政府が中毒者《ジャンキー》に麻薬を配給してやるじゃないの。だろ?」

アニタが頷く。

「そうよ。私はハードドラッグの中毒になってしまいました、と言って認定してもらったらコカインやヘロインの代用薬がもらえる。いけないからやめなさい、と言われてやめられりゃ苦労はないことだもんね。クスリ代欲しさに犯罪に走ったり、とことん身を持ち崩すより、そうやって救いの手を差し伸べてあげるのが理に適《かな》っているじゃない」

「驚くよ。よその国にはできないんだ、そういうことは」

「特に日本はね」美鈴も同調した。「避妊ピルさえ認めていない国だもの。人間がどうすればより幸せになれるか、という問題を考えるのを鬱陶しがって、尻込みばかりするのよ」

遥介がパンパンと手を叩いた。

「ホームルームはそれぐらいにしとけよ。用意できたぞ」

ジョイントが恭司に差し出された。

「まぁ、一服どうぞ」

彼はぺこりと頭を下げ、緊張しながら受け取る。

「これって……普通に吸えばいいんですよね？」

「せや。けつの穴にくわえて吸う奴はおらん」

久能は膝《ひざ》を叩いて笑いかけたが、美鈴の渋面に気がついて口許を押さえた。

「オランダのドラッグ政策はよく理解できるんですけど――」

遥介のライターの火をもらいながら、恭司はしつこく言う。

「コーヒーショップってとぼけた呼び名は、あんまり好きじゃないな、やっぱり。そういうの、好きになれないんです」

「恭司は変なことにこだわる」アニタは肩をすくめた。「名前なんてどうでもいいじゃないの。『薔薇《ばら》はどう呼ぼうとも薔薇に変わりはない』とシェークスピアも言ってる」

「それはジュリエットの台詞《せりふ》だろ。でも、だから言いたいんだ。ドラッグショップは何と呼ぼうとコーヒーショップじゃない。コーヒーを飲ませてくれないんだから」

揚げ足を取ったつもりが、彼女はひるまなかった。

「コーヒーだってちゃんと飲めるし、ケーキもあるわよ。もち、クスリ入りのだけど。今度アニタノアニキの店で試してみる?」

「ええな」

椅子が足りないのでテーブルに腰を下ろした遥介は、早速パイプをふかしていた。

「ロンの店に案内しよう。運河に浮かんだハウスボートのコーヒーショップ。風情あるで。アムステルダム風の牡蠣舟《かきぶね》みたいなもんや」

「牡蠣舟はいいな。似たようなものかもしれない」

そう言いながら久能は持参してきた水パイプに粉末を詰め、両手で抱えて早速ふかし始めていた。ふだん煙草を吸わないので、ジョイントではやらないらしい。ただ、水パイプというと牧歌的なイメージがあるが、彼の愛用の品は蒼《あお》ざめた髑髏《どくろ》をあしらってあるため、どこまでもいかがわしそうである。マリファナ用の喫煙具はこの街ではそこいらの土産物店のショーケースに入って、一つ十ギルダーから三十ギルダー程度のものまで各種取り揃えて売られているが、当然ながら「ハッパは持ってない。置物にするだけだ」と言って日本に持ち込もうとしても、税関で必ず没収されてしまうだろう。

アニタと美鈴もジョイントを遥介からもらってくゆらしだしている。恭司も軽くふかしてみた。

「そんなんやあかん。深く吸うんや。こわいことあらへん。肺に煙をたっぷり入れてみろ」

おっかなびっくり遥介の指示に従う。香りは独特のものだったが、とりたててどうということはない。

「どうや、未来の大シナリオライター?」

「まだ何とも」

恭司は顔を上げて相手の目を見た。

「ねぇ、遥介さん。今言った未来の大シナリオライターっていうのは、意味のない言葉ですか?」

覗き込んだ遥介の白目は、目玉焼きの白身のようで、微《かす》かに青みを帯びていた。瞳は蠟燭の光を受けてきらきらと輝いている。

「それとも予言なんですか?」

答えがないので、重ねて尋ねた。

やがて遥介は視線をそらすことなく、真剣な面持ちで言う。

「それは教えられへん。君が俺の予言に絶大な信頼を寄せたがために精進《しょうじん》と研鑽《けんさん》を怠ったら、三流どころの脚本家にもなられへんかもしれんからな。君のためを思うて、内緒にしとこか」

恭司はもう一服ふかした。肺まで届いた煙が血管の中に溶け込んでいくところがイメージできる。

「ということは、遥介さんが視《み》る未来というのは、変更可能なものなんですね？」

「大方の予言というのはそういうものやろう。避けられへん運命というのも時にはあるけど」

二人のやりとりを美鈴がアニタに通訳して伝えている。アニタは苦笑めいた表情を浮かべた。

「遥介は本当に東洋の神秘だわ」彼女は言う。「未来が視える空手マンと知り合いになれるなんて、思ってもみなかった」

「遥介さん、未来を予言するなんて特技があるんですか？」

久能は初耳らしい。突飛な話を面白がっているようだが、もちろん本気にはしていない様子だった。それを察知してか、遥介の方は冗談めかして肩をすくめる。

「特技なんかやありません。当たるも八卦《はっけ》、当たらぬも八卦です」

「どうやって占うんですか？　占星術？　それとも易か何かですか？」

久能は話題を切り換えない。答えるのを渋る遥介に代わって、美鈴が口を開いた。

「そんなんじゃないの。兄貴にはこれから先のことが、起きてる時に夢みたいに視えることがあるんだって。真偽のほどは判らないけれど、前からそんなことを言ってる」

「へぇ。視えてしまうんですか。たとえばどんなことが？」

遥介はパイプの煙を勢いよく鼻から噴出させた。

「あんまり本気にせんといてください。視えるような気がするだけで、思い込みにすぎません。そんな才覚がほんまにあるんやったら、とっくにホランド・カジノでひと財産作って御殿みたいなアトリエを建ててますよ。パートタイマーの空手の先生なんかしてませんって」

「はは、それもそうですね」

久能はそれでおさまったが、今度はアニタが年に似合わないねっとりした眼差しを遥介に向ける。

「どうも怪しい。この話になるといつも遥介はそんなふうに逃げてしまう。そこが本物っぽい」

「ほれほれ、謙遜《けんそん》してればこそ、こんなふうに本気にする小娘も出てくるっちゅうもんや」

遥介はそこだけ日本語で恭司たちに言ってからアニタに、

「俺なんかより、アニタやロンの名前の方がまだ予言者っぽいかな」

彼女のファミリーネームはヤヌス――Janusだった。この国ではとりたてて珍しい姓でもない。

双面神ヤヌスの頭部には二つの顔がついており、一方は過去を、もう一方は未来を見据えているという。二つの年を橋渡しする意味を込めてJanuary（一月）の語源になった、と中学校の英語の授業で聞いたことを思い出す。オランダ語の一月はjanuariだったっけ？　うろ覚えだが、そんなような単語だ。

「ヤヌスは予言の神なんかじゃないよ」

アニタは追及をかわされそうなので、質問の鉾先《ほこさき》を転じる。

「美鈴はどう思ってるの？」

妹はジョイントを灰皿に置いて、自分のために二杯目のコーヒーを淹れていた。

「さぁね。離れ離れで暮らしていた子供時代に身につけた能力らしいから、よく判らない。ただ、兄貴が面倒くさがって傘を持たずに外出した時に雨が降る確率が高い、ということだけは言える」

それがオチか、と久能は笑い、遥介は肯定するように微笑した。

あなたはそうやって秘密を守っているんですか、と恭司は胸の裡《うち》で問いかけていた。それとも、本当にすべて冗談なのですか？

ふっと話し声が途切れ、ピアノの旋律だけが部屋に響く。人間たちの会話に呼応するかのように、曲も弾んだスケルツォから穏やかな曲調に移行するところだった。

どんな微妙なバランスのせいか、灰皿から煙が真っ直ぐに立ち昇っている。甘い香りをした紫色の狼煙《のろし》だ。やがて危うい均衡が崩れ、煙の束はぱらりとほどけて乱れた。

消された電灯の笠の下で、煙がゆらぐ。ゆっくりだが、恐ろしく複雑な動き。鍵盤《けんばん》上を縦横無尽に這うマウリツィオ・ポリーニの指のようだ、と思いながら恭司はじっと見つめていた。

「ほら、あれ、きれい。バレエを踊っているみたい」

美鈴が同じものを見ながら違う比喩《ひゆ》を持ち出す。

「そうね」

「ああ、本当だ」

アニタと久能も彼女に共感を表明した。なるほど、そう言われてみれば可憐《かれん》なバレリーナにも見えてくる。

「地球が自転する速度がどれぐらいのもんか、知ってる？」

唐突に遥介が妙なことを尋ね、久能が応じる。

「知っていますよ。一日に一回転するんです」

「そらそうやけど、マッハ一・六七の速度で回転してると答えて欲しかったんですよ。そして、その六十九倍のマッハ百十五で太陽の周りを回ってる。ジェット機の百倍以上のスピードやで」

「わぉ」

彼が英語で言い直すのを聞いたアニタは目を丸くし、恭司は彼が細かい数字を諳《そら》んじていることに少し呆れた。

「振り落とされないのが不思議だ、とあらためて思うわ」

「驚くのは早い」遥介は英語のまま続ける。「九つの惑星を引き連れてる太陽そのものも、実は二千億以上の星でできた銀河系の中心の周りを回転しているのを知ってるやろう。その速度はマッハ九百二十」

恭司は狂ったような速さで回転する銀河を思い描こうとしたが、コンピュータ・グラフィックスめいた映像が浮かぶだけで、想像力の限界を超えていた。

「ところで、二千億の星を従えているその銀河系の中心も動いてる。乙女座銀河団の重力に引っぱられて。その速度は――」

彼は舞い続ける煙を見上げて、少し言葉を切る。

「秒速百キロメートル」

アニタは再び無邪気な感嘆の声を発した。

「凄い。地球が太陽の周りを回って、太陽が銀河の中心の周りを回って、銀河も他の銀河に引っぱられてるんだとしたら、地球はどんなふうに運動してるわけ?」

「まぁ、そこに浮かんでる煙の粒子の一つみたいなもんや。けど、地球だけがきりきり舞いしてるわけやない。宇宙全体がお互いの力で引き合い、影響を及ぼし合って、猛烈なスピードの複雑な動きを永遠に続けてる。しかも、膨張をしながら。物理学者はそんな宇宙の運動を指して『終わりのない重力のバレエ』と言うことがある」

いきなり天文学の知識を披露してどうしたのかと恭司は訝《いぶか》りだしていたが、ようやく腑《ふ》に落ちた。バレエの話をしていたのだ。

――終わりのない重力のバレエ。

声に出さずに復唱してみると、その一語が詩のように響いた。もしかすると、そのバレエが鑑賞したくて、創造主は宇宙をこしらえ上げたのかもしれない。

「そう考えると、宇宙というのは実体のあるものやのうて、踊りのようなもの。あるいは、一つの現象とみた方が真実に近いのかもな」

――宇宙という現象。

ソナタは有名な葬送行進曲の部分に入っていた。この部分はショパンがジョルジュ・サンドとマヨルカ島の僧院で過ごした日々に、すでに作曲されていたと聞いたことがある。不吉であるどころか、それが美しい曲であることはよく承知している。しかし、耳に馴染みの深い弔いの調べが、今宵《こよい》はこれまでになく素晴らしく聴こえた。体が小刻みに顫《ふる》えてくる。そして、葬列の歩みが天使の慰めのトリオに転じたところで、恭司は息を呑んだ。

何と深い安らぎと、底知れない慈愛をたたえた旋律。まるで、自分がこれまでかぶってきたすべてのケガレ、これまで犯してきたすべての過《あやま》ちを浄化してくれるようだ。たった一人の部屋でこの音楽に包まれていたのなら、泣きだしていたかもしれない。

「はい。ミルクも入れといてあげたわ」

美鈴がコーヒーを注いで勧めてくれる。掠《かす》れた声でありがとうを言い、口にしたコーヒーの味は、いつもとまるで違っていた。舌の味蕾《みらい》の数が何倍にも増えたのではないか、と思うほど味わいが深い。ひと口啜《すす》ってカップから唇を離したところで、彼は「ああ」と溜め息をもらした。

「恭司。うまいこといってるみたいやないか」

そんな様子を観察していたらしい遥介は、祝福するように言った。指摘されてみて、自分はいつもの自分でなくなっていることにようよう気づく。周囲の様々なものが、その存在の意味合いを強めていくのを感じる。それも、肯定的な方向に。

重力のバレエ。

あのひと言が呪文《じゅもん》になって、扉を開いてくれたのかもしれない。未知の領域に足を踏み入れかけていることを実感する。

「鏡を見せてあげましょうか。にやにやと幸せそうな顔して。効いてきました？」

久能が冷やかす。そうか、自分はそんな顔をしているのか。幸せそうなのなら、それでいいではないか。

「はい」

彼は子供のように素直な返事をした。

「ちょっと酔ってきたみたいです」

「これで恭司さんの入会の儀式は半ば完了ね。後は私たちの秘密結社に忠誠を誓ってくれればいいだけ。――コーヒーのおかわり、いくらでもあるわよ」

無意味な軽口にすぎない美鈴の言葉の中の、『儀式』や『秘密』『忠誠』という一語一語が、深遠な思想に至る道標めいたものに感じられる。頭脳の眠っていた部分が覚醒《かくせい》するほどの自覚はなかったが、もぞもぞと寝返りぐらいはうっているような気がした。酒で酔った時とまた種類を異にした心地よい酩酊《めいてい》感と高揚感がじわりじわりと広がってくる。

「君は……」

遥介の髭面がぐっと眼前に迫ってくる。現実には数センチ縮まっただけの距離が、何倍かに拡大して感じられているのだろう。瞳孔《どうこう》の奥まで、いや、それを透過して脳髄《のうずい》の中心まで覗き込むような眼差しだ。

「かなりうまくトビそうやな。これしきのもので相当エンジョイしてるやないか。ああ、羨《うらや》ましいようなかわいそうなような。まるで鰯《いわし》の天麩羅《てんぷら》を食べて、こんな美味はないと感激してるみたいや」

洞察なのか暗示――それともまた呪文？　――なのか、判断がつきかねたが、確信に満ちた口調だ。

「さぁ、もう一本」

あらたな一本を勧める声が、とても厳かに聞こえた。遥介の肩の向こうに五つの炎を掲げた燭台《しょくだい》が見えている。

――栄光の手。

違う《ネー》、違う《ネー》。

あれはインド麻のリーフだ。

恭司は躊躇《ためら》うことなく、二本目を思いきりふかした。

久能がふざけて拍手をしている。ネクタイを締めたマリファナ・フリーク。おかしなコンピュータ・セールスマンだ。いい年こいて、いい給料もらってて、こんないかがわしい連中と付き合うなんて、頭の螺子《ねじ》がゆるんでいるんではないのか？　遥介たちとの出会いからして滑稽だったが、本当におかしな人だ。でも、結構いい人だ。

恭司はくすくすと含み笑いをする。

「盆栽クラブへの入会を承認しましょう」

久能が宣言した。その名称は即席のものなのだろうか？　ここにいる面々は色んな偶然の悪戯《いたずら》で集まってきただけで、何の目的も持っていない。コーヒーとお菓子をいただきながら、時々ドラッグをやりながら、おしゃべりをするだけの老人会みたいなものなのだから。だから盆栽クラブ？　――そうではないだろう。

喫煙具と並んで、五百円そこそこで販売されているマリファナ栽培用の種の袋――まるで百日草か鳳仙花《ほうせんか》だ――にＢＯＮＳＡＩと表示されているのを何度か見たことがある。あれもまた、オランダ流の穏便なやり方なのだろう。

ふざけている。何が盆栽だ。何がコーヒーショップだ。そんな言葉は、ふしだらな欺瞞《ぎまん》にすぎない。

そう難癖をつけながらも、込み上げてくる笑いをこらえなければならなくなっていた。

――バレリーナ。

不意に立ったアニタが覆いかぶさるように抱きついてきて、彼の頰にひんやりとした唇を押しつけた。

「おめでとう、恭司」

面食らいながら彼は、まだ鼻をくっつけんばかりにしている彼女に応える。

「ありがとう」

線路のカタカタという響きが聞こえてきた。ほど遠くない中央駅を出てベルギーの方に向かっていく。貨物列車だろうか、やけに長い。耳を傾けているうちに、あの赤煉瓦の駅に降り立った時のことが、鮮やかに甦ってきて、ひどくなつかしい思いにとらわれる。

それにしても、いつまでこの街にいるのだろう?

知ったことか。

恭司は声をあげて笑いだしていた。

2

その夜、盆栽クラブが散会したのは真夜中近くになってからだった。久能が車でアニタを送っていくことになり、恭司は「泊まっていってもええぞ」と遥介が勧めるのを辞した。客人用の余分のベッドがないことは承知していたし、今夜は自分の部屋で、初めての体験についてじっくりと反芻《はんすう》してみたかったから。

「いいですよ、ほんと。帰るのに十分ぐらいしかかからないんだし」

立ち上がろうとして、少しふらついてしまった。

「あらら、まだ効いてるみたいね。自分のフラットまでちゃんと無傷で戻れる?」

美鈴が訊いてくれたが、深酒で泥酔しているわけでもなかったので、平気だと答えた。意識はまだ完全に日常のレベルに帰ってきていなかったものの、頭が朦朧《もうろう》としているわけでもない。ちょっと浮かれているだけという程度だった。

「運河にはまるなよ。それから、ほれ、忘れたら痔《じ》になる」

遥介は自転車のサドルを投げてよこした。そうだ、サドルをはずしたままだったんだ、と思い出し、それに気がつかないままペダルを漕いで家まで帰る自分の姿を想像して、ひっつと引《ひ》き攣《つ》った笑い声をたてる。

「恭司はご機嫌ね。明日の朝までへらへらしてるんじゃない?」

そんな彼をアニタは醒めた目で見る。恭司は飛びかかって、その首に右腕を巻きつけて絞めた。

「やめなよ、恭司。もう」

不意打ちに驚いた彼女が本気になって振りほどくのがまたおかしい。

「はは。未来の大シナリオライターに失敬なことを言うとどうなるか判ったかい、オランダのお嬢さん。マリファナなんか吸わなくても俺は凄くユニークな奴なんだぜ」

「アホ」

知っている数少ない日本語を彼女は吐いた。遥介の影響でろくでもない語彙《ごい》しか持ち合わせていないようだ。

「アホっていうのは日本語には違いないけど、遥介さんが住んでいた大阪の言葉だから、俺には通じないよ」

もう一度頭を押さえようと伸ばした手をアニタは掻《か》いくぐって、久能を盾にする。遥介はにやにや笑いながら、恭司はバカと呼ばなくては駄目だと教えた。

「彼の出身地の横浜では使う言葉が違うんや。アホは日本のアムステルダム、大阪の言葉」

「何、何、そんなのありですか?」

大阪が日本のアムステルダムだと聞いて、チューリップ栽培が盛んな新潟を指してそう言うのは耳にしたことがあるが、アムスとあの猥雑《わいざつ》な街とでは似ても似つかないではないか、といった意味の異議を久能が申し立てた。遥介はひるまない。

「何を言うてんねん、久能さん。どっちも街中に運河が張り巡らされた水の都やないですか。アムスに通天閣を足したら、まんま大阪や」

「アホ」

今度は美鈴だった。

「つまらないこと言ってないで、早くアニタを帰してあげなさいよ。ませた口きいててもまだ高校生なんだから、ご両親が心配してるよ」

「判ったって。アニタはぬかりなくロンと口裏を合わせてるとは思うけどな」

遥介は例のオルゴールのような小函からグラスをひとつつまみすると、紙に包んで「ほい」と恭司の手に握らせた。

「余ったからお土産《みやげ》や。自分の部屋で試してみたらええ。もう不安はないやろうからな。――せやけど今晩はもうやめとけ。昼間もあかん。酒と同じように、一日の仕事が終わってからとか、休みの日にリラックスするために楽しむことや」

「まだ効いてるのに、今晩吸うわけがありませんよ。明日――ああ、もう今日になるのかな――仕事があるし」

代休を取っている久能が羨ましい。

「もう一、二時間したら素面《しらふ》に戻れるやろう。気をつけて帰れ」

「本当に川に落ちないでね」と美鈴。

戸口で愚図愚図してしまったが、ドアを開けてしまうともう名残りを惜しんでぺちゃくちゃしゃべってはいられない。神経質な隣室の自称詩人がたちまち顔を出して、廊下で騒々しくされると死にたくなる、などと無気味に嘆願するからだ。あのもやしのように痩《や》せた男がいつか本当に自殺をはかったとしても、自分は軽く頷く以外に何の反応もしないかもしれない、と恭司は思う。

　詩人が顔を出さないうちに正木兄妹と「おやすみなさい」を交わして、三人は狭い階段を一列になって降りた。自転車にサドルを嵌《は》め込むのを久能とアニタが傍らで眺めているので、恭司は「どうぞ、先に行ってください」と促す。

「じゃあ、また、山尾さん。今度はうちに遊びにいらっしゃいよ。かみさんがいなくても、私の我流の手料理でおもてなししますから」

　久能のお誘いは単なる社交辞令ではないように聞こえた。

「ありがとうございます。近いうちに」

　久能の車を駐めてある運河べりに、肩を並べて去っていく二つの影に手を振って送った。と、アニタが久能を止めて、こちらに小走りに引き返してきた。スポットライトめいた街灯の明かりの中へと、けなげなほど懸命に駈けてくる。

「どうかしたの?」

「あのね」

　ほとんど身長が変わらないので、彼女の青いビー玉のような瞳は恭司と同じ高さにあった。胸の裡の小さな動揺を抑えている様子で、こんな頼みごとをしてくる。

「智樹が恭司の店にやってきたら、私が電話を欲しがっていたって伝えてね。忙しいのならオーディションがすんでからでいいからって。あ、うちに夜かかってくる電話はたいてい私が取ることになっている、ということも」

　彼は引き受けた。

「いいよ。でも、電話ぐらい君からかければいいのに」

　どう答えていいか判らない、というふうに医者の娘は肩をすくめるだけだ。正直に答えたくない、ともとれたので、それ以上は追及せずに、伝言を承諾したことだけを繰り返した。

「ありがとう、恭司。おやすみなさい《フーデナハト》」

　はにかんだ笑みを浮かべてから、アニタはまた駈けていく。街灯から遠ざかるその後ろ姿が逆光の黒い影になり、再び久能に並ぶところまで見送ってから、恭司は自転車に跨《また》がった。しまった。サドルの高さをまた調節しそびれた。しかし、どうせすぐ持ち主に返却しなくてはならないのだから、とがまんすることに決めた。

　ブラウヴェルス運河に沿って走り、いくつものハウスボートが浮かんだプリンセン運河と交差する手前で橋を渡る。オランダ人好みの控えめな照明の光が船の窓からももれていて、ちょろちょろと動く仔猫の影が覗《のぞ》いている。別の船の甲板にはささやかな庭がしつらえてあり、鉢植えの間に日本風の石灯籠《いしどうろう》が飾られていた。アムスの運河には、何でも浮かんでいるのだ。

　橋の上で、おや、と思う。感覚が常と違っているからか、ただの錯覚なのか定かでないが、川面から水の匂《にお》いがたち昇っているのを嗅《か》いだ気がした。

水──水飴《みずあめ》。

水飴ってあったよな。割り箸の先にくるくるっと巻いたのが大好きで、縁日でいつも買っていたっけ。あれがここにあれば食べたい。今なら、何倍も甘くてうまいだろう。ねとねと、くちゃくちゃ。こね回したら細い糸を引くのが、きっといとおしくさえ思えるだろう。明治屋やホテルオークラのヤマ・プロダクツがこの時間に店を開けていたとしても、縁日の水飴なんぞが手に入るわけもない。ああ、今食いたい。今夜食いたい。それが絶対にかなわぬ願いであることが、ひどく残念だった。

おっと。

北教会のシルエットがそびえる広場の角まできたところで、パトロールの警官らしき徒歩の二人連れがこちらに向かってくるのが目に入ったので、恭司は慌てて左に曲がった。どうせそこで左折してリンデン通りのわが家へ帰るところだったのだが、外国人登録をしていない弱みがあるので、警官を見ると過敏にはっとしてしまう。そんな素振りがかえって不審感を招き、いつかしくじって国外退去命令をくらう、ということもないだろうに。オランダの警官は軽々しく不審尋問などしてはいけないらしく、パリの陰険なそれのようにこぎたない恰好をした外国人旅行者を見るたびに「お前、麻薬持ってるだろ。パスポート見せろ」と高飛車にからんできたりしない。

彼のねぐらがあるリンデン通りはヨルダン地区と呼ばれる南北に長い地域の北寄りにあっ

た。町名はリンデン運河というが、空堀で水はない。アムステルダムの旧市街を幾重にも囲む大運河のうちで最も外側になるプリンセン運河よりもさらに外にあり、住民は労働者や芸術家が多い地域だった。ホフィエという救護院がかつてはこの一帯に百以上あったとも聞く。久能のような日本から赴任してきたビジネスマンの社宅があったり、裕福な階層の人間が喜んで居を構えたりするようなエリアではなかったが、隣人たちは気さくだし、自転車泥棒ぐらいに警戒するだけで治安に不安を覚えることもなく、恭司はまずまず快適に過ごしていた。

アムスに着いてひと月ばかりはユースホステルを渡り歩いていた。しばらく腰を落ち着けようと決めて、今の家具付きフラットを借りたのだが、勝手が判らずにまごついている時に、不動産屋まで家捜しに付き合ってくれたのも遥介だった。そこで唾《つば》を飛ばしながら交渉しても家賃の折り合いがつかなかったので、遥介は意地になったのか「捜したらもっとええのがある。まかせとけ」と言い、ついには新聞広告で不動産屋を通さない格安物件を掘り出してくれた。そのおかげでねぐらを確保できたのだ。

あれやこれや助けてもらって感謝してはいたが、もしかしたら、みっともないほど世話になっているのかもしれない。遥介にも、美鈴にも。いや、久能や水島がいなかったら泣きたくなりそうな場面も多々あった。翻《ひるがえ》って、自分が彼らに何か力を貸したような記憶はすぐには見つからない。人と人の交わりであまり貸し借りを意識するのもどうかと思うが、この街を去るまでに何かお返しをしたい。

水飴が食べたいという唐突な欲求がいつしか殊勝な内省に転じ、そんな感情の起伏もドラッグの作用のせいだろうか、と考えているうちに、運河に落ちて溺《おぼ》れることもなく、無事に六軒長屋のフラットまでたどり着いた。同じように段状の切妻を持ったフラットといってもカイゼル運河などに沿って並んだ瀟洒《しょうしゃ》なものと比べると、煉瓦の傷みが目立つ外観からしてみすぼらしい。高級なフラットに入ったことはないが、室内の格差は段違いなものになっているいることだろう。正木兄妹のフラットよりさらにワンランク落ちるというところか。

彼は左手の路地を通って裏庭へ回り、そこで自転車を停めた。そして、再び持ち主の指示に従ってサドルをはずす。朝、取りに行くから保管しておいてくれ、と言われていたが、熟睡しているところをどんどんノックされるのはかなわないと思い直し、隣人の部屋のドアの前に置いておくことにした。まさか盗まれることもないだろう。

自分の部屋に戻った彼はリュックを床に置き、ベッドに身を投げてスプリングを軋《きし》ませた。組んだ両手に頭をのせて、ベージュの壁紙が貼られた天井をぼけっと仰ぐ。色々あってやけに長い一日だったな、と思いながら。

マリファナの効き目はもうかなり薄らいできていて、ほとんど素面になっている。これを『帰ってきた』と称するのだろう。インドの安宿で恐慌と吐き気をきたしたことが嘘のような、愉快な体験だった。近いうちにまた試してみたい、という気もする。しかし、マリファナの力を借りて意識が少しばかり変容したからといって、ドラッグ礼賛者たちが訴えるように、それを契機に博愛の精神が芽生えるとか、にわかに地球環境問題への関心が高まるということもなさそうだった。酔っている間だけの解脱《げだつ》もどきだとしたら、久能が馬鹿にするアルコールと大して変わるところがない。それとも、それは自分の体験がまだごく初歩的な段階のものでしかなかったからだろうか？　――判らない。確かめるには、何度か繰り返しトライしてみるしかないだろう。

眠くなってきた。彼は寝そべったまま上着を脱ぎ、椅子の背にほうり投げる。あのポケットに遥介からのお土産が入っていたんだ、と思い出した。日本だと芸能人がたった十グラムほど所持していただけで大ニュースになるほどやばいものを、今夜はたっぷり楽しんだだけでなく、部屋に土産まで持ち込んでいる。ああ、遠い異国の空の下にいるんだな、と妙なことで実感した。

睡魔に愛撫《あいぶ》されながら、どうしても馴染むことができなかったパリを逃げるように後にして、アムステルダム行きの列車に飛び乗った日のことが浮かんでくる。あの日、パリにはしとしとと霧がしぶくような雨が降っていて、車窓を流れ去るモンマルトルの丘の風景は小憎らしいほど美しかった。インドでもトルコでも、現地の言葉が判らないことはさほど苦にならなかったのに、パリでつまずくとは思っていなかった。下手な英語を無視され、単語を並べただけのフランス語をあからさまに嗤《わら》われて、彼はがまんがならなくなってしまったのだ。人種的な差別を肌で感じる場面もあった。さらに、かの地で出会った何人かの在留邦人とたまたま馬が合わなかったことも災いした。日本を出て四ヵ月。ちょうど放浪の疲れが噴き出す時期にあたっただけだったのだ、と冷静に分析できるようになったのは、ごく最近になってからだ。

アムステルダムに行ってみよう、と考えたのにさしたる理由があったわけではない。ただ、オランダやスウェーデンは英語が楽に通じる、と聞いたことは一因だった。ブロークン・イングリッシュにすがりたかったのならドーバー海峡を渡って本家イギリスに行けばよかったのに、そうしなかったのは変な意地だったのだろう。あるいは、パリで受けた傷をゆっくり癒《いや》すのには、ロンドンという大都会はうるさそうだ、と考えたのかもしれない。

パリからブリュッセルを経てアムステルダムまで特急で約五時間半。東京―大阪と似たような距離だ。

不安な旅だった。

たかがヨーロッパをふらふらと渡り歩くだけのことに挫折《ざせつ》してはふがいない、などと気負っては、ますます気分が沈んだ。そのせいだろう。旅の途上で見たアントワープの街の佇《たたず》まいが、異様な風景として目に映ったことを覚えている。かつて世界一の港町として栄えた堅牢な石造りの古い街。そのいかめしい町並みがまるで巨大な墓石の林のように見え、一瞬、わが目を疑ってごしごしと擦《こす》った。

列車が駅の巨大な屋根の中に進入していくと、彼はさらに衝撃を受けた。何本もの陽の光がドーム屋根の鉄骨の隙間《すきま》から矢のように差し込み、まるでSF映画を撮影しているスタジオにまぎれ込んだかに思えたのだ。何か、恐ろしいほど非現実的な光景。おそらく、光が偶然に演出した特殊効果に幻惑されたのだろう。そして、ホームに滑り込んだ列車の窓から出入口の方を見やった時、もう一度彼は圧倒されなくてはならなかった。

ブリュッセルとアムステルダムの間にあるアントワープはいわば通過駅なのだが、ターミナルのように、列車が出入口に向かって頭を揃える端頭式の構造になっている。その出入口の左右と上方に施された装飾の何と荘厳なことか。中世の教会の中に突っ込んできてしまったのか、と思うほどだ。

——こんな駅があるはずがない。

——こんなものは駅ではない。

——夢だ。

彼は呆然《ぼうぜん》としていた。

やがて列車は進行方向を逆にして、アムステルダムに向けて出発する。しばらくはアントワープに進入する時に眺めたのと同じ風景が、ビデオを巻き戻すように展開した。再び墓石の谷間を行く。

——夢を見ているんだ。

彼は繰り返し思った。

後で調べて知ったことだが、アントワープの荘厳にして壮麗な駅は十九世紀末から今世紀初頭にわたる十年の歳月をかけて建てられたもので、ベルギーの重要文化財に指定されているというから、予期せずいきなり遭遇した自分が瞠目《どうもく》したのもあながち大袈裟《おおげさ》なことでもない。だが、戦慄《せんりつ》に近いものを感じて皮膚が粟立《あわだ》ったのは、やはりその時の不安定な精神状態のせいだったのだろう。いやいや。確か、あの時は体調も崩していて、頬や額が熱かった記憶がある。微熱が見せた幻だったのだ。きっと、そうだ。あれ以来、あのアントワープを訪問したことも通過したこともないが、今度見たなら多分、とりたてて興奮することもないに違いない。

喉《のど》が渇いている。

でも、眠くて、一杯の水を汲《く》みに行くのが面倒でならない。

じっとこうしていよう。

じきに眠りに落ちるだろうから。

アムステルダム中央駅に到着したのは夕刻だった。東京駅はこのネオ・ゴシック風の赤煉瓦の駅を模したのだ、と聞いたことがあるので、正面で振り返って仰ぎ見たが、ちっとも似ているように思えなかった。それが率直な印象だったので、中央駅を見上げて「ほら、よく似てるだろ」「ほーんと、そっくり」などと喜んでいる新婚らしい日本人カップルを見かけると、「自分の目で見ろよ。全然似てねぇじゃねぇか」とからみたくなることがあった。

名前と場所だけを控えていたユースホステルを捜しあてるのは骨が折れた。着いていきなり紅灯《とも》が灯り始めた有名な飾り窓の界隈《かいわい》に迷い込み、麻薬の売人らしい男や金をせびるホームレスを振り払いながらさまようこと一時間。予約を入れていないのだが、と言うと、幸いがらがらにすいている、という返事に安堵《あんど》した。

旅装を解いたのは、もうとっぷりと日が暮れてからだった。相部屋《ドミトリー》ではなくシングルをあてがわれて喜んだものの、微熱のせいか食欲もなく、こんなこともあろうかと取っておいた昼飯の残りのパンをミルクで胃に流し込んだだけで、早い時間に寝た。窓の下を酔漢の何語とも知れぬ歌声が通り過ぎていくのを耳にしながら、ここでも先行き暗いかもな、と心細い夜だった。

今にもころりと眠れそうなのに、それでいてなかなか寝つけない。

アムスに着いて初めて迎えた朝は、日本晴れ、と扇をかざしたくなるほどの快晴だったっけ。

たかが天気のことではあるが、それでいくらか気分が楽になった。三連泊が限度のユースを渡り歩けば、帰りの航空運賃を温存しつつ、まだふた月はやっていけるだけの余裕はあった。金が尽きたら日本に帰ればいい、と割り切って、オランダ滞在をできるだけ楽しもうと決めた。

正味一泊二日程度しかアムスにいないパックツアー客でも——いや、彼らこそが必ず乗り込むアクリル張りの運河巡り観光船で、まずは川面から市内観光をした。ガイドブックの一冊も持っていなかったので、VVVなる観光案内所でパンフレットを手に入れ、それを片手にアンネ・フランクが隠れ住んだ家やレンブラントの家、歴史博物館を観て回り、一日目が終わった。二日目にはシンゲル運河の外に足を伸ばし、レンブラントの『夜警』をメインディッシュにした国立美術館とゴッホ美術館を回る。それでも余った長い午後は、フォンデル公園の芝生に大の字に寝転んで過ごした。

三軒のユースを梯子《はしご》しながら一週間ほどたった頃、珍しいことに日本食が恋しくなった。寿司だの天麩羅だのと贅沢《ぜいたく》は言わない。もちもちっとした白い飯が食べたい、と思ったのだ。善は急げ、とばかりに市電《トラム》に飛び乗って、ムント広場の近くで見かけたことがある日本料理店に向かう。海外ではありがちの『ミカド』という名のその店は、寿司、天麩羅からラーメンまで何でもありのメニューを用意していて渇《かつ》をいやすことができたが、僥倖《ぎょうこう》は品揃えではなく、従業員を募集しているのだが、とマネージャーから声をかけられたことだった。

「雇ってもらえるんですか？」

弾んだ声で問い返したら、実直な銀行家といった風采《ふうさい》の調理師を兼ねたマネージャーは、ほっとした表情になった。

「急に二人も抜けられて困ってたんだ。明日からでもきてもらいたいぐらいで。――それにしても、俺もいい勘してるな」

「いい勘って、何です？」

橘《たちばな》というマネージャーは、もう気さくな口のきき方になって、

「だってそうでしょうが、山尾君。ふらっと入ってきたお客さんに『うちで皿洗わないか？』なんて訊くのは失礼でしょう。この人は長期の貧乏旅行の最中で、そろそろ弾《たま》の補充が必要になってきてるんじゃないか、こづかい欲しいんじゃないか、と鋭く見当をつけたからプロポーズしてみたんだよ。ドンピシャリだったな」

「ええ、まぁ、ドンピシャリで……」

「ねぇ、本当に明日からこられる？　洗い場だけじゃなく、客席係も頼みたいし、できれば簡単な下ごしらえも手伝って欲しいんだけどな」

大丈夫だ、と答えると橘は手を握らんばかりに喜び、よかったら晩飯をおごるから今夜遅めにまたきなさい、と言ってくれた。

期待してもいなかった幸運が舞い込んできた。いい雲行きになってきた、と感じたのはその時だった。

仕事を始めると、低賃金ながら現金収入が得られるだけでなく、昼と夜の二食が浮くのがありがたかった。もちろん、値のはる日本食がふと恋しくなることもなくなった。

オランダ人にとって日本食は高価なエスニック料理であったから、来店客はやはり日本人が多かった。ツアー旅行者が団体でどやどやと入ってきても、ただ食って出ていくだけだったが、気ままな旅をしている者たちは彼を同類と見抜いてかよく話しかけてくれたので、情報交換ができたのもメリットだ。

アムステルダム在住の常連客――ビジネスマン、留学生、芸術家たち――の何人かとも顔見知りになって、あれこれ教示されたり、何人かとは個人的な付き合いが始まった。その一人が水島智樹だった。細く長い指をした白皙《はくせき》の美男子。大阪のとある貿易会社社長の三男。恭司より一つ年上の二十七歳――だったと思う。親父は苦労人の成り上がり者でね、と言う水島はいかにも育ちがよさそうで、京都の公家《くげ》の出だと本人が言えば、なるほどいかにも、とそのまま素直に信じるしかなかっただろう。二人の兄が父の会社を継ぐことが決まっているので、彼が音楽の道を志すことに父は何の反対もしなかったそうだ。むしろ、息子の一人が芸術家になってくれれば外聞がよくて鼻が高い、とでも考えているらしく、積極的に応援してくれているとか。それで、自費で優雅な音楽留学を続けていられるわけだ。

――智樹が恭司の店にやってきたら、私が電話を欲しがっていたって伝えてね。

アニタの言葉を思い出して、考えてしまう。彼女が水島に関心を示していることは察していたが、はたして、それは恋心に近い感情なのか？

電話が欲しい、と言うぐらいだから、水島に対してどれほどかのアプローチはしているようだ。が、彼の方もアニタに気があるということはなさそうだ。男ばかり三人兄弟の末っ子だから、目の色が違う妹もどきができた、と喜んでいるかもしれないが。

水島の意中にあるのは美鈴だ、と恭司はにらんでいる。そして、その美鈴をアニタが同性として姉もどきに慕い、つきまとっているのは明らかだ。

ややこしいこったい。

アニタが悲しむようなことにならなければいい、と恭司は希《ねが》った。ふざけて抱きついてきた彼女の、ひんやりとした唇の感触が、頬に甦る。胸の奥が、むず痒《がゆ》くなった。

アニタが悲しむことにならなければいい。十八歳の分際で煙草もマリファナも吸い放題の生意気な問題児のくせに、自分などよりはるかに他者を深く思いやることができる純な少女が傷つくのは見ていてつらい。ただ袖《そで》にされるだけでもかわいそうなのに、その恋敵が美鈴となれば、彼女は姉も同時に失うことになる。

まずいことになりそうな予感がしてならない。アニタの片想いの行く末だけを案じているのでもない。最悪の予感は、今日より明日、明日より明後日の自分が、より強く美鈴に惹《ひ》かれていきそうなことだった。

今の今まで認めないできたが、どうやら素直に現実を直視しなくてはならないところまで追いつめられたようだ。随分と久しぶりに、恋に落ちたのかもしれない。そんな交通事故のようなものに遭うのはまっぴらだと思い、努めて美鈴のことは頭から追い払おうとしてきたのに。彼女がいるからずるずるとアムスに居続けてしまっているのだ、と考えないようにしてきたのに。

今夜見た美鈴の表情、しぐさの一つ一つ、何気ない言葉のひと言ずつが克明に思い出される。


——金曜日にワーテルロー広場で掘り出してきたのよ。蠟燭つきで二十ギルダー。

奇妙なことに、白い指が手にしたその燭台に薔薇の浮き彫りが施されていたことも、今になって気がつく。

ろくなことないって。

美鈴なんかに惚《ほ》れたら悲惨の見本だ。水島のおぼっちゃまにかっさらわれて泣かなくてはならない公算が大だ。そうでなければ——ああ、嫌な想像だ——下手なシナリオみたいなどんでん返しをくらうに決まっている。ある日、彼女が申し訳なさそうに告白するのだ。

——ごめんなさいね。わけがあって嘘をついてたけど、遥介は兄貴じゃなくて、私の夫なの。

はは、本当にそうだったりして。

睡魔がのび上がってきて——

溶暗。

ろくでもないのは、その夜の夢だった。

人を殺す夢なら何度も見たことがあるが、殺されてしまう夢は初めてだった。しかも、殺されてからも意識があり、何者とも知れぬ殺人者に鋸《のこぎり》で四肢を切断されてしまうのを感じ続けなくてはならなかったのだから、悪夢の部類だ。しかし、夢の彼は恐怖するというよりも、あまりの異常な事態にぽかんと呆《あき》れていた。何てこったい、と。

ひどいな、バラバラにされてしまう。

バラバラになる。

燭台に薔薇の浮き彫り。

——金曜日にワーテルロー広場で……

薔薇薔薇に。

――蠟燭つきで二十ギルダー……

薔　薇　薔　薇。

＊　＊　＊

コートを着てくればよかった、と後悔しつつ、高村玲哉《たかむられいや》はジャケットの前を掻き合わせた。暖冬だとはいえ、歳末商戦で街が賑《にぎ》わう季節に薄着がすぎたかもしれない。

行く手の左右に、長い長いコンクリート塀が続いている。

左手は業績不振で閉鎖された紡績工場のもの。右手の塀の向こうは、工場に負けず広壮な暮林《くればやし》博士の敷地である。大阪市内へ特急でたっぷり半時間かかる郊外のそのまたはずれとはいえ、常識はずれの広さだ。

どこかで犬が遠吠《とおぼ》えをしている。寒々しい、鎌《かま》のような三日月が妖艶《ようえん》に輝いている夜空に、その叫びが吸い込まれていく。人影の絶えた路上では、博士邸の庭木が落としたとおぼしき枯葉が何枚か舞っていた。時折ゆるく吹く風のせいで、その落葉がカサコソと囁《ささや》くような音をたててアスファルトの上を這《は》う。そして、まるで玲哉を早くここまでおいでおいでと誘うかのごとく、一定の間隔をおいたまま先へ先へと進むのだった。

右手の塀に何か落書きがしてある。赤いスプレーで殴り書きされたそれを見るのはこれで三度目で、何が書いてあるのかよく承知していたのに、自然にまた目がそちらにいってしまう。

MAD SCIENTIST !!!

化け物屋敷

エサをあたえないでください

他にも侮辱的な言葉がいくつか並んでいた。誰が書いたのだろう。スプレーを使った下品なメッセージは暴走族のお家芸だが、ここに書かれたものは少し様子が違うように思えた。彼らが好むグループ名の署名がなかったし、悪さをすること自体を面白がって書いたというより、この家の主に対するあからさまな敵意の表明が目的になっているように窺《うかが》える。行きずりの暴走族のしわざではなく、近隣の悪童たちの手によるものであり、そしておそらく、その内容は常識あるはずの彼らの親たちの気持ちを代弁しているのであろう。主人はそんな無礼な讒言《ざんげん》を消す努力をずっと以前から払っていないと見受けられる。鼬《いたち》ごっこに疲れて諦《あきら》めたのか、はなから黙殺しているのか。

「マッド・サイエンチスト、か」

玲哉は声に出してみた。常識を逸脱した言動で隣人たちの顰蹙《ひんしゅく》を買う市井《しせい》の自称天才科学者、というだけなら、この世にある割合で生息している道化師だと言えよう。マッド・サイエンチストという言葉の響きも恐怖を呼ぶものではなく、滑稽で、古いB級SF映画をノスタルジックに思い出させる。

問題は、マッド・サイエンチストを笑うためには条件が一つだけ必要だということだった。彼が決して危険な存在ではない、ということ。

暮林博士が没頭している研究の対象が永久機関やタイムマシンであったなら、ただただ温かく見守り、「がんばってください」「あまり無理してお体をこわさないように」と激励といたわりの言葉をかけてあげればよかっただろうに。

玲哉は緊張していた。柔道、剣道とも有段者の捜査一課刑事が、鶏のように痩せた七十近い暮林との対決を前に、何度も背筋に顫えが走る。一課の飯を食って三年。しくじったら命を落とすかもしれないという修羅場もいくつかくぐり抜けて、度胸を養ったはずなのに。

長い塀に、ようやく切れ目が見えてきた。風雨でほとんど判読できなくなった表札が埋め込まれた御影石《みかげいし》の門柱に、黒い鉄の門扉。塀にぽっかりと開いた口だ。脇に立っている街灯が切れかかっていて、その口を示すサインであるかのように規則的に明滅している。一陣の風が起こり、彼を導いてきた枯葉をどこかへふわりと吹き散らした。

さぁ行くぞと意を決して、門をくぐる。これまでの二度の訪問の際には連れがいたので、単独で塀の中に入るのは初めてだった。

荒れ放題で雑木林と化した庭に一瞥をくれ、玄関の扉へと歩を進める。気のせいか、庭の荒廃ぶりは一週間前にきた時よりもさらに進行しているようで、そこいらの茂みから虎が飛び出してきても不思議はないような得体の知れなさを漂わせていた。

尖《とが》った破風《はふ》をいくつも持つ西洋館はたっぷりビルの三階分の高さがあり、前に立つとのしかかってくるような威圧感があった。ただ、亀裂だらけの灰色の壁に焦茶色のチンパーが描く意匠が美しい。

錆《さ》びた馬蹄《ばてい》型のノッカーは実用に供されていなかったので、ブザーのスイッチを押した。呼び鈴でもなくブザーというのが武骨な上、それそのものも天才博士宅には不似合いな、小学生が工作で作りそうなほどちゃちな代物だった。

インターホンで誰何《すいか》されることもなく、意想外に早く扉が開く。彼の到着を主人が待っていたかに思えるほど。

「刑事さんですか。ああ……高村刑事さんでしたな？」

彼より首一つ分だけ短軀《たんく》の暮林が白衣を羽織り、両の手を後ろ手に組んで現われた。

何かの実験の最中だったようないでたちなのだが、白衣は博士の部屋着も兼ねているふしもある。両目の間隔が開きすぎた特徴的な顔には軽い驚きの色があったが、どこか真実味がなく、演技っぽい。

狭いホールの天井から電灯の光が注ぎ、二人の影を刻印したかのようにくっきりとリノリウムの床に貼りつかせる。初めて遅い時刻にきて気づいたが、その黄色い電灯に照らされたこの玄関は、本当の化け物屋敷もかくやと思えるほど気味が悪かった。奥に伸びている廊下には、そんな陰気な明かりが一つぽつんと灯っているだけで、先は深く黒い闇に消えており、その情景を見ただけで、臆病な子供ならこわがって中に入るのを拒否するかもしれない。

「事前に電話も入れず、夜分に突然やってきて失礼します。差し支えなければ少しお時間をちょうだいして、お話を伺いたいのですが」

自分の声が緊張のあまり上ずり気味なのを感じて、玲哉は嫌な気がする。暮林の方はいたって落ち着いた様子で、耳の周りにだけ残った白髪のひと房を右手でいじりながら、

「ほぉ」と応じる。

「事件のことですな。何か進展があったんですか？」

大脳生理学者はいつものように、いたって気さくな口調で尋ねてきた。玲哉は黙って頷く。

「ほほぉ。それやったら夜分も何もない。さぁ、お入り下さい」

玲哉を招き入れ、扉を閉めてから、暮林ははたと気がついたように、

「今日はお一人ですか？」

「はい。先生とさしでじっくりとお話がしたいと思って、一人できました」

「はぁ、そうですか」

博士は何人でこようとそんなことはどうでもいいが、というふうに気のない返事をしただけだった。

廊下の両側に並んだ部屋のうち、最も手前左側のドアを開いて、「さあさあ」と暮林は刑事を招いた。いつもと同じ応接室だ。黴《かび》臭いソファを勧めてから博士は、

「コーヒーでも淹れましょか？　ちょっと待ってもらわんならんけど」

「結構です」と玲哉は断る。「遅いですから、早く用件に入りたいと思いますし」

「はぁ、そうですか」

口癖でそう軽く言って、彼は玲哉の前に腰を下ろした。差向いになった二人を、出窓に飾られた梟《ふくろう》の剝製《はくせい》がじっと見つめている。

「で、内海《うつみ》は香苗《かなえ》を殺したと自供しだしたんですか？」

彼の口調が急に低く、重く、ゆっくりとしたものになった。そんなふうに意図的にしゃべり方に変化をつけるのもいつものことだ。

「いいえ。一貫して内海はやっていないと言い続けています。彼が奥様を殺害したという疑惑についても、遺体をバラバラにして大阪一円の六ヵ所にばら撒《ま》いたという疑惑についても、新たな証拠は出てきていません」

博士は鼻で溜《た》め息をついた。

「往生際が悪いというのは、誠にみっともないですな。あんな大それたことをしておいて、否認の一点張りとは。――わしやったら、とっくに全部自白しとるけどな」

最後のあたりは独白めかして呟《つぶや》いてから、

「世間でも内海がやったと信じてるやないですか。こんな調子では、警察は都合の悪いことを何か隠してる、と思われかねませんよ。現職の刑事が拳銃を使って人妻を殺して、その上遺体をバラバラにしたやなんて事件は前代未聞ですからな」

話していているうちに怒りが込み上げてきている様子だった。四十も若かった新妻を寝取られた挙げ句、殺してバラバラにされたのが事実だとしたら、その憤怒《ふんぬ》と悲嘆はいかばかりか、と玲哉も理解できる。

もし、それが事実だとしたら。

「暮林博士。私は内海刑事の犯行だとは考えていないんです」

相手の片眉が動いた。

「ほほぉ。同僚やからそんなことは信じたくない、というんではなく？」

「心情からだけそう考えているのではありません。事件をどう見ているのか、ということについて、博士にお話ししてご意見を求めたいと思ってきたんです」

「進展があったんですか、とお訊きした時にあなたは頷きました。しかし、それはあなたが何か閃《ひらめ》いたというだけのことで、捜査そのものが新しい局面を迎えたというんではないんですな？」

「より正確に言うなら、そういうことになります。真相究明のため、どうかご協力をお願いします」

「よろしいか？」

断ってから、暮林は白衣から細身の葉巻を取り出してくわえた。

「それはかまいませんが、いつもはコンビでいらっしゃるのに、今夜はどうして一人でいらしたんですか？」

玲哉は少し躊躇《ためら》ったが、正直に答える。

「突飛な話なもので、頭の固い人間に話しても一笑に付されると危惧《きぐ》したんです。まず、博士にと――」

口が、ほぉ、という形になる。驚きや恐れではなく、ただ好奇心が鎌首をもたげたようだ。暮林は葉巻を右手の指に挟んだまま腕組みをした。

「どんな突飛なお話なのか、聴かせてもらいましょう」

あらかじめ考えてきた順に話そう、としたのだが、何を導入部にもってくるのかを失念してしまっていた。仕方なく、行き当たりばったりに始めることにする。

「暮林香苗さんの殺害および死体損壊、死体遺棄に関して、内海刑事が逮捕されて一週間がたちました。先ほど申したとおり、内海刑事は容疑を全面的に否認しています。私も取り調べに立ち会いましたが、どうしてこんなことになったのか、何が何やらさっぱり判らない、と訴えています」

言葉を切ると、暮林は嘲《せせ》ら笑うように鼻を鳴らした。

「香苗と人倫に反する行ないをしていたことも含めて全面否定ですか？」

「いいえ。ここ一年間、毎月二、三回という頻度で奥様と密会し、肉体的な交渉も持っていたことについては認めています。昨年末の同窓会で七年ぶりに再会して、高校時代の想い出話に花が咲いて、というのがきっかけだったそうですね」

知ったことではない、とばかりに博士は不快感を顕《あら》わにした。

「香苗さんが暮林夫人であることを承知していながら関係を続けたのですから、内海刑事としても内心は忸怩《じくじ》たるものがあったと話しています。それは奥様の方も同様だったであろう、と。しかし、なかなか清算するふんぎりがつかず、逢瀬《おうせ》を重ねてしまった」

「刑事さんという職業は大変な激務だと聞いています。その仕事の合間を縫って、よくもそんな破廉恥《はれんち》な真似ができたもんです。白昼堂々、勤務中に妻と会《お》うたりもしてたんでしょう。同僚のあなたもそれを聞いて立腹したはずです」

玲哉はそれに逆らわない。

「刑事にあるまじき行為だと憤りを感じました。厳しく責任を追及されるべきです。しかし、そのことと彼が今受けている凶悪な犯罪事件の容疑とは、切り離して考えなくてはなりません」

「内海は妻と不倫の関係を続けていたが、良心の呵責《かしゃく》に耐えかねた香苗が別れ話を持ち出したのに逆上し、あろうことか職務を遂行するために携帯していた拳銃で射《う》ち殺し、鋸《のこぎり》でバラバラにしてゴミのように棄てた。そういうことやないんですか？」

博士は葉巻の煙を窓辺の剝製の方に勢いよく吐いた。興奮せず冷静に、と言うかわりに玲哉は大きく頷いてみせる。

「別れ話がこじれて殺人事件に発展した、動機については充分ある、と警察も見ています。それ以外には、温厚なお人柄で、他人から恨みを買っていた可能性の薄い奥様が、ああまで酷《むご》い殺され方をするとは考えにくいことですし」

「そのとおり。妻を殺そうやなんて考える人間が他にいるはずがありません」

暮林は断言したが、それは被害者が聖女のように汚れなき人物だったから、というよりも、世間との接触が希薄だったことによる、と玲哉は見ている。博士の嫉妬《しっと》心が、新妻を籠《かご》の鳥にしていたのだ。もっとも、結局は一年間にわたる浮気をされていて見抜けなかったのだから、ざるのような監視だったのであろう。

「しかしですね、動機があるからというだけで、内海刑事が犯人だと決めつけることはできません」

「当たり前でしょうが、そんなことは」

博士は苛立たしげに体を揺する。

「それだけのことで警察が逮捕をするわけがない。一般の市民の場合でもそうですが、ましてや被疑者が身内の警察官ともなると特にね。動機があることではなく、妻を殺す機会があったのは内海だけだ、ということが決め手になったんでしょう？」

「はい」

「凶器は内海の拳銃やったことが科学的に立証されたから、その拳銃を使うことができた世界でただ一人の人間である奴が逮捕された。そうでしょう？」

「はい」

暮林は葉巻を灰皿で揉《も》み消した。

「ところが、内海は犯人ではない、とあなたは言う。突飛な話なので同僚たちに話したら一笑に付されるかもしれない、と自覚しながらも、頭から追い払うことができない異説を思いついてしまったわけですね？」

「はい」と三度《みたび》繰り返す。

「妻を殺す機会があったのは奴だけだ。私がさっき言ったのをあなたは打ち消しませんでしたね。非常におかしな具合だ。にも拘《かか》わらず、犯人は奴ではないと言うんですか？」

当然ながら、暮林はその一点をあくまでも強く問うてくるつもりなのだろう。玲哉はそれを力ずくで跳ね返さなくてはならない。

「内海刑事にしか犯行の機会がなかった、という言い方には問題があると思います。彼が所持していた拳銃が凶器と断定されはしましたが、彼以外の人物がその拳銃を射つのが物理的に不可能だったわけではありません」

「不可能だったではありませんか。犯行が行なわれた時点で拳銃を管理下に置いていたのは、内海だけなんですから」

暮林はさらに声を荒げる。

「それに、拳銃を何者かに強奪された、なんていう奴の弁は全くもってお笑い草です。苦しまぎれとはいえ、いやはやお粗末な言い逃れをひねり出したものです。虚偽に決まっている」

玲哉はたじろぎかけた。内海が四面楚歌《しめんそか》の状況に追い込まれたのも、拳銃を奪われたという証言には信憑性《しんぴょうせい》がいかにも乏しいからだった。暮林の反駁《はんばく》はもっともだ。

「おっしゃるとおり、内海刑事の証言には曖昧《あいまい》な部分が多々あります。張り込みを終えた明け方、自宅に帰りついたところでガス状のものを背後から噴霧されて意識を失った。

気がつくと寝室に横になっており、凶悪犯罪の捜査中だったために携帯していた拳銃がなくなっていた。まるで下手なスパイ映画みたいです」

「目撃者もおらず、本人がそう言っているだけなんでしょう？」

「そうです。早朝のことだったので、事件そのものを目撃したという者はなく、付近で聞き込みをしても、犯人らしい人物が現場を立ち去るのを見たという人間は見つかりませんでした」

「そんな話を信じろというのが無理な相談です。もし、ですよ——」

暮林は玲哉をにらむように見据える。

「もしも、拳銃を強奪されたという内海の話が本当だとしたら、妻の亡骸《なきがら》の額から、その銃から発射された弾丸が出てくるというのは、時間的に矛盾するではありませんか。絶対に説明がつかない」

三十分ほど前に拳銃を奪われた、と内海が報告したのは十一月十日の午前六時二十分のことだった。

「香苗の体の一部が最初に発見されたのはいつでしたか？」

詰問調で尋ねられた玲哉は、慎重を期して手帳を開く。

「十一月八日です」

「右の脚でしたね？」

「そうです。奥様の遺体の一部だと特定されたのは、頭部が見つかってからのことですが……」

「検視の結果、その右脚は死んだ人間から切り取られたものだと判明したんですね？」

とうに知っていることを、わざわざ確認してくる。

「はい」

「死後どれくらい経過しているとされたんでした？」

「十二時間から二十時間」

「ということは、殺されたのは七日ですね？」

「七日の午後六時から八日の午前二時の間ということになります」

「右脚の次は左腕でしたな？」

「はい。翌九日に見つかっています」

「そして十日に右腕と胴体が見つかった」

「はい」

「十三日になって左脚。十八日にようやく頭が出てきた。一挺の拳銃と一緒に」

「はい、そうです」

「妻の額には弾痕があった。弾丸を検出して鑑定したところ、頭の脇にそえてあった拳銃の旋条痕《せんじょうこん》と完全に一致したため、その拳銃が凶器であることが明らかになった。そして、そして」

　暮林はごくりと生唾を飲み込んだ。

「その拳銃こそが、内海が盗まれたと称しているまさにその銃であった」

「……はい」

　バンとテーブルが鳴った。暮林が骨ばった右手で叩いたのだ。

「これらの事実を総合すると、妻の額に銃弾を撃ち込むチャンスを有していたのは、内海ただ一人しかいないことが明白ではありませんか。何ら疑問を差し挟む余地もない。奴の母親だって、息子の無実を信じたりしないでしょう」

「そうで……しょうか」

「そうでしょうかぁ？」

　暮林の形相が歪《ゆが》んだ。その目には、ありありと狂気の光が宿っているのを玲哉は見て取った。

「妻は十一月七日の午後六時から八日の午前二時の間に殺害されたと推定されるんでしょう。その時、凶器の拳銃を所持していたのは内海や。内海だけがあの銃を扱うことができたんや。違いますか？」

「違いません」

「それならば、内海がやったことははっきりしているやないか。それとも、奴の銃を誰かがこっそりと借用したとでも言うんですか？」

「厳重に管理されていますから、それはあり得ないことです。内海刑事自身にしても、退庁する際には拳銃を返却するのが常です。十日の早朝に帰宅するまで拳銃を携帯していたのは、終夜、危険な事態も予想される張り込みにあたっていたからです」

「こっそり借用した人物がいないんやったら、奴が進んで貸し与えたと？」

「それまた考えられないことですし、彼はそんな馬鹿な真似はしていないと否定しています」

「自分で自分の頸《くび》を絞めるような証言ですな。それでは自供も同然だ」

「だから不思議だ、と彼は悩んでいるんです。ずっと自分の管理下にあった拳銃がどうして犯行に使用されたのか、不思議でならないと繰り返しています」

　暮林は二本目の葉巻をくわえながら、深い吐息をつく。どこか、哀れみにも似たものがこもった溜め息だった。

「高村さん。いいかげんに本題に入っていただきましょうか。判りきったことを話すのは時間の浪費でしかない。一体、あなたは私にどんな意見を求めにきたんですか？　これだけもったいぶれば、もう気がすんだでしょう」

　狂気を思わせる態度はやや後退し、博士は落ち着きを回復させつつあるやに見えた。その逆鱗《げきりん》にそろりそろりと手を伸ばさなくてはならない。玲哉は下腹に気合いを入れる。

「では、突飛な話に移らせていただきます。実に実に常識離れした話ですが、暮林博士なら真剣に耳を傾けていただけることでしょう。その前に――」

博士がちらりと窓に視線をやった。いよいよ本題に入ろうというところで、何かに注意をそらされたらしい。つられてそちらを見ても、闇の向こうで木立ちの影らしきものが揺れているだけ。

「やっ、失敬」

はっとしたように、玲哉に詫びる。

「失礼しました。何でもないんです。風が出てきたようだな、と思っただけで」

窓全体がカタカタと小さく顫えていた。さっきまでとは強さも向きもまるで変わっている。黒い風だ。禍々《まがまが》しく、ねじまがった、どこかはるかな場所から押し寄せてくる不吉な風。このまま次第にそれは勢いを増し、やがては屋敷全体をゆさぶるまでに至るのではないか、などと玲哉は妄想してしまう。

「それで？」

暮林に促されて話しだす。

「この事件の奥にはとんでもない秘密が隠されているような気がしてなりません。私の想像が的中していたなら、これは犯罪の歴史に新しい一ページを刻む、というようなレベルではなく、人間の存在の根幹を脅かすような衝撃を孕《はら》んだ事件です」

もどかしいことに、うまく言葉が出てこない。暮林はもう急《せ》き立てることはやめ、穏やかに玲哉を見返しているだけだった。彼は自分でも思いがけないことを口走る。

「何故、犯人は奥様の遺体をバラバラにして六つの場所に分けて遺棄したんでしょうか？　奥様の遺体の一部は、比較的人の往来が多い川原や、人家のすぐ裏の藪《やぶ》に遺棄されていました。見つけられないように処分した、と言うにはあまりにも杜撰《ずさん》な隠し方で、犯人は遺体が早々に発見されることを期待していたかのようです。これはどうしたことか、とひっかかりました。何か尋常でない目的があって、犯人はそういう行動をとったように思えます」

「あなたがどうしてそんなことにひっかかるのか、よく判りませんね。内海は香苗に裏切られたと思い、理性を喪失してあんな残虐な犯行に及んだんでしょう。だとしたら、憎しみのあまり妻を切り刻んで人間の形さえ奪い、変わり果てた姿を意地悪く世間に向けて公開した、と理解することができる。だから、犯行があったこと自体を隠蔽《いんぺい》する意図もなく、人目につきやすいところに平気で棄てた。素人が言うのも僭越《せんえつ》ながら、いたって判りやすい事件ではありませんか」

　暮林は諭《さと》すように言う。

「バラバラになって各部位が見つかった場所は大阪府の南部全域、非常に広範囲にわたっています。捜査の合間にあれだけの仕事をするのは大変な労力を要したでしょう。単に、遺体を損傷し、大勢の人間の目に触れさせたい、という悪意からだけではできなかったはずです。犯人には何かやむにやまれぬ事情があったんですよ」

「やむにやまれぬ事情ね」

博士は右耳の周りの髪をつまんで、もてあそぶ。

「それは心理的な必然性ではなく、もっと形而下《けいじか》の事情だと？」

「はい。奥様をバラバラにしたのは、それによって犯人自身が容疑の圏外に出ると同時に、内海刑事に罪を転嫁《てんか》させることが目的であった、と私は考えました。現在までのところ、警察は木偶《でく》のように犯人が望むダンスを踊らされているんです」

「大胆な発言をなさいますね。なるほど、とても上司や同僚の賛同は得られないだろう。お話がどう展開するのか、少し胸が高鳴ってきましたよ」

暮林がちろりと舌の先を覗かせて唇をなめた。

群衆の怒号のように庭の木々が騒ぎ、風はいよいよ強まっていく。

「博士」

玲哉は膝の上で固く拳を握る。

「奥様を殺したのは、あなたではないんですか？」

相手は冷笑で応えた。まだかなり余裕があるようだ。

「どうして私が最愛の妻を殺さなくてはならないんですか？」

「もちろん嫉妬からです。自分を裏切って、かつての同窓生と不倫の仲になった奥様を、自尊心の強いあなたは到底許すことができなかった。それで、殺した」

「無礼は承知でしゃべっているんでしょうから、あえて咎《とが》めますまい。しかし、誰が聞いても嗤《わら》いますよ。妻を殺したあの拳銃に近づくチャンスは、私にはまるでなかったということを、よもや忘れてはいないでしょうな？」

もう矛先を収めるわけにはいかない。考えついてしまったことを、すべてぶつけるしかない。

「偉大な発明を完成させたあなたは不可能を可能にしたんだ。空前の発明を利用して、姦夫《かんぷ》姦婦に罪をあがなわせたんです。あなたは、あなたは……」

暮林の眼光がまた鋭くなり、呂律《ろれつ》が回らなくなって困惑する玲哉に叩きつけるように問いかける。

「偉大な発明とは何です？　言ってごらんなさい」

「あなたは、あなたは――」

強風に耐えかねた梢《こずえ》が裂けて弾《はじ》ける音がした。

3

広い額にかかる前髪を掻き上げて、水島は視線をノートから恭司に移した。

「ここまで?」

恭司は「そう」と答える。

「いやぁ、こんなところでちょん切られたら後が気になって仕方がないな。推理小説の結末の手前でお預けはないわ」

水島がそれを読んでいる間、コーヒーを飲んで手持ち無沙汰《ぶさた》と不安をまぎらわせていたのだが、そう聞くとうれしい。

「面白い?」

恭司はテーブルに片肘をついたまま、思わず身を乗り出した。水島はノートを閉じて返しながら、

「ミステリーらしいから最後まで読まんと何とも言えんなぁ。けど、山尾さんがこんなふうなのを書くとは意外やった。もっとクサい青春映画の構想を練ってるもんやとばっかり思てたから」

同じ大阪弁でも、彼が使うそれは遥介よりずっと柔らかく、女性的でさえある。撫《な》で肩で

美男のおぼっちゃまに似合っていた。今日のおぼっちゃまは紺に深緑のストライプという気取ったスーツをラフに着こなし、臙脂《えんじ》色のスカーフで襟許《えりもと》を飾っている。日本ならいざ知らず、アムスであんまりこざっぱりとした身なりをしてるとゲイだと思われるわよ、といつだったかアニタに忠告されていたが、一向にかまわないらしい。承知の上のファッションなのかもしれないが。

「うん。自分でもこんなものを書くなんて思ってなかったんだ。クサい青春の放浪記の傑作をものすつもりだったから」

水島は「何や」と笑う。

「やっぱりそうか。それがどうして急に転向したの？」

「今朝方、鋸でバラバラにされるっていうおかしな夢を見てね。目が覚めた時に、こんな話が忘れ物みたいに頭の隅に遺ってたんだ。こんな話と言っても、まだ途中だからわけが判らないだろうけどさ」

「それで出勤までの間に、一気呵成《いっきかせい》にこれだけ書いたんやね？」

「これだけでも書くのには朝飯抜きで四時間以上かかってさ。危うく遅刻するところだったよ」

出勤の時間がみるみる近づいてくるのが恨めしかった。皿や丼を洗いながらも、小説をどう進めるかばかりを考えて、手だけを機械的に動かしていた。昼食を急いでかっ込んで、休憩時間にも書いたが大して進まず、早く帰って続きを書きたかった。客が少ない不景気な日だったので、早くあがらせてもらっていいか、と橘に訊くと、どうぞどうぞ、と喜ばれた。その分、人件費が助かる、ということだろう。

音楽院でのレッスンを終えた水島が早めの夕食にやってきたのは六時過ぎ。ちょうど恭司があがるしたくを始めた頃だった。アニタに頼まれていたメッセージを伝えなくては、と思って彼が食事を終えるのを待って声をかけると、ヴィオラ奏者はアムステル川に面したカフェに彼を誘った。そして、恭司がアニタの話をするより先に、彼のリュックのポケットから突き出したノートに水島が興味を示し、小説を書きかけているのだ、と言うと、読ませてくれ、ということになったのだ。

「読んだらあっという間やけど、書くのは大変やろうね。けど、何で小説やのん？　山尾さんの専門はシナリオでしょう？」

それは恭司自身が奇異に感じていた。理由は判らないが、このおかしな物語は、まるごと短編小説の形で降ってきたのだ。夢の中ではナレーションが流れていた。だから、小説中のいくつかの文章は、その誰かの朗読をノートにそのまま書き写しただけである。こんな経験は初めてだった。

「ドラッグのせいかな」

ぽつりと呟いた。

「ドラッグなんか興味ないって言うてたのに、やったん？」

「遥介さんのところで、昨日の夜、ちょっと」

「ああ、そういうたら僕も誘われてたんや。教授のとこでオーディションの特訓を受けてたから行かれへんかったけど。そうか、マリファナでパーティしてたんか」

「俺がインドでバッドトリップしたのを話したことがあるだろ。あれを聞いた遥介さんが、認識を改めさせてやるからって呼んでくれたんだ。久能さんやアニタもきたんだよ」

アニタの名前を出してみても、水島の表情には漣《さざなみ》ほどの変化もない。

窓際に座った彼の肩越しに、賑々《にぎにぎ》しい電飾——けばけばしいネオンなどではない——をほどこして、アムステル川にびっしりと並んで浮かんだハウスボートが見えている。水上花市場《ブレーメン・マルクト》だ。昼間は店頭に花をあふれさせ、夜は川面に光の花を咲かせるのだ。さらに遠くには、アムスで最も有名な橋、白いマへレの跳ね橋がライトアップされて輝き、ナイトクルーズの船が川面を明るくして行き交っている。この街は、夜景も見厭《みあ》きることがない。

「アニタが電話を欲しがってたよ」

さらりと伝えた。水島は「ふぅん」と言ったか言わなかったか、という反応で、ウエイターにコーヒーのおかわりを求めた。

「電話を欲しがってることを伝えてくれ、と頼まれたんだ。夜、うちに電話してくれたら自分が出る、とも言ってた」

「ああ、そう」

水島は、また前髪に手をやる。

「ああ、そうって、それは承諾したということ？　アニタに会ったらどう伝えておけばいいのかな」

「近いうちに電話すると言うといて」

その場しのぎのつれない返事に思えて、恭司は水島の本音を探りたくなった。

「アニタは水島さんに惚れてるよ。それが困ったことなのかラッキーなのか知らないけど、曖昧な態度で接したら、あの子は傷つくかもしれないよ」

単刀直入に言われて、相手は迷惑そうだった。

「惚れられてるって言われても、彼女は高校生やで」

「十八歳の女性だよ」

「あの子はね、オリエント趣味なんや。日本人や中国人が好きだし、遥介さんや美鈴さんにもなついてるでしょ。僕に対しても好感を抱いてくれてるかもしれへんけど、それは恋愛感情とは違うよ。山尾さんの勘繰りすぎや」

「そうかな」

「絶対そうやって。──ええよ、電話ぐらい。また美鈴さんを誘ってドライブにでも行こうっていう相談やと思うから」

おかわりを運んできたウエイターが、あんたはいらないのかい、と訊くので、ショコメルを頼んだ。日本に帰ったら飲めないのが今から惜しまれるほどお気に入りのアイスココアだ。

「じゃ、美鈴さんはどうなの？　水島さんにとって、彼女は何？」

不躾《ぶしつけ》を承知しながら思い切って尋ねた。水島はカップに口をつけたまま、じろりと恭司を見る。

「今日の山尾さんはどうしたん？　僕の素行調査をうちの兄貴から依頼されたみたいやな」

彼の兄の一人はロッテルダムに駐在していた。経営者になるための修業に出されているらしい。

「水島さんのお兄さんにはお会いしたこともないよ。変なこと訊いたかな。気を悪くしたら謝ります」

訊いてどうするのだ、彼の返答によっては落ち込むだけだろう、と思い直して、中途半端のまま質問を撤回した。気のせいか、水島もほっとしたようだ。

「水島さんはもてたんだろうな、昔から」

川面でゆらぐ明かりを眺めながら、ふと呟く。色白の男はスプーンをゆっくり左右に振った。

「嫌なこと言うなぁ。もてるもんですか。学生時代から苦い想い出が死屍累々《ししるいるい》というのが僕や。山尾さんのクサい青春映画に使うてもらえそうなエピソードが両腕で抱えきれんぐらいあるよ」

彼は勝手に何かバツの悪いことを思い出したらしく、ぱちぱちと瞬《まばた》きをしながら、うなじのあたりをさすった。壜《びん》にストローを突っ込んだまま出てきたショコメルを飲みながら恭司が黙っていると、沈黙に後押しされたように水島は話を継ぐ。

「手ひどい失恋は高校二年の秋やったな。違うクラスの女の子を好きになってね。何とか親しくなりたいと思って、その子が入ってた地理部なんていうのに入部したんや。入学してすぐ入ってた音楽部の友だちから、お前どうして今さら地理部なんていうくすんだサークルに入るんや、とか言われたけど、適当にごまかして。夏休みを挟んだその三ヵ月ぐらいは楽しかった。顧問の先生が若くてやる気満々でね。実家から借りたバンに少ない部員を詰め込んであっちこっちに連れていってくれたから、たった三ヵ月のあいだに色んな想い出ができた。冗談っぽく持ちかけて、彼女と二人だけで肩を並べた写真を撮ってもらえたのがうれしかった」

水島は、まるで老人が幼かった頃の回想をするような、しみじみとした調子で話す。

「彼女に好きやと打ち明ける決心がつきかけた時、気がついたんや。彼女、どうやら先輩の一人に気があるらしい、それでくすんだ地理部に入ったらしい、と。笑うやろ？　それを知った途端に、僕は身の置きどころがなくなった。それならここに用はない、とあっさり退部するのも熱心な顧問の先生に悪い気がして、結局、三年に進級するまで籍が抜けんかった」

「それ、判るな」

　恭司は合いの手を入れる。

「失恋の舞台が地理部っていうのが、何か、ペーソスあるやろ？」

「そんなことはないけど……」

「退部する時に、彼女のことはもう諦めようと誓った。二人で写ってる写真も棄てることにした。これがなかなか踏ん切りがつけられへんねんなぁ」

「経験はないけど、判る」

「マッチで火をつけておしまい、というふうに処分するのができへんかった。それで、その写真を撮った場所までいって、そこで棄ててくることにした。凄くセンチメンタルな儀式を思いついたんや。その写真の撮影場所は、石生《いそう》の水分《みわか》れ公園というところやった」

　石生とは兵庫県氷上《ひかみ》郡にある町で、大阪から電車に乗ると、あと四駅で福知山《ふくちやま》というところだそうだ。関西に縁のない恭司には、どうもイメージしにくい土地だ。ありふれた山間の町なのだろう。

「さすがに遠かったので、電車に乗って行ったんやけどね。先生が自信満々なんで、一体どんな珍しいものがあるのかと思うたら、そこで案内されたんが水分れ公園や。分水嶺《ぶんすいれい》ってあるでしょ。たいていは高い山や山脈がそれにあたるんやけど、そこを境にして川の流れが逆になるところ。石生にあるのは、日本一低い分水嶺っていうもんやった。海抜が百メートルもなくて、あんまり低いから正確には分水嶺とも言えず、分水界って呼ばれてるらしい。つまりね、石生に降った雨は、その水分れを境にして北と南に分かれるんや。北へ向かう流れは由良川《ゆらがわ》になって日本海に注ぎ、南に向かった方は加古川《かこがわ》になって瀬戸内海に注ぐ。水分れ公園にある分水界はちゃんとYの字になってて、道標みたいな立て札があった。コンクリートで固めた小さな運河みたいな川が流れてて、そこの分岐点に立った矢印の片方には『日本海へ約七〇キロ』、もう一方には『瀬戸内海へ約七〇キロ』と書いてある。何や、わざわざこれだけのものを見に連れてこられたんか、と拍子抜けしたけど、中には感心してた奴もおったな。——でね」

「わざわざそこまで写真を持っていって、棄てた?」

「そう」

「水が日本海と瀬戸内海に分かれるところで——」

「破いて棄てた。日本海の方がきれいやろう、と思って、彼女が写ってるのをそっちへ。僕が写ってるのは瀬戸内海へ。そのまま本当に海まで流れていった、とは思えんけれどね」

「運河の想い出か」

「笑える?」

水島は照れて笑っていた。

「笑えない。俺、泣きそう」

恭司が真顔で言うと、水島は喉を鳴らして込み上げてくる笑いをこらえる。

「でも、でき過ぎだなぁ。水島さん、ヴィオラ弾くよりも歌謡曲の作詞家なんていうのが向いてるんじゃないの？」

「あ、それは言い過ぎ。オーディションを六日後に控えてナーヴァスになってる音楽家に言う台詞やないぞ。――それやったら言わせてもらうけど、さっきの小説、率直な感想を言わせてもらうと、なってないね。虚仮威《こけおど》しもええとこやわ。仰々しいばっかりで、中身がないし、急いで書いたにしても、もうちょっと丁寧な文章でないと困る」

きたな。

「その指摘は当たってるかもね。でも、音楽家に文章がどうのこうの言われる筋合いはないな。音楽やってる人って、ものを考える習慣がないから知性に欠けるもの」

「とんでもない。情緒不安定で未熟な精神が安直に逃げ込む吹き溜まりが小説だの詩だのシナリオだのの世界やないの。音楽家は能力の限界を常に追い求める苛酷《かこく》さに耐えることができて、かつ音楽を通して思索することができる。僕らを前にしたら一歩退いて、影を踏まないようにしてもらわんと」

そのボールをさらに打ち返そうとして、やめた。

「このへんでやめよう。うーん、この前は東日本対西日本だったけど、今日は文芸家対音楽家できたか。急に始まったからどきっとした」

「そっちから始めたようなもんやん。けど、美鈴さんの前ではやめとこうな。彼女、ほんまに喧嘩が始まったのかと思うて、びっくりしてたもの」

「ああ、例のペンギン対白熊ね」

「彼女、『そんなこと、どっちでもいいじゃない』ってまじで怒ってたっけ」

その様子を思い出して、二人は笑った。

水島が「さて」と伝票を取り上げてウエイターを呼び、恭司を制して一人で精算をすませた。

「美鈴さんもあがる時間やね。寄ってみいへん?」

彼女が働いているレストランはカルファー通りを上がったところにあった。歩いて十分ほどだ。貴重な練習時間じゃないのか、と訊くと、すました顔で首を振る。彼と二人で美鈴の店に顔を出したことはこれまでにもあったが、今夜は複雑な気分だった。恭司の気持ちが彼女に傾いていっており、水島をライバル視しかけていることに、相手は露ほども気づいていないらしい。

「寄ってみようか」

結局はそう答えた。彼女の顔を見、声を聞く機会を放棄しかねて。

二人は肩を並べて、ムント広場の方へ少し引き返す。人で沸き立つ広場を見下ろすムント塔の時計は、八時五分前を指していた。雑踏のあちこちから、いつもにも増して多くの笑い声や嬌声《きょうせい》が聞こえてくる。今宵の空気はどこかしら華やかでいて、甘く、心を浮き立たせるようだった。車が不意に鳴らしたクラクションも、行く手を滑るように横切った自転車の動きも、晩秋の冷たすぎる風さえもいとしく感じられる。そんなカルファー通りのざわめきを楽しみながら、北へ歩いた。

恭司には理解しづらいセンスでつけられた『バビロン』という名の小さなインドネシア料理店は、王宮の手前にあった。ドアを開けて二人が半身を入れてみると、美鈴は厨房《ちゅうぼう》の奥に向かってバーイと手を振っているところだ。すれ違いになる寸前だったらしい。

「あれ、二人揃ってどうしたの？」

長い髪をくくっていた紐をほどきながら、彼女は軽く驚いてみせた。はらりと肩にたれた髪が濡れたように輝く。

「芸術家サミットを開こうと思ってきたんや。二十世紀美術の神髄について講義してもらいたい」

水島は真面目くさって言った。

「入口に立ってちゃ商売の邪魔よ」

美鈴は二人を外に押し出す。

「夜遊びなら付き合うけど、水島さんは忙しいんでしょ？」

「よく遊びよく学べ、とコンセルトヘボーの天井に書いてあるのを知ってる？」

本当はこう書かれている。――『ただ娯楽のためでなく《ノット・オンリー・フォー・アミューズメント》』。クラシック音楽が大衆の娯楽でさえなく、いまだに教養臭を漂わせている日本と大違いだが、もともと西洋の古典音楽なのだからやむを得ないか。

「判った。でも私、堅い話は苦手だから、童心に返って遊びましょう。そこにケルミスがきてるのよ」

「ケルミス?」

聞き覚えのない言葉だった。

「ダム広場にきてるの」

彼女は二人の手を引かんばかりの様子で、王宮の方へ歩きだした。威風堂々たるかつての市庁舎で、現在は迎賓館として使われている王宮。日本の皇居と似ても似つかないのは建築様式だけではない。建物の周囲には堀も塀もなくて広場にそのまま面しており、不埒《ふらち》なことに壁は落書きで汚されさえしていた。この国は王室さえ寛容だ。

王宮に突き当たって右手に曲がると、そこがダム広場である。見慣れた広場の風景は、一変していた。

「いつの間に……?」

王宮、隣接する新教会、白い戦没者慰霊塔に囲まれたダム広場の名前はアムステル川をせき止めた堤防《ダム》に由来し、幾多の歴史的な事件を目撃してきた。ヒッピーたちに占拠された時代もあった。今は活気にあふれたアムスの中心として、市民の憩いの場になっている。その広場が——

「一昨日ここを通った時は、何もなかったのに……」

恭司は呆れてしまった。観覧車、メリーゴーラウンド、コーヒーカップなどおなじみの乗り物が揃った遊園地ができていた。射的場や福引き、お菓子や飲み物の出店もずらりと並んでいる。広場には明るい歓声と何やらいい匂い、そしてイルミネーションが満ちていた。

「移動遊園地よ。恭司君、アムスにきて五ヵ月もたつのに見たことなかったの？」

「なかった。これだけのものが、よく短時間でできるもんだな」

「縁日やな。綿菓子もポップコーンもあるで。水飴はないけど」

どうして水飴なんていう言葉が水島の口からもれるのだ、と恭司はひっかかった。彼と自分の思考の波長が、どこかで秘《ひそ》かにシンクロしているような気がする。

「よし、童心に返るぞ。まずは高いところに昇ろう」

音楽家は観覧車に乗りたがった。美鈴が手を上げて賛成する。水島が三人分の切符を買う間、彼女と恭司は、モンローだのプレスリーだのスターの毒々しい似顔絵が描かれた派手なアーチの真下に立って、頭上を回るゴンドラを見上げていた。ちらりと盗み見た美鈴の横顔を、メリーゴーラウンドの回転する明かりが染めている。息がつまりそうな切なさが込み上げた。

「はい、どうぞ」

水島が配る切符を受け取り、ゴンドラに乗り込んだ。高度が上るにつれて風が強くなり、三人の髪を乱す。眼下の広場の賑わいが遠ざかるほどに、アムステルダムの市街の眺望が開けていった。縦横に走る運河が、建物の隙間からそこここに覗く。

「さっき山尾さんが書いてる小説を読ませてもろてね」

スカーフを整えながら、水島が美鈴に話しかける。

「小説？」

「そう。まだ途中やからミステリーなんかホラーなんかよう判らんけど、変な話なんや」

彼が粗筋を紹介するのを、恭司は少し照れながら聞いていた。美鈴は組んだ右脚の膝《ひざ》に頬《ほお》杖《づえ》を突いたままでいたが、幾許《いくばく》かの興味を示してくれたようだ。

「完成したら私も読ませてもらおうかな。——でも、どうして舞台が大阪なのよ？　どこでもいいような話みたいじゃない」

訊かれてすぐに答えられなかった。夢を写しただけだから、夢に訊いてくれ、と言いたいところだ。

「さぁ。遥介さんと水島さんの影響かもしれない。アムスにきてから俄然《がぜん》、大阪弁が近しくなったから」

「そういやぁ、大阪は日本のアムスだ、なんてつまんないこと言ってたわね、誰かさんが」

水島はそれを聞き逃さない。

「それが誰の発言なのか知れへんけど、笑うのは失礼やなぁ。どっちも商人が栄えさせた栄光に満ちた古都なんやで。それに、大阪も運河の街には違いない。どんどん埋められて、かつての面影は薄いけどね。以前はドブ川みたいやった大阪の川もだいぶきれいになってきた。さすがにアムスみたいに定期的に水門を閉めて水の入れ換えをする、ということまではできへんけどな。それでも、大阪も水辺にはなかなかええ風景がある」

「あんまり説得力ないわよ」

美鈴は面白がってからむ。

「アムスにある橋は四百ちょっとやったかな。大阪は八百八橋。二倍ある」

「浪花《なにわ》の八百八橋なんて語呂《ごろ》合わせじゃないの。それに、アムスの橋は千以上あるって私は聞いてる」

「千？　おかしいな。ひょっとしたら、それはハウスボートに渡してある板を含めた数やないか」

ゆらゆらと揺れながら、ゴンドラは頂点にさしかかっている。もう少しで街の上に広がるミッドナイト・ブルーの夜空に一番近くなる、というところで美鈴は煙草をくわえ、風の中で器用に火を点けた。昨日は気がつかなかったが、まだ新しそうなひっかき傷が袖口から覗いている。また尖った金属片か何かで作品を作っていてつけた傷なのだろう。そう思って見ていた恭司の顔に煙が流れてきて、視界を曇らせる。

「画家のエッシャーの親父さんって、土木技師やったって知ってる？」

水島は話題を変えるつもりなのか、日本人にも人気が高いオランダ人画家の名前を不意に出してきた。不思議な錯覚を誘う有名な作品のいくつかは恭司もよく知っていたが、その父親の職業まで知っているはずもなかった。しかし、曲げた右脚の膝を抱えた美鈴は当然のようにこっくりと頷く。

「知ってる。お雇い外国人っていうの？　明治だか大正だかに招かれて日本にきてたんでしょ」

「そう。本ではエスヘルとかエッセルって表記されているけれどね。その親父さんは明治時代に日本政府に招かれて、運河を作るため大阪の川口外国人居留地にきてた。せやから、大阪の運河はオランダ仕立てになってる」

美鈴はくわえ煙草のまま一笑に付した。

「それが言いたかったの。こじつけもいいとこだわ」

ゴンドラは最高地点を通過して、ゆっくりと地上に向けて下り始める。恭司はアムスの夜景を眺めながら、二人のかけあいをぼんやりと聞いていた。

「ただ、アムスと大阪の何本もの運河は、海を通じてつながっていることは間違いないよ」

「そんなこと言ったらすべての町、すべての川はつながってるじゃないのさ」

「そう。みんなつながってる。町だけやない。人間かて、無意識の根っこでは一つにつながってるんやから」

「無意識の根っこ?」

美鈴が「何のこと?」と訊き返すと、水島は嬉々《きき》として解説を始める。

「人間っていうのは、各個人が離れ小島みたいに孤立した存在ではなく、みんなが大陸の一部である、というジョン・ダンの詩があった。ユング心理学でも人間は一つにつながってい る、とされるでしょう。いくつもの茎《くき》があっても、地面を掘ってみたら根がつながってる植物と同じ。鬱蒼《うっそう》と茂った人類という森は、実は一本の巨木かもしれない。すべての川は海で一つになり、すべての島は本当は一つの大陸としてつながってるんや。傍証としては、たとえば、世界中に色んな文化があるけど、神経症やアルコール中毒患者が共通してみる夢や幻覚があったりする」

それは脳の特定の箇所に加えられた刺激なりダメージなりが、特定の生理現象を喚起するというだけのことではないか、と思いながらも恭司は反論しない。

ただ、やがて人類は水瓶座の時代《アクエリアン・エイジ》を迎えて霊的進化を遂げると説いたセオドア・ローザクの無題の詩を思い浮かべた。

ぼくは聞いた、確かな

筋に
この靄に包まれた岸
の西には島々のむこう
にまた島々があると

「その夢や幻覚の源泉は太古から伝わる神話や伝説なんやけど、そもそも世界各地にあるそういった伝承自体が、一つの物語が伝播《でんぱ》していったとは考えられないほど普遍的なもので、人間存在の共通の根っこから生まれてきたものとみるしかない。それは意識の深層領域やから、人間が言語を持つ前の古い世界で、イメージ、象徴が支配する世界ということになる」

水島は聞き手が相槌《あいづち》を打てるような間をおいたが、美鈴はそれがどうしたと言うように無言で煙草をふかすばかりだった。

「ユングはアーキタイプ——元型というものを唱えた。本人が認めたがらないから意識下に抑え込まれた自己である。『影《シャドー》』とか、思慮深さと豊かな経験の象徴である『老賢者』とか、すべてを包み込み飲み込む『グレートマザー』とか、どこかで聞いたことがあるでしょう？男の中にある永遠の女性像『アニマ』とか、女性の中の永遠の男性像『アニムス』とかね。そういうイメージ、象徴は人間の心の一番奥深い場所にあって、個人や文化を超越している。そんな集合的無意識の領域で、人間はみんなつながってる」

それにしても、ユングなんていう名前を耳にしたのは久しぶりだ。半年も通わないで大学を中退した後、アルバイトで糊口《ここう》をしのぎながら狂ったように本を読みまくった時期が恭司にはある。その時に心理学にもかぶれて百冊近くを一気に読んだ中で、ユングの著書、あるいはその関連図書の数が最も多かったはずだ。火花を散らすような西洋と東洋の思想の交錯。ニューサイエンスという知の流行に無邪気にはまっただけなのかもしれない。少し前の恭司なら、ここは俺にまかせてくれ、とばかりに話題に参入していっただろうが、とうに醒《さ》めていたので黙っていた。黙ったまま、その頃に考えたよしないことを思い出す。

人間というものは、一個の生命体なのだ。他者を愛したり憎んだりすることは、自分の右親指は好きだが左の耳たぶは虫が好かないと嫌うに等しい。すべての他者を自分のごとく受け容れよ。人間は一人が全体であり、全体が一人でもあると知れ。半ば本気でそう信じようと試みた。しかし、到底そこまで枯れることはできなかった。信じる必要のないことでもあった。

愛《いと》しい者は愛しい。憎い者は憎い。人間個人は、絶え間なく差異を発見してそれを貪《むさぼ》る。根っこが一つであるがゆえ、立ち腐れてしまわないよう、先端は別々の方向に葉先を向ける。だからこそ、人間なのだ。一人と全体が等しいのであれば、細胞分裂をして増殖すればいい。男と女の情愛も性愛も、いや、性別すら不要ではないか。

さて、ユング心理学入門者向けレクチャーのさわりを聞き終えた美鈴のコメントは、いたって短かった。

「ま、兄貴の好きそうな話ね」

兄貴と聞いて、水島は心なしか顔を曇らせたように見える。お互いに反りが合わないと自覚しているのだろう。美鈴は彼のそんな様子に気づいたふうもなく、「ねぇ」と問いかける。

「水島先生に質問してもいいかしら。人類全員が根っこでつながってるのなら、どうしてみんな、あんなにしょっちゅう淋しがるのよ?」

「さぁね。けど、淋しいね。僕もしょっちゅう淋しい」

「水島さんには音楽があるじゃない」

「音楽だけでは……」

ごく自然のなりゆきなのだろうが、あろうことか水島は恭司の目の前で美鈴に求愛していた。婉曲すぎて彼女の方ではそう理解していないかもしれないが、艶を帯びた彼の言葉が求愛する孔雀《くじゃく》のダンスであることが、恭司にははっきりと判る。

すべての川はつながっている。

すべての人間はつながっている。

もし仮にそれが本当だったなら、どういうことになるのだろう、と考えてみる。

どうにもなりやしないさ、と恭司はすぐに悟った。

たとえば水島の幸福は、やはり自分の不幸になりそうなのだから。

空中散歩は終わり、三人はゴンドラから吐き出される。

私はまだ食事をすませていないのよ、と美鈴が抗議すると、水島はそれは大変だ、と人ごみの向こうのホットドッグの屋台を指差した。

「あれでいい？　ごめんね。てっきりすませたと思い込んでたから。おなかが破裂するぐらい食べてよ。おごるから」

「恭司君は食べたの？　おなかすいてるような情けない顔してるわよ」

指摘されて、初めて思い出した。そう言えば、自分だってコーヒーとショコメルしか口にしていない。

「そうかそうか。鈍感やなぁ、僕は。すみませんでしたね。おごりますよ、山尾さんの分も」

水島は気のいい調子で言った。

美鈴のそばにいて、腹がへっていることも忘れてしまっていた。それはいいとしても、自分が空腹であることまで彼女に教えてもらったことは滑稽だ。そんなことまで他人から教わる奴なんて傑作だ。

いくつかの美鈴の言葉が頭蓋《ずがい》の中で遠い木霊《こだま》になって響いた。

――これから童貞喪失に臨む恭司君がびびっちゃうじゃない。初めて行こうとしてるんだから、もっとセットに注意してもらわないと。

——賑やかなのにする？　ヴァン・ヘイレンとか？

——本当に川に落ちないでね。

そんな言葉で彼女に気遣ってもらうのを、こっそりと楽しんでいたのかもしれない。だが、もうよそう。もう楽しめない。

おなかがすいてるような情けない顔してる、だって？　それはひどい。

飢えなくては。

空腹ではなく、飢えを取り戻さなくては。

ケルミスの広場でこんなことを考えている者は、自分しかいないだろうが。

4

十月最後の日は月曜日だった。

鼻をつまみたくなるような事件の知らせは、どういう神の思召《おぼしめ》しか、月曜の朝の光にまたがってやってくる。——それがアムステルダム市警に奉職して十八年になるヘルトヤン・スタフォルストのジンクスだった。ここしばらくは忘れかけていたそれを、誰かがまた今朝思い出させてくれたらしい。署からの電話が朝食を終えるのを見計らったかのようであったことだけは感謝したが。

十歳になる双子の娘が揃って寝呆けまなこのまま階上から降りてきた。父親が受話器を置くと、

「事件？」と姉が訊く。

「そうだよ」

「殺人事件？」と妹。

「そうだ」

娘たちのマグにミルクを注いでいたヤネットが、「月曜日のジンクスね」と呟いた。夫は頷く。

「現場に直行だよ。ただの殺人事件じゃないみたいでね」

「ただの殺人事件じゃないって、普通とどう違うの？」

姉の方が好奇心を剝き出しにして尋ねてくる。鏡の前でネクタイと格闘するのに忙しい父親は、ううんと曖昧にうなっただけだ。納得がいくようネクタイを締めることに成功しても、地肌が薄く覗いている頭頂部にプラチナブロンドの髪を手櫛《てぐし》で梳《す》いて集める、という作業が残っていた。姉は質問を無視されることにがまんならないらしくて、重ねて尋ねる。

「ねえ、どう違うの？」

「うるさい奴だな。これから朝食だっていう可愛い娘に聞かせたくないから黙ってるのに。新聞やテレビがまたぎゃあぎゃあ騒ぐから、それを見なさい」

「そんな大事件なの？　パパ、それを担当するの」

逆効果だった。姉妹は興奮したようにそばにやってきて、鏡の中の父親に詰め寄った。娘たちの後方では、妻も答えを知りたそうな顔をしている。ようやくネクタイにも頭髪にも一応の満足を得た彼は、ハンガーに掛かったコートに手を伸ばしながら家族を振り返った。

「運河に死体が上がったんだ。ヘーレンとカイゼルとプリンセンに」

「三つも？」

エプロンで両手を拭きながら、ヤネットが眉をひそめる。

「これからまだ見つかるかもしれない。でも、殺されたのは多分一人だ。死体はバラバラなんだ」

ひゃあ、と娘たちが驚きの声をあげる。怖がるどころか、目を爛々《らんらん》と輝かせていて、私設の捜査会議を始める。

「死体をバラバラにするなんて、どういうことかしら？」

「麻薬の売人よ、きっと。仲間を裏切ったんで殺されたのよ」

「殺人狂かもしれない」

困った奴らだ、と思いつつ、彼はもう一つだけ与えなくてもいい情報をつい与えてしまう。

「殺されたのは日本人らしい。強盗のしわざかもな」

日本人だって。どういうことかしら、とさらに盛り上がってしまう。早く食べないと学校に遅れるわよ、と母親は叱らなくてはならなかった。彼はその平和な光景を眺めながら、コートのポケットを探って、車のキーがちゃんと入っていることを確かめる。

「そういうことだから遅くなるよ。下手をしたら今夜は帰れないかもしれない」

「気をつけてね」

玄関先まで見送りにきたヤネットが二の腕に手を置いて言う。娘たちは誇らしげに父親を見ていた。

＊

朝六時四十分の時点で発見され、運河から引き上げられたのは、死後切断されたとおぼしい男の左腕、左脚、そして四肢と頭部を欠いた胴体だという。スタフォルスト警部は本部の指示に従い、胴体が上がったヘーレン運河に急行することにした。

アムステル運河に沿って車を走らせる。対岸のベアトリクス公園の木々が朝日を浴びて輝いて美しいが、まもなく見なくてはならないものを思うと、心は弾みようがなかった。市街に向かう一〇九号線に入ったところで小さな事故による渋滞に巻き込まれ、ちょっと苛立つ。

思いのほか遅れて現場に着くと、二メートルを超す長身のノーナッカー巡査部長が大きく両腕を振り回してみせた。トイレの男性用のサインのような広い肩幅はいかにも頼もしい警察官と映ってよろしいのだが、額に残る星型の古い傷跡が善良な市民に与えるインパクトが強すぎて本人は困っている。凶悪犯との立ち回りでできた傷だと誤解され、刑事の勲章だと感心されることもあるらしいが、エースストライカーとしてならした学生時代、敵のゴールキーパーともつれながらゴールポストにヘディングしてできた傷だというのが真相だった。

警部はひょいと片手を上げて応え、コートの裾を翻しながら寄っていく。

「おはようございます、警部」

彼が最も信任をおいている部下はこちらへ向き直って、いつもの腹に響くようなバスで挨拶をした。

「おはよう、フランク。いい朝だな。——ハンサムな日本人はどこだ?」

「まだいますよ。検視はざっとすみましたけれど、警部とご対面したいみたいで」

ノーナッカーは太い親指を立て、アスファルトの上の青いビニールシートを指した。なるほど、その盛り上がり具合は通常と大きく異なっていて、死体というより何かの荷物にかぶせられているようにしか見えない。ノーナッカーの傍らで片膝を突いて屈《かが》み、シートの端をそっと持ち上げた。

「フランク」

「はい？」

警部はシートを徐々にめくっていきながら、

「こいつが日本人だってことがどうして判ったのか、教えてくれ。割礼の痕があります、なんて言うんじゃないだろうな」

ノーナッカーは、かしこまりました、とばかりに深く頷く。

「身元が判るようなものは身につけていませんから、日本人だと断定することはできません。そう推測した根拠は、この胴体が着ているシャツとブリーフが日本製だということです。加えて、カイゼル運河で見つかった左腕がしていた腕時計も、プリンセン運河で見つかった左脚が穿《は》いていた靴下も日本のメーカーのものです。体つきは明らかに東洋人のものですし、日本人だとみてほぼ間違いないのではないか、と」

「偽装でなければな」

われ知らず顔をしかめながら、警部は切断面を検分した。ギロチンですぱっと切り落とされたはずもないだろうが、かなり強引に手荒く切断されたらしいと窺《うかが》える。それらの損傷以外には、下着をめくってみても胸部や腹部に傷は見当たらなかった。ただ、腐乱が始まっており、皮膚の下の血管が青く透けて見える腐敗網が浮かんできている。

「遅かったね、警部」

頭上で声がしたので見上げると、警察医のスミットの鉤鼻《かぎばな》があった。スタフォルストは視線を死体に戻す。

「これだけだと死因は不明だな、ドクター」

「背中も無傷だよ。解剖してみないと断定できんけれど、薬物でやられたふうでもないな」

彼は立ち上がってドクターに並び、死体の全体を見下ろした。確かに東洋人らしい小柄な体躯《たいく》だった。まだ若い。おそらく十代後半から三十歳までの間に収まるのではないか。その長くない人生において、激しいスポーツや肉体労働とはずっと無縁だったように見受けられる。

「死後どれくらい経過している？」

「二日か、もう少し」

「胴体だけなんていう死体は初めてだ。こいつはしばらく沈んでたんだね？」

「そう。ガスがたまって浮いてきたんだ。皮下気腫《きしゅ》による膨張が現れていないから、まだ見られる状態だな。時間がたつとむくんで巨人様になってくる」

スミット医師の言葉には、およそ感情というものがこもっていなかった。ただ、所見への自信だけが明瞭《めいりょう》な発言に窺える。

「他に腕と脚が見つかってるそうだが、もちろん同一人物のものなんだろうね？」

ドクターはにべもなく首を振った。

「私は胴体しか見ていないからコメントできないよ。ジグソーパズルと同じで、嵌めてみなくちゃ判らない」

「二日もしくはそれ以上前に殺された同一人物から切断されたものだとしたら、今朝になってそれらのパーツがいっせいに川面《かわも》に出てきたのは不自然じゃないのか？」

「それは君が自分の見解を述べているのか、私のコメントを求めているのか、どっちだね？」

「後者さ」

「偶然性は感じるが、不自然だとは考えない。同じ頃に川に棄てられた同じ死体の部分だとしたら、当然ながら同じように腐敗が進行しているから相次いで浮上してくるだろう。夜のうちに人目にふれなかったものが、早起きの人間に発見されたんだよ」

「相次いで発見されたのは、棄てられたのが昨夜のうちだからじゃないのかな」

「しばらく水中にあった形跡があるから、それは違うだろう」

「ということは、二日もしくはそれ以上前に殺されて、あまり時間がたたないうちに切断され、川に棄てられたわけか」

「そう。しかし、殺した直後にバラバラにしたのではないかもしれない。そうしたのであれば、浮かんでくるのがもっと遅れただろうからな」

「ほう、そうなのか？」

　ドクターは鉤鼻をさすりながら、軽く胸を反らす。

「死体が浮くのは炭酸ガス、一酸化炭素、硫化水素などの腐敗ガスが体内に溜まるからだ。

死体が死後ただちにバラバラにされたなら、ガスが体内に留まれず逃げ出すじゃないか。それに、すぐに切断されたならば血液も流出するから、硫化水素が血色素の分解物と化合して硫化鉄を生成することもなく、腐敗網は現れない」

「死んでからバラバラにされるまで、どれぐらいの時間があったか判るかい?」

「数時間ぐらいかもしれないし、一日かもしれない。とにかく、死んだ直後ではないということだよ。——今はこれぐらいでいいかな? 詳しいことは剖検がすんでから報告するよ」

ドクターが去ると、警部はノーナッカーを振り返り、運河を顎《あご》でしゃくって指した。

「ここで見つかったんだな?」

「そうです。あそこの真っ黒に塗ったハウスボートの住人が通報してきたんです。発見者はボートの中にいます」

「期待薄かもしれんが、川を浚《さら》ってブツを捜せ。それから、残りの頭と右腕、右脚の発見を急がないと」

「水上警察の方でフロッグマンを手配ずみです。他の部位の捜索についても、あちらさんの船がアムス中の運河と港を調べて回ることになっています」

警部は短く口笛を吹いた。

「素晴らしい連携だな」

「これだけ異常な事件ですから、あちらさんも随分と気合いが入っているみたいですよ。左腕と左脚が見つかった場所はお聞きですね？　てんでバラバラの方角です。犯人は死体をいくつにも切断しただけじゃなく、それらを意図的に広範囲にばら撒いたものと思われます」

「どうしてまたそんな手の込んだことを？」

「私も理解に苦しみます」

警部は発見者のハウスボートにちらりと視線をやる。

「どんな人間だ？」

「ヨハン・オーフェルマース。六十四歳。棺桶《かんおけ》作りの職人です」

「できすぎじゃないか」

真っ黒に塗装されたボートが、柩《ひつぎ》を象《かたど》っているように見えてきた。そう見られることがオーフェルマース氏の望むところなのか否かは知らないが。

「すぐ話を聞きますか？」

「そのために待たせてあるんだろ。早くすませてあげようじゃないか」

彼はシートをかぶせる。

「死体はもういい」

ノーナッカーは近くにいた鑑識課員にその旨を伝えてから、スタフォルストを棺桶職人のハウスボートに案内した。

手摺《てす》りのついた渡り板《ギャングウェイ》をぎしぎし軋ませながら、二人はボートに乗り込む。老朽化が進んできてはいたが、よく手入れされたボートだ。仕事場はよそにあるらしく、居住スペースしかない。入ってすぐが食堂と居間を兼ねた部屋になっており、ヨハン・オーフェルマースは陰気な電灯の下でかしこまって座っていた。そうでなくても手狭なボートがよけいに窮屈に見えるような、でっぷりとした太鼓腹の巨漢だった。日がな一日、ハンマーをふるって棺桶を作るより、鼻歌まじりにパンでも焼いているのが似合いそうだ。

「お偉いさんのお出ましか。また同じことをしゃべらされるのかね？」

たるんだ二重顎の肉をひっぱりながら、不平を言う。その向かいに掛けながらノーナッカーは、

「いい勘してるじゃないの、親父さん。アンコールをお願いするよ。こちら、犯罪捜査課のスタフォルスト警部だ」

太った職人は「どうも」と、かぶってもいない帽子を持ち上げるふりをした。

「仕事があるのに手間をとらせてすみませんね。すぐにすみますから、辛抱してください。――このボートには、一人でお住まいなんですか？」

警部は丁寧に切り出した。オーフェルマースも態度を改める。

「はい、そうです。去年までは女房がいたんですけどね」

どうしてかみさんがいなくなったのか、尋ねてもらいたそうだった。訊くと、女だけがかかる病で死んだという。

「それはご愁傷さまです。——ところで、あの変わった形の代物を見つけた時の様子を話してもらえますか？」

「いつものように六時半に起きて、花に水をやってたんですよ。ほれ、デッキの舳先《へさき》の方にあるのが女房の自慢だった花壇です。水を撒き終えてホースを片付けてたら、舳先と岸の間に挟まるようにして、何か浮かんでるのに気がついた。完全に水面に出ていたんじゃなくて、浮かびかけてたと言った方がいいかな。壊れた人形じゃないか、と疑うこともしなかったね。商売柄、死体とはお馴染みだし、嫌な匂いがしてたし。ホースをほっぽって、すぐに警察に電話しましたよ」

「あれは、昨日の夜まではなかったんですね？」

「夕方、水をやった時になかったことは覚えてますよ。夜の間にどこからか流されてきたんだろうな」

「昨日の夜、何か怪しげな人物を見かけるとか、不審な物音を聞くとかいうことはありませんでしたか？」

巨漢は猪首《いくび》をねじるように振った。

「ありませんね。早く寝るたちだし」

「昨日寝たのは何時です？」

「十時……半かな。何も変わったことはなかったね」

「引き上げられた死体に見覚えか心当たりは？」

冗談じゃない、とばかりに相手は肩をすくめた。

「アレキサンダー皇太子だとしても、あれじゃ判らないでしょう」

不敬な軽口にノーナッカーが苦笑する。警部はぼりぼりと頭を掻いた。

「日本人かもしれないんだけどね」

「日本人と付き合いはありませんよ。――ああ、そうそう。日本人といえば、何十年か前にも変な事件があったなぁ。トランク詰めのバラバラ死体が運河で見つかったって事件があったでしょう」

ノーナッカーは怪訝《けげん》な顔をしたが、それは無理もないだろう。その事件が起きた時、彼はまだ小学校に入学したばかりぐらいだっただろうから。二十五、六年前だったろうか。猟奇的な事件だったので、十五、六歳だったスタフォルストはぼんやりと覚えている。被害者は若い日本人ビジネスマン。大きく騒がれながら、結局は迷宮入りになった事件である。

「ありましたね。今度はトランク詰めじゃなくて、バラバラに撒かれたらしい」

「頭や腕が他の運河で見つかったんですって？」

捜査員らのやりとりを小耳に挟んで知ったのだろう。オーフェルマースは逆に質問をしてくる。

「いや、頭はまだです。片腕と片脚が出ただけでね」

「ひどいもんだ」彼はテーブルの煙草入れに手を伸ばした。「吸ってよろしいか？」

「どうぞ」

刑事たちにも勧めるので、二人は断わって自分の分を取り出した。室内にたちまち煙が充満する。

「日本人っていうのは判らないね。どうして普通に殺されただけじゃ気がすまなくて、バラバラになって川に浮かぶんだろう。サムライ流ってわけでしょうかね」

「サムライに関係はないでしょう。しかし、よくは知りませんが、本で読んだところによると、あの国ではバラバラ殺人というのは珍しくないそうです」

端《はた》で聞いているノーナッカーは、上司が犯罪に関する文献を読んで勉強しているととったかもしれないが、くだけた犯罪実話本で得た雑学にすぎない。

「ひぇ。おっそろしい国だな。やっぱり刀を振り回してたサムライ時代の名残りですよ。連中は軍人だって刀を提げてたんだから。よその国までその風習を持ち込むなんて迷惑なこった」

話しているうちに判ったことだが、棺桶職人の兄は第二次大戦中、インドネシアであわや日本軍の捕虜になりかけ、命からがら帰国したのだそうだ。それが原因で日本人への根深い敵意を刷り込まれたのだろう。

さらにいくつか質問をしたが、実のある答えは得られない。事件と関係している気配もなく、どうやらヨハン・オーフェルマースは貧乏籤《びんぼうくじ》を引き当ててしまっただけらしい。

「ご協力いただき、ありがとうございました。何か思い出したら、ご面倒ですがこの番号に電話してください」

警部がメモを渡すと、オーフェルマースは無言のまま頷いた。立ち去りかけて、ノーナッカーが振り返る。

「ところで親父さん、このボートが真っ黒く塗ってあるのは棺桶屋の看板がわりなのかい？」

職人は哀しげな目をして、「いいや」と答えた。

「昔は女房好みのもっと陽気な色だった。今は、喪に服しているんだよ」

刑事たちはとっさに言葉を返せず、そそくさとボートを降りた。

現場付近には次第に野次馬の数が増し、クイーンズ・デイのダムラック通りのような賑わいになってきていた。頭と四肢のない死体はすでに運び去られているので、ほとんどの者はわけも判らないまま警官たちが動き回っているのを観劇しているらしい。朝の忙しい時間に足を止める閑人《ひまじん》が大勢いるもんだ、とスタフォルストは嘆息した。車道を開けろ、という罵《ば》声《せい》が飛び、けたたましくクラクションが鳴らされたりしている。

パトカーから本部に電話を入れてみると、こちらが何も言わないうちに本部長につながれた。

「さっさと片付けにゃならんぞ、スタフォルスト。いかにもマスコミ好みの扇情的な事件だからな」

　きんきんと甲高《かんだか》い声はいきなり恫喝《どうかつ》してきた。彼も気合いは充分のようだ。

「承知してます」

「早期に解決しろ。腕の見せどころだ」

「全力をあげてかかります」

「期待してるぞ。――モルに代わる。彼と連絡を取りながら進めろ」

　慌ただしく電話が切り換わり、課長のモルが出た。年中風邪をひいているモルは、今朝も鼻をぐずぐずいわせている。

「おはよう。本部長から直々に発破をかけられただろ?」

「おはようございます。館内放送で進軍喇叭《らっぱ》を流しかねない調子でしたよ。――左腕と左脚について何か情報は入っていませんか?　どちらも日本製のものをつけていたのは聞いています」

「今のところはそれ以外に伝えることはない。判ったことがあったら、こっちから連絡する」

「見つかった現場の正確な位置を聞いてません」

「言うから控えろ」

　スタフォルストは電話機を首に挟み、手帳を出した。

「左腕が見つかったのはカイゼル運河五百二十番地。左脚は……えーと、プリンセン運河七十一番地。たまたまそこの地点で拾い上げられただけだ。どこから川に投げ込まれたのかは判らない」

彼はメモしたページを開いたまま手帳をシートに伏せて置いた。ふと、さっき棺桶職人から聞いた話をしてみたくなる。

「昔、トランク詰めになった日本人のバラバラ死体が運河から上がった事件がありましたね。二十五年ぐらい前だったはずです。もしかして、その当時、課長は――」

「ああ、刑事部屋にいたよ。足を棒にして聞き込みに回った甲斐《かい》もなく未解決のままだ。印象に残ってる。今度の死体も日本人の若い男らしいというんで、古顔連中とひとしきりその話をしてたところだよ。また面倒な事件になりそうだ、嫌な予感がすると言う奴もいる。それにしても、君はよくそんな昔の事件を記憶に留めていたもんだな。あの時の被害者は大阪の商事会社からブリュッセルに駐在しているビジネスマンだったんだが、ベルギー警察との連携がスムーズにいかなくて難儀した」

課長はわれに返ったように咳払《せきばら》いをした。

「無駄話は終わりだ。君は私に一時間おきに電話を入れろ。運河を浚って何か出たりしたらすぐ連絡をする。そこは腕や脚じゃなくて胴体の発見現場だから、ブツが出るかもしれん。聞き込みで発見があってもその都度連絡だ。いいか?」

了解しました、と答えて切った。

付近の遺留品捜しはしばらく部下に任せ、彼はグローブボックスからアムステルダム市域の一枚ものの地図を取り出して広げた。ボールペンのキャップを口にくわえてはずし、切断された死体が見つかった三つのポイントにバツ印をつけてみる。

アムステルダムの運河は蜘蛛《くも》の巣を半分に割ったような形をしている。これまではそんなことを考えたこともなかったのに、初めてそう感じた。アムステルダム港を背にした中央駅が巣の中心。いや、涙の塔あたりか。その周辺めがけて放射状に注ぐアムステル川をはじめとする幾本もの運河が縦糸だとすると、中心を同心円状に取り巻くシンゲル、ヘーレン、カイゼル、プリンセンなどの運河が横糸になる。

三つのバツ印は、その巨大な蜘蛛の巣のあちらこちらに散っている。あたかも、蜘蛛に食い散らされた獲物の残骸《ざんがい》のように。不吉な意匠だ。

彼は地図を畳んだ。水上警察のフロッグマンが到着したので、パトカーを出る。

「腕も脚もない死体だそうですね」

何度か一緒に仕事をしたことがあるアントンという若いフロッグマンは、開口一番に尋ねてきた。

「首もなかったぜ」

横手からノーナッカーがうれしそうに答えると、相手は弱々しく笑った。

「もしかするとこの近くに首が沈んでるかもしれない。よく捜してくれ」

スタフォルストはウェットスーツの肩をぽんと叩いて、彼を淀《よど》んだ水の中へと押し込んだ。水面に昇ってくる気泡をしばらく川岸で眺める。アントンは時々顔を出してかぶりを振ったり、文字盤だけの腕時計や用途不明の錆《さ》びた鉄パイプを岸の刑事に手渡したりした。どう想像力をたくましくしても事件とは無関係にしか思えないがらくたが、警部たちの足許に並べられていく。

何か出てくる気配はないな、と諦めかけた頃、本部から電話が入った、というので小走りでパトカーに向かった。課長ではなく内勤の上級巡査からで、被害者が身につけていたらしい衣類を水上警察艇が回収したという連絡だった。話を聞き終えた彼は、ドアを開けて大声でノーナッカーを呼ぶ。

「血痕つきの着衣が見つかった」

「そいつはラッキーじゃないですか。どこをぷかぷか漂っていたんですか？」

「アムステル川だよ。市庁舎のすぐそばらしい」

ノーナッカーは口をへの字に曲げた。

「それはそれは。また方角違いですね。バラバラにした各部位と着衣をどこかでまとめて投げ棄てたのなら、こうもうまくちらばらないはずだ。こいつは犯人の悪ふざけでしょうかね」

「犯人には何か信念でもあったんだろうよ。何にしてもひと安心だ。偽装でなければこれで身元が割れそうだ」

　捜査の初手から躓《つまず》かなくてすみそうなのはありがたい。どうやら、この事件の犯人は、被害者の身元を隠蔽しようという意志が希薄らしい。身元をつきとめられることに頓着《とんちゃく》しないことと、死体をバラバラにして広範囲にばら撒くことがひどく矛盾しているのがひっかかるが。

「やはり日本人ですか？」

　ノーナッカーは意気込んで尋ねる。

「イタリア製のジャケットに漢字のネームが入ってるそうだ。それが何と書いてあるのかまだ判読できていないが、財布にクレジットカードが入っていた。それが本人のものだと決まったわけではないけど、この名前はどことなく日本人っぽいな。えーと」

　警部は手帳に控えた名前を読み上げた。

「トモキ。……トモキ・ミズシマ」

5

　団体客が三波に分かれて押し寄せるというのに、客席係が一人病欠したため、その日の『ミカド』はてんやわんやの大騒ぎだった。店内の客がすべて引いたのは、二時半になってからだ。三時からオランダ語学校だというアルバイトの女の子をあがらせると、橘はやれやれ、という様子で厨房《ちゅうぼう》の中で伸びをした。腰をひねったり、肩を回したりしながら、テーブルの上を片付けている恭司に声をかける。

「よーし、ひと息つこう。飯にしていいぞ、山尾君。調理場の連中は忙しい最中にも適当につまんでたから、君が一番腹ぺこだろう」

「店長こそ。先に召し上がってください」

恭司が言うと、橘は割烹着《かっぽうぎ》のポケットから黄色い錠剤が入った小瓶を取り出し、軽く振って見せた。愛飲している胃薬だ。また調子が悪いらしい。

「食欲ゼロなんだ。意地みたいに味が濃いうちのランチが食える状態じゃない。遠慮せずに食べなよ」

「そうですか。それじゃ、失礼して」

恭司は幕の内定食の膳を空いた隅のテーブルに運び、いただきます、と手を合わせた。初めの頃はありがたかった定食だが、さすがにこのところ猒《あ》き気味である。橘が卑下するほどひどい味ではないが。

「運河に死体が上がったっていうの、聞いた？」

水もなしに薬を飲んでから、橘が尋ねてくる。

「いいえ。殺人事件ですか？　アムスじゃ珍しいですね」

「珍しいよね。それも普通の殺しじゃなくってさ、バラバラ殺人らしいよ。さっきの団体を連れてた添乗員に聞いたんだ。九時前にヘーレン運河のそばをバスで通ったら何やらえらい人だかりがしてるんで、運転手がどうしたんだって野次馬に訊いたら、運河から首も手も脚もない死体が上がったんだって。それをツーリストたちに話したらば、アムステルダムは恐ろしい、とみんな眉をひそめたんだとさ。日本だって、結構恐ろしい事件が起きてるのにね」

「東京の方がこわいですよ。覚醒剤《かくせい》でラリった奴が包丁振り回して通り魔殺人、なんていう日本風の犯罪がしょっちゅうあるんですから」

「お、何よ、それ、山尾君。マリファナなんて耐性がある嗜好品《しこう》をキャンキャン吠えて取り締まることで、結果として廃人を作るハードドラッグでやくざにもうけさせてる日本のドラッグ政策批判のつもり？　最近、やり始めたんだって？」

橘は急須と二人分の湯呑みを持って恭司の席にきて、お茶を注いでくれる。

「あ、すみません。——やり始めたって、ドラッグのことですか？」

「そう。水島さんが土曜日にきた時に言ってたよ。君がグラスをやって書いた変な小説を読ませてもらったって。ドラッグなんて嫌いだって言ってたくせに、宗旨替えしたんだね」

水島がきた土曜の夜、その場で同じことを言われたなら、はい、と応えることに逡巡《しゅんじゅん》しただろう。しかし、今なら旗幟《きし》を鮮明にすることができる。

「インドでやった時は駄目だったんです。それで遠ざけてたけど、正木さんに手ほどきを受けて、考えが変わりました。やる前とやった後とで、自分は同じじゃなくなりましたから」

何がどう変わったのだ、としつこく質問されると、まだうまく言葉にして説明する自信はなかった。が、自分の意識の井戸の蓋が開き、その底に広がる光景を垣間見た体験を、単なる酩酊と軽視する気にはなれなかった。十日前の盆栽クラブのパーティだけなら、酒に酔ったのに似ている、ですませることもできたのだが、二日前——土曜の夜の体験は決定的だった。正木遥介に誘われ、彼はアニタの兄のハウスボートに出掛けた。運河に浮かんだコーヒーショップ。そこでの体験が、彼のドラッグに対する認識をすっかり改めさせた。

「ふぅん。まぁ、いいやね。日本に帰ったら絶対に許してもらえないことだから、せいぜいアムスにいるうちに楽しんでおくことだよ」

橘はもの判りがいい父親のような言い方をしておいてから、口調を改める。

「でも、節度は保ちなよ。麻薬がOKだというんですっかり溺れてしまって、アシッドヘッドになった日本人の板前がいたよ。君がドラッグのパワーに畏敬《いけい》の念を抱くんだったら、きちんと警戒することも忘れないようにしなくちゃ。なめてはいけない。中央駅の前あたりをよたよたしながら通行人に金をせびってる若い奴が大勢いるじゃない。みんなハードドラッグで頭も体もやられてるんだよ。彼らだって、こんなはずじゃなかったのに、と思ってるだろうさ」

海老《えび》フライを箸に挟んだまま、恭司は素直に頷いた。およそ説教じみたことを口にするのを好まない橘の言葉だからこそ、頷けた。他の者が言ったのなら、それはドラッグだけが持つ危険性ではない、酒や賭博《とばく》で破滅する人間だって少なくないではないか、と反論したかもしれない。

「それはそうと、水島さん、土曜日にもきたんですね」その日、恭司は休みだった。「オーディションに落ちて、しょげてませんでしたか？」

木曜のオーディションの結果は翌日すぐ通知される、というので、金曜の夜に電話をしてみた。声は「あかんあかん」と笑っていたのだが、顔を見ていないので、内心は大いに落胆しているのではないか、と気になっていた。――恋敵ながら。

「そうでもなかったよ。トゥッティじゃない臨時団員のオーディションでも厳しかった、さすが天下のコンセルトヘボーですね、とさばさば言ってたから」

「だったらいいんですけど」

レジカウンターの中で電話が鳴った。箸を置いて立とうとする恭司を制して、橘がさっと出る。馴染み客からのものらしかった。

「ああ、どうも。最近ご無沙汰じゃないですか。いらしてくださいよ。独身生活に戻って不便な思いをなさっているって聞いていますよ」

そんな調子だった橘の声が、「えっ？」と言ったきり不意に途切れる。おや、と顔を上げてみると、その表情は驚愕《きょうがく》で凍りついていた。海老フライを挟んだ箸がまた虚空で止まる。

「本当ですか？　何かの間違いじゃないでしょうね？　……いや、しかし……ちょうど今、山尾君と彼の噂をしていたところなんです。信じられない」

信じられないとは、何のことだろう？　噂をしていたところだということは、どうやら水島に関したことらしい。彼の身に何かあったのか？

恭司は席を立ち、橘のそばまで寄っていったが、傍らで立っていても、受話器から相手の声が洩れてくることもない。どうかしたんですか、と問いかけたくなるのをがまんしていると、橘は「ちょっと代わります」と言い、ごくりと喉を鳴らしてから受話器を差し出してきた。

「久能さんからだ。水島さんが大変なことになったらしいって」

突然雷雲のように来襲した不安とともに、恭司は電話に出た。久能の声を聞くのは盆栽クラブのパーティ以来だったが、上機嫌だったあの夜とはうって変わって硬い声が告げる。

「山尾さんですか？　落ち着いて聞いてください。水島さんが亡くなりました。殺されたみたいだって、警察から私のところに連絡が入りました」

「殺されたって……どういうことです？」

いきなりそんなことを言われても、呆気《あっけ》にとられるばかりだった。

「まだ彼だと百パーセント決まったわけではないらしいんですが、どうやら殺されたらしいんです。今朝、運河に男のバラバラ死体が浮かんでいるのが見つかったってニュース、ご存じでしたか？」

男の死体だというのは初めて聞いた。

「もしかして、それが水島さんだって言うんですか？」

尋ねながら、胃のあたりが大きな鉛玉を呑んだようにみるみる重くなっていく。

「ええ、どうやらそうらしいんです。彼のネームが入った服や財布も運河で発見されたそうで」

「でも……」とてもではないが、にわかには信じられない。「服なんか盗難に遭っただけかもしれないし、今朝見つかった死体というのは、胴体だけなんでしょう？」

「違います。腕や脚も別のところで見つかっていたんです。それと服だけだったらまだ希望はあったんですが、お昼前に……彼の首が見つかったということです」

それが本当に彼の首だということは確認されたのか、と質《ただ》すことを忘れて、恭司は受話器を握りしめたまま絶句した。足許が少しふらつく。電話はよき知らせを伝えるばかりでなく、悪《あ》しき知らせももたらすこともあるのは自明であったが、これほど忌まわしいことを囁くこともあるのだ、と生まれて初めて知った。

「ついさっき、会社まで刑事がきました。水島さんの電話番号簿に私の名前と連絡先が載っていたからです。そこにあった人たちみんなに当たっているとかで。『ミカド』や山尾さんのお名前もあったそうなので、いずれそちらにも現われますよ」

「どんなことを、訊かれました？」

随分とつまらないことを尋ねてしまった。そんなことを知りたがったら、自分が殺人犯人でびくついているのではないか、と久能に疑われかねない。頭の片隅で後悔したが、相手は気にしたふうもない。

「水島さんはどんな人間だったのか、あなたとはどういう間柄だったのか。それから、彼の交遊範囲なんかを訊かれましたよ。答えられることなんて、あまりありませんでしたけれどね。私は彼とはそんなに親密だったわけじゃないから。山尾さんや美鈴さんの方が彼をよく知っていますよ、と答えてしまいました。事実だから、ご迷惑じゃありませんよね？」

「ええ、もちろんそんなことは……」

水島の端正な顔が、白昼夢のように目の前にちらつきだした。それに重なって、ケルミスの喧騒《けんそう》が潮騒のように遠く甦る。美鈴に熱心に話しかけていた声も。

あの彼がバラバラに刻まれて運河に浮かんだ。運河に。バラバラで。

駄目だ。どうしても現実のことだとは思えない。こうしている間にひょいと扉が開いて彼が顔を出し、すべてがとんでもない間違いだった、というオチをつけてくれないものか、と祈りたくなる。

「どうして彼が殺されなくっちゃならないんでしょう」

「判りませんね。バラバラだなんてまともじゃないから、強盗にやられたとも思えない。勘違いした男のしわざかもしれません。ほら、彼は――」

久能ははっきりとは言わなかったが、どういう想像をしているのか恭司には見当がついた。こざっぱりとした恰好をしすぎていたかの美青年は、この街で男を振り向かせることもしばしばあった。ゲイだと思われるわよ、とアニタに忠告されてもいた。ささいな誤解からトラブルが生じて災難に遭ったのではないか、と推測しているのだろう。しかし、飛躍がありすぎる。誤解が元で不愉快な思いをするぐらいのことはあっても、殺害された上、バラバラに切断されて運河に棄てられるなど、あまりに異常だ。

「正木さんのところには連絡なさいましたか？」

「電話したけれど留守でした。きっと二人ともアトリエの方に行ってるんでしょう」

無意味な質問だった。あの兄妹が今、アトリエにしている不法占拠ビルで昼夜を問わない創作の最中だということをよく知っていたのに。では――

「アニタのところには、まだ？」

彼女の名前を口にした途端、苦い唾液《だえき》が満ちてきた。

「してるわけありませんよ。彼女の家の電話番号なんて知りませんから」

ごもっとも。必要がないから恭司だって聞いたことがない。そもそも、この時間ならまだ学校だろう。凶報はいつ、どういう形で彼女の耳に届くのだろうと考えると、裸足《はだし》で逃げだしたくなる。

「そちらに刑事が行く前にお知らせしておこう、と思ってお電話しただけです。また連絡しますけれど、勤務中ですので、とりあえずこのへんで」

「ありがとうございました」

礼を言って切った。振り向くと、橘はすぐ後ろに立ったままだった。

「びっくりしたね。人違いならいいんだけど」

恭司と同じようなことを彼も考えていたらしい。テーブルの上の食べかけの膳を見て食事中だったのを思い出したが、とてもではないが何も喉を通りそうもなかった。それでも足をひきずるようにして、とりあえず椅子に戻る。

「ここに刑事がくるかもしれないって久能さんは言ってたけれど、僕は大して話すことがないな。顔馴染みのお客さんというだけで、店の外で会ったことなんてないし」

橘は腕組みをしてうなりだした。困ることなどないではないか、と恭司は思う。それだけ伝えれば役目を果たすことができるのだから。自分は違う。

音楽留学生としての水島智樹については、あまり知らない。だから、そちらの方面でどういう交友を持っていたのかについては語れないが、このアムステルダムの街で彼と最も親しかった人間を数える際、自分が五指から洩れないであろうことは確信していた。だからといって責任を感じる義理はない。ただ、警察にいいかげんな返答をするわけにはいかない、という精神的な負担を今から背負いかけている。

「山尾君は色々としゃべることあるよね。他にこの店がらみで水島さんと接触があったのは、正木さんたちか。ああ、さっき君も電話で名前を出してたっけ」

黙って頷く。

「君、水島さん、久能さん、正木さん兄妹。並べてみると何だかおかしいね。この街でなければ、結びつかないようなメンバーじゃない。芸術家でくれる人たちはまだいいとして、一流コンピュータ・メーカーの営業マンが混じってるのが妙だ」

「久能さんは芸術家になりたかったんだそうですよ」

話題が水島からそれることは歓迎だった。言葉を選ばずにしゃべれる。

「ああ、それで」

「もうはみ出せないレールにのっちゃったから、俺たちみたいにふらふらしてるのと付き合ってると気分転換になるんでしょう。奥さんは嫌がっていたみたいですけどね」

橘にも覚えがあるらしい。

「そうだね。一度、久能さんがご夫婦でうちにみえた時に、正木さんの兄さんと出くわしたことがあるんだ。久能さんは同じテーブルで話をしたがってたみたいなんだけど、上品そうな奥さんが袖を引いて止めてたよ。まぁ、不精髭にサンダル履きっていう正木さんの風貌はごろつきと誤解されかねないところがあるから、無理もないとは思ったよ。あの時は道場の帰りで、汗臭い稽古着《けいこぎ》を持ってたしな」

恭司や正木たちと交際していることを、久能は職場の同僚には完全に伏せているらしい。プライバシーだからいちいち言い触らす必要もないのだが、芸術家もどきとドラッグパーティで盛り上がるなど、良識ある日本のビジネスマンの行動としては逸脱していることは明らかだ。

「これ、下げちゃいます」

会話が途切れたので、彼は食べ残したものを洗い場に運びかけた。

扉が開く。

入ってきたのは、入口をふさいでしまいそうな大柄な男。その斜め後ろにはもう少し年嵩《としかさ》で、頭が薄くなりかけたプラチナブロンドの男が立っている。遅いランチをとりにやってきたとは考えにくい二人連れだ。似たような地味なコートをはおり、似たような鋭い目つきをしている。

オランダ人にしても大柄な方の男は、客のいない店内を素早く見渡してから、近くにいた恭司に英語で声をかけてきた。

「アムステルダム市警の者です。山尾恭司さんはいますか？」

刑事だ。もうきたのか。久能のところについさっき現われたばかりだというから、こちらに回ってくるのは夕方になると踏んでいたのに。それとも、このコンビは久能の会社に出向いたのとは別人なのか？

おびえなくてもいいのに、心臓の鼓動が速くなった。

＊

ヘルトヤン・スタフォルストと名乗った警部が来意を告げた。この店の常連客で恭司と親交のあった水島智樹が何者かに殺害されたので話が聞きたい、と。どうやら期待も虚しく、バラバラ死体は水島であることが確定的になったらしかった。首が発見されたことでパスポートの写真と照合することができたし、連絡を受けてロッテルダムから駈けつけた実兄が確認したということだった。

店を警察の取調室がわりにされてはかなわない、と判断した橘によって刑事たちは奥の事務室に通される。大して話すことはない、と言っていた彼だが、刑事たちは橘から情報を引き出す肚《はら》などなかったようで、恭司だけが応対することになった。店長は後ろ髪を引かれるような表情を見せながら、部屋から退出していった。

「山尾さんは、何の目的でアムステルダムに滞在しているんですか？」

スタフォルスト警部は、まず恭司の人定《じんてい》尋問を始める。とてもではないが警官相手に詳しく説明するのは憚られるので、適当にかわすしかない。話が都合の悪い方向に向かいだしたら、英語を聞き取る能力が乏しくて理解できないふりをすることにしよう。そのための伏線として、あまり複雑な会話はいたしかねます、というしゃべり方をしておくのが賢明だ、と素早く方針を立てる。そう装わずとも、流暢《りゅうちょう》からほど遠いのだが。

「旅行をしています。インドやトルコやフランスに滞在したこともあります。アムステルダムにきてみてこの街がとても気に入ったので、しばらく暮らしてみたくなったんです」

「いつから滞在しているんですか?」

五月からだと正直に答える。外国人登録はしているのか、という質問を覚悟したが、ありがたいことにそれについては触れられなかった。

「どちらに住んでいらっしゃるのか教えてください」

リンデン通りの住所を答えた。そんなことは水島の部屋を調べれば判っていそうなものだが、フランク・ノーナッカーという大男の刑事が手帳に書き留めていた。

「あなたと水島さんとは、どういう関係でしたか?」

「友だちです。彼がここによく食事にきたので、時々話をするようになりました。齢《とし》も一つしか違いませんから、話していて楽しくて、友だちになりました。バーやディスコに遊びに行ったりする友だちです。互いに相手の家を訪問したことも何度かありました」

「ごく普通の友人ですか?」

意外なことを訊く。いきなりこんな質問が出るのがこの国では当たり前なのか、それとも水島の生前の写真を見た上でのことなのか、判断しかねた。

「普通《オーディナル》というのはどういうことですか？　ホモセクシャルだったのか、ということならば、答えはノーです。私も彼も、そうではありません」

　刑事たちは判った、というように頷いた。

「水島さんはどういう人でしたか？」

　こちらは予想どおりの質問だが、模範解答を練っておく時間がなかったのと、英語がとっさに出てこなくなったりするせいで、答えるのに骨が折れた。親切で、気の優しい男だった。経済的に恵まれた環境でのびのびと育ったことが、いいように働いたのだろう。音楽家としての技量や将来性についてはコメントできないが、万事にそつがないタイプで教養も豊かだった。生真面目でありながらユーモアもあって、しゃべっていて退屈させなかった。——そんなことを話した。

「トラブルを抱えていませんでしたか？」

「私の知る範囲では、ありませんでした。会うと、いつも楽しそうにしていました」

「彼がどういう人たちと交際していたのか、あなたの知る範囲で教えてください」

　すでに調べがついていることだろうが、久能や遥介、美鈴の名前をすらすらと挙げた。一瞬考えたが、隠すこともないので、ロン・ヤヌスとアニタ兄妹も。

「久能さんや正木さんはみんなこの店の常連だったので、親しくなったんですね？」

　正確に言うと、久能は恭司や遥介と知り合ってから『ミカド』の常連になったのだが、そんな経緯は瑣末《さまつ》なことだろう。

「ロンとアニタという兄妹はどういう人ですか？」

当然にも、スタフォルスト警部の関心を引いたようだ。ありのまま話して、彼らに迷惑が及ぶことはないだろう。

「ロンさんは遥介さんがインストラクターをしている空手道場に通っていたことがあります。それで二人は友だちだったんです。妹のアニタさんも、お兄さんが経営しているコーヒーショップに遥介さんが時々遊びにくるので、遥介さんと親しくなったそうです。水島さんは遥介さんを通じて、ロンさんやアニタさんと親しくなりました」

緊張のあまりか、意図した以上に説明がたどたどしくなる。ノーナッカー刑事は眉尻を人差し指で掻きながら、やれやれ疲れるわい、とでも言いたげだ。スタフォルスト警部はそんな様子は微塵《みじん》も見せず、淡々と質問を続ける。

「水島さんはドラッグを好んでいましたか？」

麻薬にからんだトラブルの可能性を探ろうとしているのらしいが、的はずれだろう。

「ジョイントを吸うことはありましたけれど、特別ドラッグが好きだったのではありません。日本では法律で禁止されていますから、経験できる時に経験しておこう、と思っていただけでしょう」

「ロンさんが経営しているコーヒーショップにも出入りしていたんですか？」

「水島さんが行ったことがあるのは、ロンさんの店ではなかったようです。そこも頻繁に出入りしていたのではなかったでしょう」

警部が「よろしいですか？」と断わってから煙草をつけると、すぐに部下もそれに倣《なら》う。オランダ人というのは本当に煙草好きが多いな、と思っていたら、ノーナッカーはボックスを恭司の方に突き出し、ドスのきいた低音で訊いた。

「吸うかい？」

煙草を勧められたのなんて久しぶりだった。こんな場ではあったが、ほのかに愉快な気がして、そのマルボロをもらい、火まで点けてもらった。

「ありがとう《ダンキュー》」

ノーナッカーは、どういたしまして、と言うように初めて笑みを見せる。

「水島さんの女性関係についてはご存じありませんか？」

火の点きがよくないな、というふうに数秒ふかしながら、どう答えようかと考える。しかし、何も迷うことなどなかったのだ。

「私の知る範囲では、彼の恋人と呼べるような女性に心当たりはありません」

事実だ。

「これまでの話の中で女性が二人登場しました。正木美鈴さんとアニタ・ヤヌスさん。彼女たちと彼の関係はどんなものだったんですか？」

「ただの友だちです。美鈴さんやアニタさんと親しくなったのは、それ以前に彼女たちのお兄さんと親しかったからです」

事実のようで事実ではない。水島という点と他の点を結ぶ線について検証すれば、遥介やロンとつながった線の方より美鈴やアニタとつながった線の方が太いことを、恭司は承知していた。ありがちの相関図を描くなら、水島から美鈴に恋愛感情を表す矢印が伸び、アニタから水島へも矢印が伸びることになるであろうことも。しかし、そのことはしゃべりたくなかった。事件の捜査に無用の混乱を呼び込むだけであろうし、他に気づいている者がいなかったかもしれない故人のプライバシーを暴くことにも抵抗があった。

「水島さんという人は、交遊の範囲は狭かったようですね」

警部は質問を小休止し、感想めいたことを口にした。

「彼が音楽の勉強をしていたユリアナ音楽院で、ヴィオラの指導を担当していた教授や、日本からきて同じ学院で学んでいる学生たちの話を聞いても、大勢の仲間とわいわいやっていた様子がありませんでした」

「孤独な人だったとは思いませんが、社交的でもありませんでした」

訊かれてもいないのに付け加える。

「彼は先週の木曜日にコンセルトへボー管弦楽団のオーディションを受けて、金曜の結果発表で惜しくも選に洩れたということも聞きましたよ。しかし、それが殺される原因になったとも思えない」

目顔で同意を求められたので、「そうですね」と応えた。

「山尾さんが彼と最後に会ったのは、いつですか？」

「先々週の金曜日ですから……十月二十一日の夜です」

「ああ、私が娘たちをダム広場のケルミスに連れていった日だ」

警部の言葉につられて、恭司は答えを補足する。

「私と彼もそのケルミスに行ったんです。警部さんと人ごみですれ違ったかもしれません」

「お二人だけだったんですか？」

「あ、いいえ……美鈴さんも一緒でした。彼女が働いているレストランが広場の近くなので」

「あなたとその美鈴さんとが恋人同士ということでもないんですか？」

違う、と言明した。私のプライベートなことに触れなくてもいいだろう、と言い返してもよいことに、その時は気がつかなかった。

「それ以来、彼とは会っていないんですね？」

「先週の金曜日に電話で話しました」

「用事があったんですか？」

「オーディションの結果を訊くために電話をしました。駄目だった、彼は笑っていました。その他は、意味のない雑談を少ししただけです」

「それが生きた彼との最後の接触ですね？」

「はい」ときっぱり答えた。

ここで刑事たちはくっつくほど額を寄せて何やら意見の交換らしきものを行ったが、ぼそぼそと呟くようなオランダ語だったので、恭司には皆目聞き取れなかった。どうやら収穫はなしだな、とでも言っているのだろうか。やがて、警部が彼に向き直る。

「水島さんは、土曜日にはこの店にこなかったんですか？」

「いいえ、きました。私は休みだったので会っていませんが、マネージャーの橘さんがそう言っていました」

「きた？　ここへ？」

ノーナッカーが太く長い人差し指で、床を指し示した。

「マネージャーから聞きました。私は会っていませんから、直接マネージャーに訊いてください。彼を呼びますか？」

「お願いします」

もしかすると、水島が殺される直前の足取りがつかめていないのかもしれない、と恭司は推測した。問題になっているのはどうやら土曜日の彼の行動らしい。だから、彼が土曜日にこの店に現れたという発見に強い関心を抱くのだ。

思いがけず呼び出しをくらった橘は、ずり落ちた眼鏡を掛け直しながら恭司の隣りにちょこんと座った。

「あなたが最後に水島さんを見たのはいつですか？」

警部は二本目の煙草を揉《も》み消して、ゆっくりと尋ねる。そして、「土曜日の夜です」という回答を聞くなり、「この店にきたんですね？」と彼はノーナッカーのように床を指差した。

「はい。夕食を食べにいらしたんです」

「何時頃にきたんですか？」

「六時過ぎでした。いらっしゃる時は、いつもそれぐらいです」

「一人で？」

「はい」

「帰ったのは何時でしたか？」

「三十分もいらっしゃらなかったんじゃないでしょうか。六時半ぐらいにお帰りだったと思います」

「その夜、彼が何を食べたか覚えていますか？」

力の入り具合から、それが重要な質問であることが窺えた。橋は眼鏡の蔓《つる》に片手をやったまま固まって、しばらく考え込む。記憶が鮮明に甦ったのか、やがて顔を上げた時には晴れやかな表情になっていた。

「親子丼とラーメンです。確かです」

「ラーメンは知ってる。ヌードルだろ？　もう一つのオヤ……オヤコドンブリというのはどういう料理なのかね？」

ノーナッカーがメモをとる手を止めて訊く。にらみつけるような眼差しから察するに、親子丼が何なのか、大いに意味があるらしい。チキンと玉葱《たまねぎ》をジャパニーズスープで炊いたものに玉子と葱を加え、ボウルに盛ったライスにかけたものだ、と橘が丁寧に説明するのを、彼は「玉子と何だって？」と訊き返しながら、逐一書き取った。

「その時の彼はどんな様子でしたか？」

スタフォルスト警部の質問に対して、橘は肩をすくめる。

「連れの方もいらっしゃいませんでしたから、さっさと食事をすませてすぐにお帰りになりましたし」

「いつもと変わったところはなかったんですね。何か言葉を交わしませんでしたか？」

「食後のお茶を飲んでらっしゃる時に私がお席まで行ってご挨拶したら、コンセルトヘボーのオーディションを受けたんだけど落ちてしまった、と話してくださいました。それは残念でしたね、とお応えして……それだけです」

「食事の後どこかへ行くとか、誰かと会うとか、ちらりとでも話していませんでしたか？」

「いいえ。聞いていません」

水島の身に一体何が起きたのか、さっぱり判らない。一方的に質問されるばかりでなくて

定価（本体**685**円+税）978-4-408-55348-4

有栖川有栖
幻想運河

遠き運河の彼方から静かな謎が流れ来る——

水の都、大阪とアムステルダム。バラバラ死体と狂気の幻想が織りなす傑作長編ミステリー。

池井戸潤
空飛ぶタイヤ

リコール隠しの罪と罰

定価（本体**1000**円+税） 978-4-408-55272-9

池井戸作品初映画化！ **2018年公開**

主演：長瀬智也　監督：本木克英

実業之日本社 ☎03-6809-0495（販売本部） ☎048-478-0203（小社受注センター）

【ご購入について】お近くの書店でお求めください。書店でご注文いただくことも可能です。

※定価はすべて税抜本体価格です（2017年4月現在）13桁の数字はISBNコードです。ご注文の際にご利用ください。

もいいだろう、と思った恭司は、ここがチャンスとばかりに逆に警部に尋ねてみた。

「水島さんが殺されたのは土曜日の夜なんですか？」

答える前に、警部は短い溜め息をつく。

「まだはっきりとしたことは判っていません。今、橘さんから聞いたお話はとても重要で、土曜日の午後六時半というのが、生きた彼が目撃された最も遅い時間です。その後の足取りはまだつかめてないんですよ。——あなたは何かご存じですか？」

首を振ってから、別の質問をぶつける。

「彼はどうやって殺されたんですか？」

警部は自分の後頭部に空手チョップをくらわせて、

「このあたりを鈍器で殴られた上、首を細いビニール紐で絞められていました。紐が頸部《けいぶ》に巻きつけてあった。とどめのつもりで絞めたんでしょうけど、犯人にすればそれは正しい選択でしたね。死因は窒息死です。その後、鋸のようなもので頭部と四肢を切断したわけです」

事務的な口調だったが、語られている内容はおぞましい。誰に何の権利があって、そんな胸のむかつくような真似ができるのだ、という怒りに近い感情が恭司の胸の奥から湧いてくる。

「土曜日の夜に殺された可能性が高いんですね？」

「解剖の結果をみて判断すべきことですが、おそらくそうでしょう。――犯行がいつ行われたのか、興味があるんですね」

「いえ、そういうわけでは……」

警部は橘を向いて、

「お仕事中、ご協力いただいて感謝します。もう結構です。山尾さんには、もう少しだけお訊きしたいことがありますので」

人払いという雰囲気だった。マネージャーが退室すると、スタフォルスト警部はおもむろに三本目をくわえ、恭司に一本勧めた。今度は遠慮する。

「気を悪くしないで答えてください。――あなたが土曜日の夜、どこで何をしていたか教えていただきたいんです。一昨日のことですから、まだ忘れてはいないでしょう?」

疑われているのだろうか?

判らない。積極的に疑われる理由は思い当たらないから、形式的な質問なのだろう。

「はっきりと覚えています」

生まれて初めての体験をした夜のことだ。忘れるはずもない。まだ体が、頭の芯《しん》がそれを覚えている。

――波にさらわれそうだよ。

それは、まるで。

――またおかしなものが視える。

祝祭の夜だった。

ノーナッカーがテーブルに片肘を突いて、上体を乗り出した。

「話してもらいましょうかね」

排水溝に勢いよく水が吸い込まれるように、恭司の意識は二日前に遡行《そこう》する。

土曜日の午後へ。

6

朝から降ったりやんだりしていた小雨は午後遅くにあがったが、空はまだ灰色のままだった。左官の鏝《こて》でならしたようにのっぺりとしていて、奥行のない曇り空。薄汚れた果てしなく巨大な布が、街に覆いかぶさったかのようだった。

その空の下、彼はペダルを漕いでいた。前日、ワーテルロー広場の蚤の市で手に入れた中古自転車は楽々と予算内に収まるほど格安ではあったものの、ひと漕ぎするごとに哀しげな声で啼《な》くのが玉に瑕《きず》だった。油をさしても効果はない。走ってくれればいい、気恥ずかしいのもすぐに慣れるさ、とあっさり諦めることにした。友人たちの集まりにこの自転車で馳《は》せ参じれば、姿が見えないうちから「あいつがきたきた」と判ってもらえるという利点もあることだし。

とは言うものの、乗っているうちに次第に音が派手になっていくようなのが不吉であったし、アニタぐらいの女学生の集団とすれ違った直後に、こらえかねたような爆笑が背後でしたことで、もしかしたらこの音とリズムは何か珍妙なオランダ語に聞こえるのではないか、と想像をたくましくして心配になったりする。

しかし、よく走った。思い切り漕げば素晴らしいスピードを——けたたましい啼き声とともに——出してくれそうな手応え、足応えを感じさせる。アムスにいる間は大事にしてやろう、決して盗まれるようなことはするまい、と誓った。

シンゲル運河には今日も遊覧船が行き交い、カナル・バイクという二人乗りの足漕ぎボートがちらほら浮かんでいる。観光客らしいカップルが乗ったそのうちの一台が方向転換を誤り、護岸にぶつかったまま二進《にっち》も三進《さっち》もいかなくなっていた。同情する。一人では恰好がつかないから、と美鈴を誘い、一度だけ乗ったことがあるから知っているのだが、あれは操るのがなかなか難しいのだ。受難のカナル・バイクの二人は、いやぁ参りました、という照れた笑いを周囲に振り撒いているが、内心はどうしてこの泥沼から脱出したらいいのだろう、と焦っているに違いない。美鈴の前で何たる醜態か、と彼も舌打ちした。その傍らで美鈴は泰然と煙草をふかしながら、列を作って川面をゆくマガモの親子に目を細めていた。冬になって運河に氷が張り始めると鳥たちは次第に一角に追い詰められていって、すっかり凍結してしまったら人間と同じように無様に足を滑らせながら氷上をよちよちと歩くんだよ、それはそれは可愛らしいんだよ、と話してくれたりした。

運河を渡るとスパウ広場だが、すぐに左に折れてスパウ通りに入った。その通りの中ほどにあるビルをこれから訪ねるのだ。そこに美鈴もいる。彼女や遥介たちのアトリエなのだ。

そのアトリエ、四階建てのビルは、元々は中堅の出版社が所有していたものだそうだ。三十年近い昔、その会社が新聞社と合併だ、いや買収だ、という騒動を起こしてビルの管理がおろそかになった。そのどさくさにまぎれ、スクウォッターなる若者たちが占拠してしまい、ビルは大人たちの手に返ることなく現在に至っている。壁面いっぱいに、六〇年代後半の熱気を偲《しの》ばせるサイケデリックなペインティングをほどこされたまま。

建物の内部も、アムステルダムが大好きな前衛の旗を掲げた芸術家たちの手で祝祭的空間に改造されていて、十数人が生活をしていた。かかる不法占拠者が強制退去を命じられないのは、それが法律のわずかなほころびを突いてなされたものだかららしい。時代を考えれば、それが国家という権力装置にゆさぶりをかけるための政治性を帯びた行動だったことは想像がつく。

それにしても――

何という無法。

何という自由。

何という寛容。

あらためて感心し、見上げたビルの最上階の窓に人影があった。遥介だ。

恭司に気づいた彼は、ちょっと手を上げてから中に引っ込んだ。自分がくるのを窓辺に立って待っていたわけもないから、休憩でもしていたのだろう。

恭司は自転車を脇に抱えて五段ばかりのステップを上り、相変わらず耳障りな音を発している愛車を押したまま建物に入っていった。かつては受付嬢が座るカウンターがあったであろう場所には、扉のはずれた冷蔵庫が鎮座している。そして、額にビデオカメラ、胸部に小型テレビを埋め込まれたマネキン人形がその中でうずくまっていて、無表情のまま来訪者を迎えてくれるのだった。ささやかな玄関ホールの四方の壁は、何代ものスクウォッターたちによって重ね塗りされたペインティングであちこちが盛り上がり、罅割《ひびわ》れている。マネキン人形はいいとして、この色彩の洪水状態に最初遭遇した時は、ひどく落ち着かない気分にさせられたものだ。

「ハイ、遥介のゲストかい?」

ホールに声が反響する。

長髪に薄汚れたジーンズルックの男が柱の陰から現れた。北欧のどこだったかから流れてきた男で、ゾディアックと名乗っていたのを思い出す。もちろん本名のはずはなく、胸に刺青《いれずみ》した占星術の獣帯《じゅうたい》にちなんで自分でつけた渾名《あだな》らしい。さすがにこの季節ともなると、シャツをはだけて金色の毛がそよぐ自慢の胸板をさらすわけにいかず、無地のトレーナーを着込んでいる。その代わり、数珠《じゅず》の化け物のようなネックレスを幾重にも巻いて胸許を飾っていた。

「遥介と美鈴はえらいことを始めたよ。一階まで音が響いて、みんな迷惑してる。一週間ぐらいですむから辛抱しろ、なんて言ってね。あれはひどいよ」

大袈裟に話しているらしく、目が笑っている。

「へぇ、二人がかりで大作の制作に入ってるの？」

「わけの判らないものが部屋から廊下まであふれ出してる。作品ができたはいいが、アトリエから運び出す時になってそれが絶対に不可能なのを知る、というのは冗談でなく、よくあることなんだ。アーチストの可愛いとこでね。それにしても、あれはまた極端だよ。まぁ、見ていきな」

ゾディアック氏は、現われた時と同じように、すっと柱の向こうに消えた。もちろんその陰の部屋に去ったのだが、まるで幽霊のような出入りの仕方だった。

恭司は自転車を押しながら、エレベーターに向かう。不法占拠とはいうものの、話し合いの上で格安の家賃は所有者に支払われているし、もちろんガスや電気も通っており、エレベーターも稼動している。ただし、日本では絶対にお目にかかる機会がない、扉のないエレベーターだった。下手な乗り方をしたら、腕や脚を失うことはおろか、首を挟んで命を落としかねない代物だ。これまたペインティングだらけのケージに自転車ごと乗り込んで、最上階のボタンを押した。

当番になった人間が引き揚げているのではないか、と本気で疑いたくなるほどのゆっくりとした速度で四階に着く。エレベーターと対峙《たいじ》する壁には、箒《ほうき》に墨を含ませて書きなぐったような大きな丸が描いてあった。鈴木大拙禅師《すずきだいせつ》にかぶれたあるアメリカ人のお遊びらしいが、結構、迫力がある。ロン兄妹に限らず、東洋かぶれというのはいるものだ。

その角を曲がると、廊下の右手に大小四つの部屋が並んでおり、奥の一番大きな部屋が遥介のアトリエだった。なるほど、金属製の恐竜の尻尾《しっぽ》にビニール・チューブや銅線が巻きついたような、何やら得体の知れないものが廊下までのたくり出てきている。

一体どんな奇妙な景色がアトリエ内に展開しているのだろう、と期待しながらそれを跨《また》ぎ、部屋に入る。

「踏まないようにしてくれ。ぐしゃっとつぶされても、それが本来のフォルムなのか壊されたのか、作者自身も見当つけへんからな」

「いいかげんな作品ですね」

いきなり飛んできた遥介の大声に応えて、恭司は室内を見渡した。

予想を超えた混乱ぶりだ。

アトリエの中央には屑鉄《くずてつ》が腰の高さほどまで積み上げられ、その黒ずんだ山の間を様々な材質のチューブが血管か神経組織のように走っている。ところどころからは銀色の金属片が尖塔《せんとう》となって突き出し、また部屋の八方に向けて尻尾とも触角ともつかないものが伸びていた。この作品にいかなるメッセージが付与されているのか、いないのか、理解の域外だが、ゾディアック氏の証言したとおり、ここから搬出するのが困難であることだけは確信できた。

「いらっしゃい。怪我《けが》しないでよ」

屑鉄の向こうから美鈴が顔を出した。デニムのシャツを肩のあたりまでまくっていて、その両腕は機械油でべっとりと汚れていた。まるで自動車修理工だ。もちろん、髪は後ろに束ねてくくっている。

「ジャンク・アートっていうんですか、こういうの？」

彼女に訊くと、あっちに言って、とばかりに掌《てのひら》を上にして遥介を示す。髭面の兄に向き直っても、ジーンズの尻ポケットに両手を差し込んだまま、さてね、と他人ごとのように小首を傾《かし》げるだけだった。

「まだこれから形になっていくところや。泣きそうな顔して見るなって。——それにしても、えらい早《はよ》うきたな。ロンには八時って言うてあるから、だいぶ間がある」

「邪魔はしませんから、おかまいなく。ビルの中を見て回ったりしますから」

恭司は奇怪なオブジェだか何だかの周囲をぐるりと一周半してみる。理解しようなどという気はとうになくなり、ただ庭石を観賞するようなつもりで眺めたりしたが、作品からは何も伝わってこなかった。

「飲む？」

Ｐタイルを貼った床の上に胡坐《あぐら》をかいた美鈴が、コーラの缶を掲げて勧めてくれる。横に突っ立ったまま飲むのも落ち着かないので、同じようにぺたんと床に腰を下ろす。ちょっと一服らしく、彼女は手を休めて、ふぅと吐息をついた。遥介の方は、また窓辺に寄って外を見下ろしている。

「兄貴に呼ばれてきたのね」

美鈴は煙草をくわえた。

「ああ。ロンのボートでごちそうしてくれるんだってさ」

「ドラッグ、気に入ったの、あなた？」

「まだ判らない」

「水島さんが言ってた小説、できた？」

黙ったまま首を振った。

水島に読んでもらったところまでで中断している。早く書き上げたい、と仕事が終わるのが待ち遠しかったというのに、家に帰ると創作意欲が蒸発してしまっていたのだ。何故だか判らない。憑《つ》き物が落ちてしまったように、書きかけの物語への興味が失《う》せていた。ケルミスの華やいだ空気の中を美鈴や水島と漂い、その後のディスコで汗を流しているうちに、自分の空想力の痩せっぷりに気づいて嫌気がさしてしまったのかもしれない。

いとも頼りなく立ち消えそうな物語に、美鈴はそれ以上、関心を示してくれなかった。

「また久能さんもくるの？」

「いや、俺だけが招待されたみたいだよ。土曜日だから、久能さんは自分の家でへろへろになってるかもしれない。——美鈴さんはこないの？」

彼女は恭司の問いにか、自分の煙にか、すっと顔をしかめた。

「私は行かない。一度、家に戻って寝たいから。兄貴は一週間ほどここにこもるつもりなの。付き合ってらんないよね」

ぼっ、と音がする。遥介がガスバーナーを取り上げ、薄いステンレスの板に何やら描きだしていた。美鈴も煙草をハイネケンの空缶に棄てて、腰を上げる。

「じゃ、後でまた」

恭司は暇《いとま》を告げ、前言どおり二時間ほど一人で時間をつぶす。退屈はしないところだった。六時になってから、三人揃って筋向かいの安レストランで夕食をすませた。ロンのボートに行くまでまだ時間があるというので、遥介はビールを何本も頼んで恭司にも注ぐ。付き合いきれない、というように、やがて美鈴が席を立った。

「じゃあね。二人ともごゆっくり。私は死んだように眠ってくるわ。明日ここへくるの、正午《ひる》ぐらいになるかもしれない」

「弁当を作ってきてくれたらうれしいけどな」

赤い顔をした遥介に、彼女は「甘えんな」と言って、ぴっと人差し指を弾いて出ていった。

「美鈴さんって、本当は遥介さんの奥さんなんじゃないかって風説が実《まこと》しやかに流布してますよ」

恭司は噂にかこつけて、気になっていたことを確かめたくなった。アーチストは髭についた泡を手で拭《ぬぐ》い、ははっ、と磊落《らいらく》に笑う。

「スキャンダルとは、俺も芸能人なみやな。あんなすれっからしが女房でたまるかいや。俺が選ぶんやったら、もっとしっとりと清楚《せいそ》で、それでいてメチャメチャ頭のええ女にする」

しっとりと清楚な娘なんて青臭い趣味はあなたに似合わないし、美鈴はまぎれもなく聡明ではないか、という意味の反論をしても、答えをはぐらかすように、にやにやするばかりだ。

「そんな娘と俺は結ばれて、うまくいくことになってる。それが視えてるんや」

「予知だか予言だかですか？　辻占い師と違って、遥介さんは自分自身の将来も見通せるんですね」

「またそんな馬鹿にしたような目で俺を見てくれるやないか、渡り鳥」

「遥介さんの予知能力って、本当なんですか？　実績はあるんですか？　俺にはそんなこと、とても信じられない」

「からむなぁ、今日は」

「未来を予知することは不可能です。だって、もし遥介さんが『お前は飛行機事故で死ぬ』と予言して、俺がそれを信じたら、飛行機なんて生涯乗らないでしょう。それで俺が天寿をまっとうしたら、これは予言の的中なのか、はずれなのか判定できない。そうやって回避してしまえることばかりじゃないだろうけど、未来は変更することが可能です。だから、予言に意味なんてありませんよ。未来は常にぼんやりとしているはずです」

「量子力学で言う観察者問題とはまた違うけど、観察することが関与することになってしまう、という予言の側面を指摘したいわけや」

量子力学の知識はあまりないが、観察することが関与することになる、という表現は判る。

「そんなところです」

「視えるものは仕方がないやんけ、と答えるしかないな」

そんなつもりはなかったのだが、オカルトめいたもの言いは好きではないので、本当にからみたくなってきた。私には視える、では話にならない。ある時は特殊な力がある者にだけ視えるものがあるのだ、と言って霊体の存在を虚空に指摘し、ある時はこのとおりカメラが光学的に捉《とら》えている、と証拠写真を提出するという輩《やから》がいる。恭司からすれば知性の欠けらも感じられない態度だ。彼らは科学の限界をあげつらうのが大好きである。しかし、X線を利用せずに隠されたものを透視できた、と騒いだり、両手で力を加えなければ変形しないスプーンが指先でこすっただけで曲がった、と驚くことは、物理法則に対する全幅の信頼があって初めてできることではないか。そんな矛盾にすら無自覚なのはお笑いだ。科学の文法を理解したいのにできない人間のひがみでなくて何なのだ。ろくに自分の頭で考えもせず、科学なんて矮小《わいしょう》だと叫ぶことは、いい手が作れないからといって、目の前にある麻雀牌《マージャンパイ》の山を崩そうとするような幼児的態度だ。

「どう視えるんです？」

勧められたあらたなビールのジョッキに口をつける。ねっとりと尋ねた。

「視える、と言うしかないな。たとえば、平坦《へいたん》な一本道をみんな歩いてるとしよう。ところが、俺の歩いてるあたりだけは地面が波打ってて、時々、小さな盛り上がりがあったらどうなる？　他の人間の視野には入らん行く手の風景を、先に垣間見ることができるやないか。もうすぐ二手に道が分岐する、このままやったらあんたは右に行くよ、と言うたら言われた方はあらかじめコースを左に寄せて逆らうこともできるやろう。しかし、この先は崖になってる、という場合は、避けようがない。予言にも色々ある」

「みんなが平坦な一本道を歩いてる、というところから喩《たと》え話じゃないですか。遥介さんの歩いてるところだけ起伏があるっていうのは、喩え話に仮定を足しただけだ。遥介さんらしくないな」

「いや、違う」

断固とした口調だったので、おやっと思う。しかし、それに続く言葉は恭司を説得するためのものではなかった。

「この支離滅裂は、いかにも俺らしい」

間接照明が目許に翳《かげ》を作っているせいか、彼は、どことなくもの哀しげな表情を浮かべた。

そして、

「このままここで腰を落ち着けてたら酔っ払う。そろそろ行こか」

＊

「ちょっと遠いで」

とだけ言って、遥介は自転車を漕ぎだした。ロン・ヤヌスの水上コーヒーショップの場所を知らないので、恭司はその背中に付いて行くしかない。シンゲル運河に沿って少し東に走り、ムント広場に出る。恭司の職場の前をついと通過し、さらに行くと今度はケルミスの夜に水島と入ったカフェを通り過ぎて、川幅も水量も豊かなアムステル川に出た。賑やかな川岸を、南東に向かう。遥介はまたアトリエに戻るつもりらしかったからいいだろうが、リンデン通りのフラットに帰る自分は大変なんじゃないか、と恭司は少し億劫《おっくう》な気がしてきた。人のそんな思いも知らない遥介は、即興らしいメロディを口笛で吹き散らしている。ほろ酔いなのだ。自分もいくらか顔がほてってっているようだが。

ゴッホの絵から抜け出してきたようなマヘレの跳ね橋が左手を過ぎる。イルミネーションで飾られたそれを背景に、観光客たちが写真を撮っていた。運河に面したカフェには、ディナーを楽しむ人々。オープンデッキの遊覧船の上から、カメラを提げた老夫婦がそちらに手を振っている。誰も彼もが笑顔に見えた。

アムステル水門を過ぎて、サルファティ通りとぶつかったところで、遥介は左に折れて橋を渡る。旧市街からどんどんはずれていきそうだ。こんな方角にきたことはない。まだですか、と訊きたいところをこらえていると、「もうちょっとや」と前を行く遥介が言った。

サルファティ通りをしばらく走って右折すると、また運河に出た。遥介によると、これは外濠《そとぼり》のようにアムスを取り巻くシンゲル運河だという。まぎらわしいことに、アムスの市街を四重に包み込む運河の一番内側と外側のものが同じ名前なのだ。シンゲルだと聞いて、何だ、わが家の近くを流れている川ではないか、と恭司は意外に思った。ただし、馬蹄《ばてい》型を描いてアムスを囲んでいる運河だから、これに沿って帰ったらえらい遠回りになるだろう。

似たような切妻の家が延々と続いている。どれもひょろりと高いのは、間口の大きさに応じて税を課す、という法律に市民が対抗したためだという。家々の最上階の窓の上から突き出した桁《けた》を見上げて、「あれ、何に使うか判る?」と美鈴から訊かれたことを思い出す。「祝日にあれに旗を掲揚するんだろ」と答えたら笑われた。「みんないっせいに使うものではないのか?」とヒントを求めると「そんな日がきたら、アムス最期の日ね」と言って正解を教えてくれた。ハークというその桁には滑車がついていて、主に引っ越しの際に使用するのだそうだ。つまり、どの家も間口があまりに狭いため必然的に階段も狭くなり、大きな家財道具は滑車とロープで吊り、窓から直接搬入や搬出しなくてはならなくなっていたのだ。その作業の時に家の外壁を傷めないように、建物が心持ち前に傾斜しているとも。

美鈴はもうベッドにたどり着いただろうか?

雰囲気はやや場末っぽくなってきた。土曜の夜というせいもあってか、人通りも少ない。こんなところで店をかまえるというのも、やはり放蕩《ほうとう》息子の道楽ならではなのだろう。

「あれや」

遥介は対岸に浮かんだハウスボートを指した。街灯の光から遠くてよくは見えないが、遥介たちがアトリエにしているビルに似た懐古調のけばけばしいサイケデリックなペインティングが船体にほどこされているようだ。ぐにゃりと歪んだ字体で店名らしきものが記されている。

UMMAGUMMA

何のことやら判らない。まともなオランダ語らしくもないので、幼児語を真似た造語かもしれない。

「休みじゃないんですか?」

窓からランプの明かりらしいのが見えているが、営業中の雰囲気ではない。

「マスターになまけ癖がついて、今月五回目の臨時休業や。それで招待されたんやから、今夜は貸切りみたいなもんやな。——けど、あの店の照明は営業中でもあんなもんや。ムード作りの目的もあるけど、ロンが電気代を節約してるんや。経費についてはケチな奴やで」

少し行き過ぎてから橋を渡り、三十メートルほど戻った。隣りのハウスボートまで距離をおいて一艘だけぽつりとあるので、よけいに怪しげだ。全長は二十メートルあるかなしで、思っていたよりは小振りのボートだった。コーヒーショップのボートといってもデッキにテーブルや椅子を並べているでもなく、こちらの岸だと渡り板のあたりまでこないと、ただの居住用ボートに見える。入口の両脇にあまり目立たない看板が出ているだけだ。馴染みになった客がわざわざ足を伸ばしてやってくる、という店なのだろう。

先に行け、と言うように遥介が軽く背中を押した。微かに軋《きし》む板を渡り、ドアを開く。中も薄暗かった。

「いらっしゃいませ。貸切りのお客様ですね? お席の用意ができております」

奥からロン・ヤヌスの声がした。彼はカウンターに尻を半分のせて立っていた。黒い無地のTシャツを着た胸のあたりから上だけランプの明かりに照らされているが、足許は闇に溶けているので、まるで応挙《おうきょ》が描いた幽霊のようだ。

　ふわふわとした量感豊かな金髪を今夜は後ろで束ねている。百九十センチ近い長身の上、両手脚がしなやかに細く長いので、初めて会った時は少し異様な感じがしたものだ。空手は初段の腕前だということだが、武道家のイメージは希薄だ。ほとんどない眉毛の下のぱっちりとした目はいつも冷静沈着というより虚無的に醒めていて、固く結ばれた薄い唇は意志の強靭《きょうじん》さと同時に無感動な男という印象を与える。両手の指は女の子のようにいとも優美で、格闘技どころか労働にも無縁に見えた。

「予約席はそこだよ」

　髑髏《どくろ》を象《かたど》った指輪を嵌めた指が、迷いのない様子で真っすぐに奥のテーブルを指した。六人が掛けられる一番大きなテーブルで、洒落《しゃれ》たフランス料理店のように愛らしいキャンドルの火がちろちろと誘惑するように燃えている。

　コーヒーショップはおろか、ハウスボートの中に入るのも初めての恭司は、もの珍しくて店内をきょろきょろと見回した。ぼんやりとした薄明かりに、抽象画らしきものが何枚か壁に飾られているのがかろうじて判る。テーブルは全部で五つ。予約席を除くと二人掛けと四人掛けが半々で、カウンターにストゥールが五つ並んでいた。どのテーブルもとても上等には見えない木製のもので、椅子の数だけの人間が囲むには窮屈そうだ。

　それぞれにエッシャーの絵をデザインしたクロスが敷いてあるのが、いかにもコーヒーシヨップらしい。この画家が全世界的に注目を浴びるようになったのはベトナム戦争の頃からで、アメリカのヒッピーたちが、その奇想に満ちた作品にはドラッグ体験で味わえる眩暈《めまい》に通じるものがある、と持てはやしたからだ、という説を聞いたことがある。クロスに描かれているのは『昼と夜』と題された特に有名な作品だ。田園の間を川がゆるやかに蛇行し、教会や風車が建ったのどかな風景の上を黒い鳥の群れが画面左手を向いて飛んでいる、というのが昼を描いた左半分。右半分では、鏡に映したように対称をなした夜の風景の上を、白い鳥の群れが右手を目指している。昼と夜の境界部分では、白い鳥に着目すれば黒い部分は夜空となり、黒い鳥に着目すれば白い部分は明るい昼の空に見えるという、だまし絵《トロンプ・ルイユ》的な図と地の反転の手法が駆使されている。

床にはカーペットもなく、板張りのまま。きっと昼の光で見たら傷だらけで、煙草の焼け焦げが点々とついているのだろう。

「ゲストは上座へ」と遥介に窓際の席を勧められた。今宵は何でも言われたまま従うことにする。

ロンがエスプレッソ・コーヒーを運んできて、愛敬をふりまく。

「まず一杯どうぞ。これは普通のコーヒーだ。特別メニューのフルコースをすぐ持ってくる。今夜は恭司のために腕をふるわせてもらうよ」

「キメまくりたがってるから、手かげんなしでいこう」と遥介が言う。

恭司は曖昧に「よろしく」と応えただけだった。こんな場を設けて欲しい、と言った覚えも匂わせた覚えもないのだが、関心は大いにあったので、好意を素直に受けることにした。好意かどうかははなはだ怪しく、遥介もロンも、悪い遊びを後輩に教えて面白がっているふうではあるが。

目が馴れてくると、カウンターに大きな俎板《まないた》と包丁がでんとのっているのが見えた。俎板の上には、茶色い板チョコに似たもの。あれがどうやらハッシッシの塊らしい。ロンは包丁を握り、カウンターの外からその茶色い板をガシガシと削りだした。堅いもののようだ。必
よ分を削ると、彼はそれを指先で丹念に練ってからジョイントを作り、テーブルまで持っ
れる。

客様はビギナーだから、吸えばいいようにしてあげたよ。モロッコから仕
い品だよ。まず軽くどうぞ」

かり吹かすな、と言いかけたが、先輩にあたる英語がとっさに
をする。

の由来を知りたがるたちなんでね」

、ピンクフロイドのアルバム・タイトルか
らなる疑問に対する答えは、ケンブ

「それは初耳だ」と遥介が言う。「ウマグマというのは、そんな意味だったのか。日本語と同じだ。日本語でファックは、まぐわう、と言うんだ」

「似てるな」

ロンは傍らに立ったまま、同じものをすぱすぱふかしだす。よほど深く吸い込んでいるのか、煙を勢いよく吐くたびに唇の間からプッという音が洩れた。

恭司はジョイントを指の間に挟んで、心の準備を整える。

「ピンクフロイド、か。日本じゃ年寄りの趣味になっちゃってるよ。年金《ペンション》で食ってるバンドみたいだもの。オランダ人は馬鹿に気に入ってるな。しょっちゅうラジオでオン・エアされているし、コーヒーショップの店名に『ザ・ウォール』や『ピンクフロイド』なんていうのもあるのは知っている」

「『ドアーズ』なんてのもあるけどな。ピンクフロイドはオランダやヨーロッパだけでなく、アフリカや東欧でもポピュラーだ」

「そうだ。日本でも少し前に、あるプロレスラーの入場のテーマ曲にされて、ヒットしたことがあったよ。『ワン・オブ・ジーズ・デイズ』とかいった」

「『いつの日かお前をバラバラにしてやる《ワン・オブ・ジーズ・デイズ・アイム・ゴナ・カット・ユー・イントゥー・リトル・ピーシーズ》』という曲だな。君の国は月にでもあるみたいだ。何もかもひねくれている。人生の楽しみ方もまるで違うようだ。サッカーなんてスポーツ、最近になって覚えたんだろ?」

オランダ人はサッカーに熱くなる人種だ。遥介に言わせると、アムスをホームにしている名門アヤックスへの熱狂ぶりは、大阪における阪神タイガースに向けられるものと酷似しているらしい。

「サッカーぐらい知ってるよ。ありがたいことに、以前の全日本チームの監督はオランダ人だった」

「らしいな。日本以外の国でナショナルチームを監督できるとは思えない人物だけど」

遥介にからんだ埋め合わせにロンにからまれているようだ。

「何が、君の国は月にあるようだ、だよ。じゃあ、はるばる月からニンテンドーのテレビゲームを輸入してオランダの子供は遊んでるのか？」

「そうかもしれない。メイド・イン・ジャパンと書いてあるから」

水島と他愛もない議論ごっこをするのとはまるで勝手が違う。ロンの眼差しはあまりに醒めていて、遊びにならない。かといって、本気で議論をふっかけてきているふうでもないのだ。

恭司は言葉を切り、躊躇いを見せないようにして、ジョイントをふかした。

ロンが呟く。

「日本は遠い。どんなところか、思い浮かべることもできない」

「遠いもんか。すぐそこだ。この運河ともつながってるじゃないか。遥介さんのふるさとの大阪の運河なんて、エッシャーの親父が作ったんだよ」

「それは違うな」

否定したのは遥介だった。ロンにも判るよう、彼も英語で話す。

「エッシャーの親父は日本にきて色々やった。確かに大阪で淀川の改修工事も手がけたけれど、それは彼の仕事の全部ではないし、また、関わったのは大阪の運河の一部でしかない」

間違ってもらっては迷惑だ、というニュアンスがあった。水島の受け売りをしただけなので、反論されると対処できないのだが。

ハッシッシがたちまち効いてきた。体がとても自由になった気がする。

「アムスも大阪も海が埋まってできた土地だから、水と喧嘩をしたり和解したりを繰り返す宿命を背負っている。どちらの街でも、昔から色んな人間が命がけで水害と戦い、運河を掘り進めてきた。誰か一人の英雄やら技術者が完成させたわけではない。土地の持つ霊的なパワーとは、アムスも大阪も無縁な都市だ。それを代償するように、そこに集まる人間にパワーがある」

「大阪にもそんなに運河が多いのか?」ロンが無表情のまま尋ねる。「アムスは北のヴェネチアと呼ばれる。バンコクが東洋のヴェネチアだというのも聞いたことがある。大阪については、何も知らない」

遥介が答える。

「もう今はそんなにない。将軍が江戸にいた頃、十八世紀頃には、町に縦横に運河が走っていた。大阪は日本の都市では珍しいことに港が西を向いて開けてる。古来、その港から色んな文化や物資が日本にもたらされてきた。国内の物資も大阪に集まった。港から入ってきたものは、アムスと同じように川岸にびっしり並んだ蔵屋敷というのに運び込まれて、商いされた。——今は、その面影しかない。運河は片っぱしから埋められて道路になった。埋められずに遺ったものの上には、たいていハイウェイが通っている」

ロンは眉の間を寄せた。

「そこがアムスと違うな。二つの都市が全く根を持たないことは共通しているが、大阪は根茎を断ち切ってしまったんだ」

根茎—リゾーム。ちょっとなつかしいじゃないか。忍耐に忍耐を重ねながら『千のプラトー』を読み切ったことがある。リゾームは、『資本主義と分裂症』という副題がついたその著書の序でジル・ドゥルーズとフェリックス・ガタリが唱え、日本では浅田彰《あさだあきら》の『逃走論』が契機となって流行した概念だ。上から下へと枝分かれして広がる国家社会主義的な樹木型思考へのアンチテーゼ。横へずれ、上に戻り、斜めにずれて他のラインと合流し、また横へずれ、をどこまでも続ける逃走的、遊牧民《ノマド》的な根茎型思考。固定ではなく流動。それこそが専制君主—領土、その打倒、あらたな専制君主化—再領土化、その打倒、という循環の鎖を切断する思考だというアピール。『われわれは樹木に倦《う》み疲れている。われわれはもはや樹木や根を、また側根をも信ずるべきではない。そうしたものを我慢しすぎてきたのだ』という言説に賛同した。『地下茎と空中茎、雑草とリゾームの他には、何ひとつとして美しいもの、愛にあふれたもの、政治的なものなどない』という箇所にも。

ただ、それを読んだ時の恭司は、段落を変えずにこう続いていることを、後に読み返すまで気づかないでいた。

アムステルダム、まったく根をもたない都市、茎―運河をそなえたリゾーム―都市、そこでは有用性が、商業的戦争機械と関係しつつ、最大の狂気と結びついている。

「大阪は没落した。しかし、ロンにとってはあまり面白くない自慢の仕方をすることも可能な街だ。大阪のGNPは、オランダ一国のそれとほぼ同じだ。アヤックスに対してタイガース。フィリップスに対してパナソニック」

「何だ。スーツを着たビジネスマンみたいなことを言うじゃないか」

遥介の言葉にロンは、ふんと鼻を鳴らし、紫色の煙の尾を引きずりながらカウンターへ戻っていった。次の料理の準備らしい。

「俺が生まれたんは、生野区《いくの》というところや。今は町名が変わってるけど、昔は猪飼野《いかいの》といった町がある。猪《いのしし》を飼う野原って書く。ワイルドな名前やろう？　十八までそこで過ごした。

軒並みが低うて、大阪の中でも特にごちゃごちゃした下町やけど、夜の十二時前でも、おばちゃんやお姐《ねえ》ちゃんが洗面器を抱えて銭湯から帰る姿がある。ええやろう？」

　遥介は日本語に切り換えていた。

「生野区は、人口の四分の一が在日韓国朝鮮人で、日本中で一番外国人登録が多い町でな。四分の一っていうのは多いぞ。四人に一人やからな。——当たり前か、はは」

　うまそうに煙を吐く。

「かつては済州《チェジュ》島から『日本国、イカイノ』だけで手紙が届いたというぐらいで、済州島出身者が多い。済州島の西帰浦《ソギポ》と大阪の天保山《てんぽうざん》を二日で行き来する『君が代丸』てな直行航路があったせいらしい。

　俺の祖父《じい》さんは韓国人で母親は在日二世や。爺さんは、一年に何回口を開くんやろう、というぐらい無口やったし、俺が中学に上がる頃に他界したから、日本に渡ってきた時の話をちゃんと聞く機会がなかった。慶尚北道《キョンサンプクト》の浦項《ポハン》というところの出なんやが、大正八年頃、徴用令で召集されて、嫌々日本に連れてこられたそうや。日本で与えられた仕事はな——運河を掘ることとやった」

　恭司は遥介の口許を見つめながら聞き入った。彼が問われもせずに身の上話をすることは、これまでなかった。遥介自身についても興味があるのはもちろんだが、美鈴に関する話を聞きたいと思ったのだ。彼女について、もっと知りたい、と。

しかし、運河という言葉を耳にして、はっとする。う　ん　が——という音の連なりが脳の一角にほのかに熱線を照射しているかのように、意識が微妙に攪拌《かくはん》された。

「生野の川はアムスの運河と同じで、どこまでも直進して、流れを変える時は定規を当てたように折れ曲がる。大正時代の初め頃までは蛇行してて、毎年何回か膝がつかるほど氾濫《はんらん》する湿地帯やったそうや。

　エッシャーの親父がどんなふうに日本に尽くしたのか知らんけど、俺の祖父さんが土工として、汗水流して運河を掘ったことは間違いない。俺の家のすぐ前を流れてた平野川の改修工事をしたんやからな。工事がすんだら次の現場へと、仲間たちは飯場ごと移っていったけど、祖父さんは体をこわしたんでついていけず、猪飼野に住みついて衣類の露天商を始めた。済州島から同胞が大勢移ってきて、猪飼野にコリア・タウンができていくのはその後のことや」

　彼はわずかに首を傾げる。

「俺は何が言いたかったんや？　——ああ、運河と聞いたら、時々、爺さんを思い出す、ということか。つまらん」

「美鈴さんはその町で育ったんじゃないんですか？」

　そう訊いてから、ハッシッシの影響で急激に渇いてきた喉にコーヒーを流し込んだ。尋常でない美味、甘い、うまい、という信号が脳天を刺すように突き上げる。

「あいつと俺とは母親が違う。俺の親父は友人が経営する教育玩具の販売会社の営業を任されていて、東京と大阪を月に何度か往復してた。堅物で真面目一本の男と周囲はみんな思うてたんやけど、実は東京で愛人を作ってたんやな。相手は取引先にいたごく普通のＯＬで、逢瀬《おうせ》を重ねるうちに子供ができてしまった。それが美鈴や。俺が小学生の時のことや」

遥介さんと美鈴さんって、本当に血がつながった兄妹だったんですね、と合いの手を入れようとしたが、話が途切れなかった。

「そのうち共同経営をしてた親父の友人がそのことを知って、母親にご注進に及んだから、たちまち大騒ぎや。親父はすまながるどころか開き直ったように居丈高《いたけだか》になった。そして、『どう始末をつけるんや』と詰《なじ》る母親に、『東京の母娘を取る、お前とは離婚や』と言い放って、家族も職も棄てて出ていった。とうとう正式な離婚はせずじまいやったけれど、それっきり戻ってくることもなく、生活費の足しにと送金してくることもなかった。神経痛でほとんど寝たきりの祖父さんがおったし、俺は中学に入ってチンピラ予備軍みたいになったから、母親は大変やったろうな。六十前で、名前もはっきりせん病気で死んだのも、過労がたたったんやろう。その時は祖父さんも、とうに亡くなってた。母親の最期の言葉は『一人になってしまうな。けど、あんたのことは心配しとらん』やった。高校中退して、ふらふらしてた俺に『心配しとらん』や。しゃんとせえよ、と言うかわりやったんやろう。俺は葬式やの何やのが片付いてから、東京に出た。出て、働きながら美大に進んだ。もともと絵が描きたかったのを、母親の手前、諦めてたんや。『一人になってしまうな』と言われたことで、ようやくエンジンが作動したんやろうな。好きなことを好きなだけやって生きても誰にも気兼ねはいらん、とふっきれたんや」

遥介はひと呼吸おいて、ジョイントをふかす。

恭司はコーヒーを飲み干した。渇きは癒えない。と、それを見透かしたようなタイミングで、ロンがおかわりを運んできた。さらに、葉っぱの詰まったパイプと目薬の小瓶のようなものを並べて置く。

「二人して月の言葉で何をぺちゃくちゃ話してるのか知らないけど、これを試してくれ。今度のコーヒーにはシンセミアがたっぷり入ってる。ファンタスティックなトビが経験できるよ。こっちのパイプに詰めてあるのもシンセミアだ。ハイになりかけたら、この瓶の蓋をはずして匂いを嗅ぐといい」

「何なんだ?」

聞いても判らないだろうが、マスターには解説する義務があるだろう。

「ブチル・ニトライト。家畜用の消毒剤さ。気化した奴を鼻で吸えば、ケツを叩かれたように駈け上がれる。おまけのおやつだよ」

「それはどうも」

コーヒーの受け皿には、薔薇の浮き彫りをほどこしたスプーンと角砂糖が添えてあった。

恭司は砂糖を溶かしながら、遥介に話の続きを促す。

「美鈴さんとは、東京に出てから初めて対面したんですか？」

「そう。あいつの方から俺に会いたい、と連絡をとってきたんや。自分にどんな兄貴がいるのか、そして父親のことをどう思っているのかが知りたかった、と言うてた。あいつはまだ高校生になったばっかりやったな。会《お》うたんは、あるデパートの喫茶室や。生意気で気が強そうな目をしてたくせに、緊張のせいか膝が顫えてた。本人に言うたら絶対に否定しよるやろけどな」

コーヒーを口にふくみ、カップを置いてすぐに、体がぐらりと右にゆらぐのを感じた。トビかけているのか、と周囲に目をやると、壁がゆっくり一方に歪みだしている。まるで巨人の両手に摑まれ、時計の針と同じ方向にねじられているかのようだ。天井と床にも、それに呼応する形で渦巻き状の湾曲が生じている。

「美鈴は両親に内緒で、時々、俺と会うようになった。家でも学校でも息苦しい環境だったみたいで、それでガス抜きのつもりで俺とダベりたがったんやろう。そのうち、俺は自分があいつに影響を与えてるのを知らされた」

聴覚も変だ。遥介の話す声が、すうっと近くなったり遠くなったり、ゆらゆらと揺れていた。

声が。声が。

「美鈴は高校を出ると、俺とは別の美与を形に想幻な的私の分自。だん進に大える手法を得ようとしたらしいわ。それやいたみたっや生等優のかなかな、でまから両親はえらく反対したらしいけど、そがついあは親父。てし絶拒りぱっきをれ俺とちょくちょく会うてたことを知って違勘と、たれま込き吹をことな変が娘、いして怒り狂うてたらしいけど、それはろこどれそ。やんもういと衣《ぎぬ》れ濡《ぬ》のく全か、俺は考え直すようにあいつに

　何べんか

　言うたん　や

　　　ぞ」

　様子がおかしい。これまで軽くふかしたのとはだいぶ違うぞ、と思いながら、強くかぶりを振ってみた。と、体の中から何か未知の力が静かに満ちてきているのを感じて、恭司は生唾を呑む。ひたひたと込み上げてくるものは決して恐怖すべきものではなく、友好を求めて乾いた大きな手を差し出しているように思えたから。

　よし、握手しようじゃないか。

　彼はシンセミア入りの煙を思いきりふかした。

　さぁ、かかってこい、だ。ＴＨＣ（テトラヒドロカンナビノール）っていう成分がお前の正体なんだってな。こいよ。脳味噌の奥まで染み透れ。俺をどこかへ連れていってくれ。トバせてくれ。

「それにしてもあいつが隠し妻や
笑てんな　美
とんせわ　鈴
い
そ　てくれよ。スキヤ
う　ン
や　の気とっも、もてしにルダ
ろ　効いたのがあ
、　り
恭　そうな
司　も
君　んや。
まさか
ケルミスの……　約節
の
てり借をトッラフのドッペ２にめた

る
こ
と
が誤解の種なんやないんや
てし弁勘。なうろ　水
く　島
れ」

遥介の話はまるで十二音階の現代音楽のようにねじくれたまま続く。

恭司はブチル・ニトライトとやらの小瓶の蓋を取り、鼻を近づけた。

徐々に這い寄ってきていたものが、わっと襲いかかってきた。頭に血が昇り、たちまち動《どう》悸《き》が速くなる。見えない波が、眼前で大きく立ち上がるような気がした。

壁、床、天井の動きが止まったかと思うと、今度は今までの反対方向にきゅっきゅっと痙《けい》攣《れん》を起こすようにねじれだす。

もうどうにでもなれ。

カウンターがやけに遠くに見える。そこに腕組みをして立つロンの口許には、微笑が浮かんでいた。ビギナーの驚きぶりを観察して楽しんでいるのだろう。

テーブルクロスの上でも異変が生じていた。エッシャーの絵がおかしな輝きを放っている。反転図形のそれぞれが呼吸するように交互に明滅しだしているのだ。雁も、市松模様の田園も、川も、教会も、風車も、その輪郭を燐光《りんこう》のようににじませて。絵をなぞろうとすると、今度はその手が妙だった。やけに長くなっている。あり得ないほど遠くまで届いてしまうではないか。脚はどうだ、と視線を落として見ると、床のはるか彼方《かなた》に自分の爪先《つまさき》が投げ出されていた。

はっ。まるで不思議の国のアリスじゃないか。

恐ろしくはない。新鮮な驚きに、若干の滑稽さがミックスされていて、愉快なだけだ。

愉快だよ、マスター。

再びカウンターに目をやったが、そこにマスターの微笑はなかった。腕組みをしてそこに立っているのはロンだったはずだ。なのに、顔が違う。服装もポーズも同じなのに、顔だけがすげ替えられている。肩の上にのっているのは見慣れたロンではなく、真正面から見た巨大な魚のものだった。

鮪《まぐろ》のような魚が服を着て、腕組みをして立っている。こっちを見ている。

何なんだ、あれは？

訝《いぶか》しがって眺めていると、その怪物が腕組みを解き、窓際の棚に手を伸ばした。おかしい。横を向いたとたんに、怪物の顔は瞬時にロンのものに戻っていた。さらに不可解なのは、そいつがこちらに向き直ると同時に、再び顔が魚に変身することだ。一体どうなっているのか?

「ご機嫌かい?」

魚の口がぱくぱくと動いた。

「ああ、最高だよ。いかれた《マッド》マスター」

おや?

マッド・マスター

MAD MASTER

AMSTERDAM

どんな思考のジャンプなのか、単なる偶然なのか、字謎《アナグラム》ができてしまった。紙に書いて確かめるまでもなく、それが一字と違わない綴り変えであることが確信できたことも、普通ではなかった。

AMSTE**R**DAM
AMSTERDA**M**
AM**S**TERDAM
AMS**T**ERDAM
AMSTERD**A**M
AMST**E**RDAM
AMSTER**D**AM
AMSTERDAM
A**M**STERDAM

脳裏に描いたＡＭＳＴＥＲＤＡＭの九文字が、散り散りになっては勝手な結合を繰り返す。

A**M**STERDAM
AMSTERDAM
AMSTER**D**AM
AMST**E**RDAM
AMSTERD**A**M
AMS**T**ERDAM
AM**S**TERDAM
AMSTERDA**M**
AMSTE**R**DAM

M A M A

ART
ART
ART

DREAM
MAST

ADAM

STARDAM

TEARS

STREAM

R E D
E   A
D A M

D E A R   M A MADAME

MADRAS

S M A R T

R A T S !

m a d r e
M A M A
MAMA
mama

コーヒーを呷《あお》る。さあ、次は何を視せてくれる？

三メートルほど離れた部屋の一隅に出現したのは、綿菓子の切れっぱしのようなちぎれ雲だった。暗い中にふわふわと浮かんだそのミニチュアの雲には、親指ほどの大きさの天使が乗っていた。肩にのせた水瓶を両手で支えている。

「どうしたんや、さっきからにやにやして？」

遥介の声がした。またにやけた顔をしているんだな。照れることもなく、彼は応える。

「いいよ、とてもいい。波にさらわれそうだよ」

「結構なことや」

幻覚だから当たり前だが、遥介の目には部屋の隅に漂う天使を乗せた雲は映っていないらしい。あれは自分が生み出したもの、他の誰のものでもない、自分だけのものなのだ、と思うと、心の底から温かい感激が湧いてきて、うっとりとちぎれ雲を見上げ続けた。

あまりに小さくて表情を読み取ることはかなわないが、天使にはちゃんと目も鼻も口も、睫毛《まつげ》や産毛までも備わっているのが確信できる。縮小されたものは美しい。ミニチュアカーから、盆栽、切手に至るまで、小さきものが人を魅了するのは、多量の収集が可能だからではない。縮小されて原型よりも美しさが増しているからだ。

俺の雲、俺の天使。

恭司はジョイントの煙を深く肺に吸入してから、勢いよく雲を目がけて吹きつけた。どんな反応があるのか実験してみたくなったのだ。

紫の突風をくらった雲はたちまち霧消してしまい、哀れな天使は紋白蝶《もんしろちょう》ほどの純白の羽根をばたつかせながら、壁の天井近いあたりに飛ばされていくではないか。

おやおや。そんなつもりじゃなかったんだよ、と踊るように手を差し伸べる。天使は風圧で壁に圧《お》しつけられ、羽根をいっぱいに広げたまま貼りついてしまった。目を凝らすと、その羽根の周縁に極細の虫ピンが何本か垂直に突き立っているのが判る。

天使の標本。採集された天使。

いや。

展翅《てんし》された天使。

「洒落かよ」

恭司は思わずぴしゃりと膝を叩いた。

と、今度はテーブルの上に何かもやもやした影のようなものが視えてくる。一つ。二つ。……四つ。

「またおかしなものが視える」

遥介に問われるまでもなく、彼は半開きの唇の間から洩らした。

朧々《ろうろう》としたものは、次第にその形を明らかにしていく。

あれは……。

―

1

何なんだ？

6

1

―

1

1

6

$1\frac{1}{6}$

イッカロクブンノイチ。

どうしてこんなものが目の前にちらつくんだ。

何か深遠なもの、真理の啓示だとでもいうのか？

いやいや、おそらくこれも言葉遊びなのだ。解けたとたんに失笑してしまう謎掛けに違いない。彼はテーブルの隅に、その奇妙な数字を爪で彫りつけた。

「腹がへるだろう。喉も渇くだろう」

人間の顔に戻ったロンが何か言いながらこちらに寄ってくる。恭司の好物のアイスココアとパンケーキがのった盆を、皇帝への捧げものであるかのように額の高さにかざして運んでくる。

「色んなものがどんどん出てくるよ。想像したこともないようなものが視える。ドラッグをキメれば、このままどこまでも逃げられるのかな」

自分の声を確認するために、そんなことを呟いてみる。ロンの髑髏の指輪がコップに当たり、チンと澄んだ音がした。

「いいや、そんなことはないね。ドゥルーズとガタリも否定的だった」

「そうだったっけ？」

「君がまさに体験中のことだが、ドラッグは知覚を猛烈なスピードに高めるけれど、効き目が切れたら今度は猛烈な遅さがやってくる。速さと遅さの絡み合いのことを、彼らは日本の相撲レスラーに喩えていたよ。速さと遅さしかないところでは、欲望と知覚は溶け合って一体になってしまう。それはリゾームの生成だね。彼らは、意識―無意識の公式ですべてを割り切ろうとする精神分析家と違って、そこで水面下の氷山みたいな無意識が暴かれるのではなく、無意識は生産されるとした。うまくすれば、ピンクフロイドならぬジークムント・フロイト博士が立往生した先に行けるわけだ。

　しかし、実際にはドラッグはスピードだけしかもたらさない。豊かな形あるものになど対面できないだろう。幻覚、妄想、知覚の錯乱がいくら出てきたって、展望は開けない。逃走線はとぐろを巻いてブラックホールに吸い込まれる。意識の変容《アルタード・ステーツ》と言えばどことなく聞こえはいいが、実はそれは、意味の真空化にすぎないんではないか？　世界は開示せず、ただよそよそしいものに堕する。アンリ・ミショーを読んだほうがてっとり早いかもしれないな。メスカリンをキメながら『荒れ騒ぐ無限』を書いた彼は、人間の有限性から脱却する歓喜を体験しながらも、ドラッグを『みじめな奇蹟』と呼んだ。サルトルは『嘔吐』を書いた後々まで、幻覚と不安に悩まされた」

　ロンの顔の輪郭が崩れ、また魚に変わっていく。そして、彼がしゃべるたびに、えらの鰭《ひれ》がひくひくと動くのを、蠟燭の明かりが下から照らしていた。

「君の商品は『みじめな奇蹟』なのか？　いや、そんなはずはない。俺は今、ちっともみじめな気分なんか味わっていないもの」

恭司は無性に逆らいたくなった。ロンの英語に時々追いつけなくなることにも苛立っていたのだろう。さらに言葉を接《つ》ぐ。

「自由になって、みじめなはずがないじゃないか。俺は、これまで経験したことがないぐらい自由だ。そこにあるものだけを見て伝えろ、そこで鳴っている音だけ伝えろ、という脳の支配の鎖がちぎれて、目も耳も自由に遊んでいるよ」

「いいや。脳が一人で遊んでいるんだということを、君は承知しているはずだ。人間なんて、脳の細胞の中で走る電気信号でできているだけの、蛋白質《たんぱくしつ》の屑だ。その信号が人間という存在そのものなんだ」

「俺を試してるな?」恭司は、少し慎重になった。「ひねくれたマスターだな。売り物の悪口を並べ立てて、お客自身に宣伝文句を考えさせようって魂胆なんだ」

魚に表情はない。

「お客を試すような無礼な真似はしないよ。ただ、ドラッグが万能みたいに買いかぶられてもまずいような気がするだけだ。君がとてもナイーヴな反応をみせるものだから」

「ピンクフロイドに『おせっかい《メドル》』ってアルバムがあったじゃないか。ここの店名、そっちに変えたら?」

魚は瞬きもせず、口を半開きにしたままでいた。

「どうでもええけど、よだれを拭《ふ》けよ」

遥介に言われて、慌てて口許を拭《ぬぐ》った。テーブルの上に、点々と黒い斑点《はんてん》のようなものがついているのは、粗相をしてこぼしたものらしい。

「飲め、食え。まだ夜は長いぞ」

ふと顔を上げると、髭面のアーチストの横顔は、鶏になっていた。鶏がカップに嘴《くちばし》を差し入れてコーヒーを啜《すす》っている。鶏冠《とさか》をぷるぷると顫《ふる》わせながら笑わせる。

「いただきます」

恭司はパンケーキを頬ばった。何が入っているのか、講釈などもう必要ない。名前などどうでもいいではないか。ジュリエットは正しい。意識の地平線の彼方へ翔《と》ばせてくれるものなら、何だっていい。

残滓《ざんし》だけを底に残したコーヒーカップに寄り添うスプーンを取り、薔薇の浮き彫りをぼんやりと見つめてみる。

美鈴が掲げた燭台にあった模様も薔薇だったっけ。

――『いつの日かお前をバラバラにしてやる』

――薔薇薔薇にしてやる。

薇薇薇
薔薇薔薔erosフ薇
薔薇薔薇介
薇薔薔薇薔
薇遥
薔薇
薔薇薇
薇薇薇薔薇
美薔薔薔薔薔
薇薇
薔薔薔薔
薇
水薇薇薔
薔薔薇薔
薔薇鈴薔薇薇
島薔薇薔
薔薇薔薔
薇薔薇薔薇

r o s e

祝祭は真夜中過ぎまで続いた。

7

壁に掛かった武骨な時計の針は、まもなく十二時になろうとしている。ようやく月曜日が去ろうとしているのだ。

「疲れたな」

スタフォルストはミルクと砂糖をたっぷり入れたコーヒーを味わいながら、向かいの席の相棒に言う。ノーナッカー巡査部長は二杯目を水のように一気に飲み干して、カップを置いたところだ。他の課員たちは退庁してしまい、犯罪捜査課の室内には二人以外の人影はなかった。明々と点いた電灯が深夜のがらんとした部屋にうら淋しい。

「会議が長くてくたびれました。しかし、初日の成果としては、そう悪くないんじゃありませんか。バラバラ死体の身元は確定したし、生前の被害者の素性についてもおおよそのところは判りました。関係者を丁寧に洗っていけば、存外たやすく犯人がわれるかもしれませんよ。何しろ頸を絞めて殺した上、鋸でバラバラにして撒くなんて手の込んだやり口ですからね。流しのしわざとは考えにくい」

巡査部長は首を左右交互に傾げて、ぽきぽきと頸骨《けいこつ》を鳴らす。上司があまり快く思っていない癖であることに、まだ気がついていないようだ。しつこく骨に歌わせながら、彼はつけ加える。

「今日、面会した連中の中に犯人がいる公算も大きいでしょう」

「誰か匂うのがいたか、フランク？」

ノーナッカーは「はい」とあらたまる。

「これはデカの勘ですが、日本レストランの山尾という若い男がちょっとひっかかるんです」

警部はカップを持ち上げて、続けろ、と促す。

「彼は殺された水島とかなり親しくしていたことを認めています。接している部分が大きいほど、摩擦というのも大きくなるもんですよ」

「ほぉ、難しいものの言い方をするんだな」

「お恥ずかしい。最近、テレビドラマで覚えた言い回しですよ。ちょいと使ってみたくなっただけで。——警部の勘ではどうですか？」

「ん？　そうだな」

彼は山尾恭司の顔を思い浮かべる。死体をバラバラに刻むなどという粗暴な犯罪をしでかすふうには見えなかった。アムスに滞在している理由が明確ではないものの、ごろつきのような不良外国人ではなく、好奇心と冒険心が旺盛《おうせい》なだけのごくまともな青年に思える。猟奇事件の犯人を捕まえてみれば意外な人間というケースがままあるのも事実だが。

「確かに山尾は被害者と接触が多かったようだし、音楽院の学友たちに比べると素性はよろしくない。しかし、彼の土曜日の行動は比較的はっきりとしている」

ノーナッカーはすっぱいものを含んだような表情をする。

「日付が日曜日に変わるまでコーヒーショップにいた、という話を信じるならば、そうですけどね。しかし、それを裏づける証言をした正木遥介という空手使いのアーチストも得体が知れませんでしたよ」

「偽証して山尾をかばっているとでも言うのか？」

「日本人同士ですからね。——いやぁ、がらくたを集めただけの珍妙な彫刻もどきを創ってる人種というのは、どうも苦手で」

アトリエで見た彫刻だかオブジェは、スタフォルストにとっても審美の心を揺さぶる芸術作品だとはとても思えなかったが、ああいうものも嫌いではない。新婚旅行でパリの美術館巡りをした時も、ルーブルやオルセー美術館などよりポンピドーセンターの現代作品の方を楽しんだものだ。軽やかに突き抜けた清涼感が好ましく、観《み》ているうちに、だんだんと愉快な気分になるのだ。

「それは芸術家への偏見だよ」

「はぁ、そうなんですけどね」

さらに渋い顔をするノーナッカーに言おうか言うまいか、スタフォルストは迷った。彼自身、正木遥介が煮ても焼いても食えないタイプの男であることを感じていたからだ。ただし、それは相手がよそから流れてきたからでもなければ、理解不可能な芸術と格闘しているからでもない。説明することは困難なのだが、強《し》いて理由を挙げるなら、すべてを見通している、とでも言いたげな妙に落ち着いた物腰にひっかかったのだ。つまらない錯覚かもしれない。しかし、犯罪事件の捜査官の疑問に先んじて、あまりに的確な応対を返せるのは、並はずれて鋭敏な頭脳の持ち主か、ことの真相を掌握した者かのいずれかではないのか？　思案するのは、正木遥介は胡散臭《うさんくさ》い風体ではあったが、いかにも思慮深くて頭の回転も速そうに見受けられる、ということだ。あの落ち着きも生来の性格なのかもしれない。

ひどく驚いた様子ではあった。しかし、凶報を聞くなり顔色を失った妹の美鈴に比べると、空々しい感じもした。どうもよく判らない男だ。

美鈴の動揺には嘘偽りの気配が微塵もなかった。かといって、肉親や恋人を喪失した決定的衝撃に打ちのめされたふうでもなさそうだった。何人かの関係者の証言どおり、ただの異性の友人の一人にすぎなかったのだろう。

水島智樹のベッドルームのコーナーテーブルには、彼と美鈴が二人だけで写った写真が飾られていた。彼女の話によると、アニタ・ヤヌスという娘と三人でブリュージュまで日帰りのドライブをした際のものだろう、ということだった。恋人同士だったと誤解しないでくれ、と釘を刺された。だとすると、水島が一方的に情熱の炎を燃やしていたのか、単に殺風景な寝室を華やかにするためにガールフレンドとの写真を飾っていただけなのか。そのあたりはまだ摑めない。

「同じようにがらくたで遊んでいても、妹の方はなかなかチャーミングでしたね。これ以上ないっていうぐらい黒い髪と茶色い瞳がなかなかに神秘的だった。ちょっと目許がきついところなんか、東洋のカルメンという風情もあった」

ノーナッカーが女の外見についてとやかくコメントするのは、常にないことだった。同感ではあったが、話が脇道にそれることを嫌った警部は相槌を控える。

「偏見はさて措《お》き、同じ日本人だから正木遥介は山尾をかばっているんだろう、という見方は的はずれだろう。山尾がずっとコーヒーショップにいたことは、遥介だけでなく、ロン・ヤヌスという店の主人も断言していたそうだから」

「でもねぇ、そいつも風変わりな奴らしいじゃありませんか」

問題のコーヒーショップに聞き込みに行ったのは別のコンビだったので、その報告を会議の席で聞いただけのノーナッカーはあまり信用していない。

「正木と違って素性ははっきりしていますけれどね。父親はなかなか評判のいい開業医らしい。しかし、えてしてそういう家の息子というのが曲者なんです。ライデン大学まで進みながら途中で投げ出して、親の脛《すね》を齧《かじ》りまくってハウスボートを二隻も買ってもらっているんでしょ。一つはねぐら。一つはコーヒーショップ。私ならいくら金があっても息子をあんなに甘えさせたりしません」

ノーナッカーの一人息子はスタフォルストの娘と同じ年だったはずだ。さぞびしびしと厳しく躾《しつ》けているのだろう。

「コーヒーショップだって商売だよ。ヤヌスの店は何の問題も起こしたことがないんだから、真面目に働いて自立している、とも言えるぞ」

「まぁ、この国の若い奴の自立というのはその程度かもしれませんけどね。どうせ週末になったらママの手料理を食べに帰っているんでしょうし」

「気になるんなら、明日の昼からでも一緒にその店まで出向いてみよう。山尾の話の裏だけでなく、水島智樹との関係も突っ込んで訊いてみたい。ヤヌスも面識があったんだからな」

巡査部長はマルボロをくわえ、空になったパッケージを握りつぶす。

「水島はどこでやられたんでしょうね。アムステルフェーンの自宅に帰った形跡はありませんでしたが」

「『ミカド』を出てからの足取りは何としてもはっきりさせなくてはならない。――殺されたのは、最後の食事から二時間から三時間以内ということだったな」

死体の胃に残存していたものの消化状況から導かれた所見だった。未消化のチキン、葱、玉葱、ライス、ヌードル。いずれも彼が『ミカド』で土曜日の午後八時から六時半までの間に摂《と》ったという夕食のメニューに合致している。そこから推定される死亡時刻は、土曜の午後八時半から九時半ということになるわけだ。

「水島が日曜日まで生きていたということはないんでしたっけね」

ノーナッカーがまた頸の骨を一度鳴らす。

「ああ、それはないらしいな。死体は丸二日は水につかっていたようだから、犯人は土曜日の夜のうちには殺害と死体切断をすませて、運河に投棄したことになる。よしんば数時間程度は誤差のうちと考えて犯行時刻を日曜の午前中までずれ込ませたとしても、被害者が二食続けて全く同じ献立のものを食べたはずはないだろう」

「犯人に強要された可能性はありますよ。そいつは水島が『ミカド』で前夜に食べたものを知っていて、拉致《らち》監禁した被害者にまたラーメンとオヤコなんとかを食わせたということもあり得ます。アムステルダムで日本料理を食わせる店は限られていますから、警察が街中の日本料理店を訊き込んで回ることを予想して、そんな小細工をしたのかもしれません」

「どうしてそんなことをする?」

「捜査を混乱させようということじゃないですか。犯人は推理小説を読みすぎた野郎で、警察が死体の胃の中身を調べて犯行時刻を割り出すということを知っていたのかもしれませんよ。うん、それですよ。それを逆手にとれば、アリバイを偽装することもできると踏んだんでしょう」

「飛躍しすぎだよ。被害者が拉致監禁されていた形跡はない」

「でも、警部。考え方としては面白いでしょう?」

「自分で言ってれば世話はないがね」

相棒は悪びれも照れもしない。

「私だって頭の中に脳味噌が詰まっているというところを披露したかっただけですよ。――しかし、拉致監禁なんてことがなかったのだとしたら、水島は殺されるまでどこをふらふらほっつき歩いていたんでしょうね」

「これまでの調べによると、女友だちと一緒だったようでもないしな」

「ひと夜だけの女友だちのところかもしれません」

「そして、そこでトラブルに巻き込まれた、というわけか？」

「ええ。それなら飛躍のない仮説だと思いますね」

スタフォルストは頭の後ろで手を組み、背もたれに体を倒した。

「トラブルに巻き込まれて運河に沈められた、というだけの事件なら判る。しかし、鋸でバラバラに刻んで、方々に撒くなんていうのはしっくりこないな。この街にも荒っぽい連中は多いが、意味もなく面倒なことはしないだろう」

「やっぱり警部はそこにこだわりますか。判りますがね、犯人を挙げて、直接訊くのが一番早いと思いますよ」

「バラバラに刻むだけだったなら、不思議なことではないよ。そんなことをするのは何も日本人だけのことではなく、処分のための運搬に便利だと考えた古今東西の殺人犯人が実行してきたことだ。理にかなっていないのは、バラした死体を運河に撒いたことだな。そんなことをすればいくつものパーツに分かれただけ発見される可能性も高くなるのは明らかだろ？バラした上でバラ撒いたことによって、犯人の行動には合理性がなくなってしまった」

「それは私も怪訝《けげん》に思っていました。殺人犯なんていうのは大方が自分のしでかしたことに狼狽《うろた》えてますから、バラバラにすれば処分しやすくなるだろうと考える奴もでてくるでしょう。しかし、それは大間違いだ。バラすことで犯した罪の最大の証拠品を消してしまえるどころか、数を増やしてしまう結果になるんですからね。奴らの混乱した頭では、そんなに簡単なことが判断できなくなってしまうんですね」

「いや、待て待て」

スタフォルストは次第に疲労感が薄らいでいくのを感じた。ノーナッカーと話しているうちに、犯罪という得体の知れない怪物の尻尾が、一瞬、ちらりと視野の隅をかすめたような気がしたのだ。そろそろ腰を上げて家に帰ろう、と思っていたのだが、また尻が重くなってきた。

「殺人犯たちは本当にそれほど愚かなんだろうか？　バラして細かくすることで実は数が増えてしまい、発見が容易になることに気がつかないほど混乱しているんだろうか？」

相棒はグローブのような両掌を上に向けて、肩をすくめた。

「愚かなんじゃないですか。デカは賢い捜査のやり方を上から学び、下に伝えていけますけど、奴らはテロ集団でもないかぎり先達から知恵を受け継ぐということがありません。せいぜい映画や小説の推理ものから、指紋は拭け、足跡も遺すな、てなことを学習するぐらいで」

「それはそうだが」

「ただ、今回の事件の犯人については少し様子が違うようですね。細かくして郊外の森に分けて運んで埋めればよかったものを、わざわざ市街地の運河にバラ撒いたんですから、死体を隠そうとしたというより、早く見つけてもらいたがったみたいだ」

ますます面白くなるように誘導してくれるではないか、と警部は上唇をなめる。

「君の言うことはいちいちもっともだよ、フランク。会議で課長もそんなようなことを言ってたっけね。まるで犯人は早く死体を見つけてもらいたがっていたようだ、テレビや新聞が派手に取り上げて世間が大騒ぎするのを見たがっているようだ、と。――しかし、俺はその見方にも違和感を覚えるんだ。そんなことが犯人の目的だったのなら、他にいくらでも方法はあっただろう。運河になんか棄てたら、発見されるまで予想外に長い時間がかかるかもしれない。広場か路上にでも散乱させておいたらよかったじゃないか」

そんなこと私に言われても知りませんよ、と巡査部長は言いたげだったが、そうは返さずに、

「警部はどうお考えなんですか？」

「私の考えか？　さぁな。判らんが」

　スタフォルストは煙草をくわえ、まだ数本残りが入っているボックスを書類の山越しにノーナッカーにパスした。

「これはどうも。――でも、警部、判らんばかりじゃ面白くありませんよ」

「今度の事件についてはまだ判らない。だからそれは少し措いて、どうして殺人犯たちがしばしば死体を細かく切断するのか、というところまで話を戻さないか？」

「いいですよ。死体の処分がしやすかろう、と奴らが錯覚するというあたりまで戻しますか」

「そこだよ。死体の処分の利便性だけを考えて彼らは鋸だの肉切り包丁だのを持ち出してきて、挙げ句に死体のパーツの数を増やして墓穴を掘るという認識が正しいのかどうか、検討の余地があると思う。実のところは、彼らにとって利便性など、あまり問題になっていないんじゃないのかな」

「つまり、あまりにも相手が憎いため、命を奪った後でもさらに攻撃を加えたい、という衝動に駆られて死体を損壊するということですか？」

「そういうケースもあるかもしれない。創傷が全身に数十ヵ所もついているような死体については当て嵌まりそうだ。しかし、激しい憎悪に犯人が狂っていた場合、死体を執拗《しつよう》に切り刻むことはあっても、首や四肢を切り離すなんてことには結びつかないんではないかな。バラバラに解体するという重労働の間、憎悪は持続しないように思う」

「ははぁ。確かに、根気のいる厄介な作業でしょうから、そんなことをしている間は、案外、被害者が憎い憎いという気持ちもふっとどこかへ失せているかもしれませんね。目の前にある死体をバラすためのごく具体的なこと、たとえば、やっぱり関節を探り当ててから力を入れないと骨は切れないな、だとか、鋸がなまくらで筋肉がからむから斧《おの》に換えようか、だとか。そっちに頭がいってしまうでしょうね」

「想像力をたくましくしてくれるじゃないか。その調子でさらに考えてみよう。憎悪や激情だけで死体の解体はなかなかできるものではない。バラバラ殺人の犯人たちは、もっと別の種類の衝動に操られているんだ。そして、彼ら自身はどうして死体をバラバラにしようと決めたのか、確固とした答えを持っていないかもしれないよ。おそらくその衝動は残酷さと無縁だし、冷血ゆえの打算でもないだろう」

「本人もわけも判らないままに鋸だの包丁だのを握るっていうんですか？」

「無自覚のままそうするんじゃないかな。やがて死体から頭が離れ、腕が離れ、脚が離れていくうちに、これでよし、という気になるんだろう。何がよしなのかって？　そこは想像だよ。五体がバラバラになった死体を見下ろしている自分を思い浮かべてみよう。おのれの所業ながらあまりにも惨《むご》たらしくて、鼻をつまんで目をそむけたくなる……だろうか？　私は、ほっと安堵《あんど》している自分の姿が浮かぶよ。――ああ、これでよし。もう私が殺した人間はこの世にいなくなった。ここにバラバラに転がっているのは、人間の死体でない何か、だ」

ノーナッカーはすぐには納得しなかった。

「それでは詭弁《きべん》にもなっていませんよ。バラして人間の形をなくしてしまうなんてことは、殺した相手を普通にそこいらに転がしておくよりはるかに悪辣《あくらつ》だってことは、百人が百人《へ》とも認めますよ。法律だってそうなっている。バラしたから罪の意識が弱まるなんて、屁理屈にもならないでしょう」

「だからそんな屁理屈をこねた犯罪者はいないじゃないか。彼ら自身が無自覚なんだよ。死体を解体して人間本来の形を奪うことで、人間を殺したという事実の輪郭もぼやけさせられないものか、という悲痛な思いが背後にあるとは考えられないか？　それが、一見、残虐非道の権化に見えるバラバラ殺人というものの一面の本質のような気がする。言い換えれば、バラバラ殺人犯は、警察に捕まったら重く罰せられると恐怖するより前に、人間を殺したという純粋な事実に恐怖しているわけだ」

「まるで死体をバラバラにする奴の方が良心的だ、と言わんばかりですね」

「おかしいか？」

そりゃおかしいですよ、という応えは返ってこなかった。ノーナッカーは鬚《ひげ》が伸びてきた顎をさすりながら、低くうなっている。彼が考え込むように仕向けられただけでも、スタフォルストは満足だった。調子にのって、舌の回転が滑らかになる。

「さて、ひるがえって今回の事件だけどね、犯人は死体をバラしただけじゃなく、そこからさらに念の入ったことをしているだろう？　すべて運河に棄てている。しかも、かなり広範囲にわたって。この儀式めいた行ないはいかなる心情の発露なんだろうね？　さっきは判らないと言ったが、私には、犯人は人間を殺したという事実に耐えかねて死体を解体しただけではまだ足りず、それを水の流れに投じることで無に帰させようとしたかに思えるんだよ。川は——水は、あらゆる物質を溶かすことができる。そして川は、あらゆるものを呑み込んでしまう海に通じている。深い海の底っていうのは、考えようによっては月面よりも手が届かない場所じゃないか」

「警部、それは変ですよ」と今度は反論がきた。「死体は塩や砂糖みたいに水に溶けてなくなったりしません。それに、海底に沈めたかったのなら、船で沖に漕《こ》ぎだして棄てるでしょう。街の中の運河にぽいぽいと棄てはしないはずです」

「そんなことも理解できないほどの馬鹿野郎が犯人だ、と言ってるんではない。バラバラ殺人の本質に関して考察した時と同じく、運河への遺棄もごく象徴的な意味合いを持っているのかもしれない、と言いたいだけだよ。合理性を超越したところに真相はあるのかも」

「ちょっとお話についていけなくなりました」

ノーナッカーは少し残念そうだった。

＊

真っ暗な自宅に戻ったのは、午前二時を過ぎてからだった。家族を起こさないようにそっとドアを開け、明かりを点けずにコートや上着をハンガーに掛けていると、二階からガウンをはおったヤネットが降りてきた。

「おかえりなさい。泊まりになるかもしれないって言ってたから、先に休んでたの」

「寝ていればよかったのに。――何だ、下は新しい寝巻きか？　なかなか色っぽいじゃないか」

彼女が電灯を点ける。

「大変みたいね」

夫は吐息をついた。

「仕事だからな。変わった死体を見て、変わった人間と会って、大いに刺激的な一日ではあったよ」

「子供たちはテレビにかじりついてニュースを見てたわ。――何か食べる？」

「いらない。ああ、ビールを飲もうか」

ヤネットがキッチンに向かうのと入れ違いのように、二階からぺたぺたという足音が降りてきた。パジャマの柄から、遠目にも姉のエスターだと判る。

「どうした、おしっこか？」

眠そうな目をした娘は、ううん、とかぶりを振った。

「パパ、大変みたいね」

8

ロンがねぐらにしているハウスボートは市街の東のはずれ、店があるシンゲル運河より二本内側の新プリンセン運河に浮かんでいた。『ウマグマ』よりかなり狭苦しく、キッチンと浴室、トイレの他は、せせこましいダイニング兼リビングと独房めいた寝室があるだけ。道楽者のおぼっちゃまではあるが、無茶な臑《すね》の齧《かじ》り方はしていないようだ。これしきのボートなら、そこそこの新車を日本で買うよりよほど安いに違いない。

そのリビングの中央には、卓球台の半分ほどの大きさのテーブルがでんと座り、それを木のベンチシートがL字型に囲んでいる。膝を突き合わすことはないが、五人もの大人が集うには窮屈なのは否めなかった。遥介と美鈴のフラットに集合した方がよかったのではないか、と恭司は思う。

ロンと恭司。正木兄妹。そして、仮病を理由に有給休暇を取って、こっそりと駈けつけてきた久能。ロンがアニタに入れ替われば、恭司が初めてトビを経験した夜と同じメンバーになる。

やはり水島の死にアニタは相当なショックを受けたらしく、微熱を出して今日は学校を休んだという。それを聞いた恭司が胸を痛めているというのに、ロンは恬然《てんぜん》としている。憎らしいほどだ。しかし、それは彼が薄情だからというよりも、もとより、故人とあまり交わりがなかったからであろう。

恭司は、そんなロンが羨ましかった。彼は、気分をほぐす軽い冗談を思い浮かべることもできないばかりか、ふだんどおりの態度でいることさえ不謹慎に思えて、水島の死を聞いた時以降、通夜に臨むような沈鬱《ちんうつ》な表情を保ったままでいたのだ。当分は、それが仮面のように顔に貼りついたまま取れないだろう。

美鈴の表情もひどく暗い。光のかげんもあって、黒いベールを顔に垂らしているかのようだ。愛する者が深く傷ついているのを目撃することはつらかったが、同じ悲しみを共有していることを、心のどこかで楽しんでいるのではないか、と恭司は冷徹に自問したりもした。

ロンの淹《い》れたエスプレッソ・コーヒー——ドラッグ抜きの——が配られた。スプーンがカップに触れる音に混じって、漣《さざなみ》がたぷたぷとボートの腹を洗う音が聞こえ、船が傍らを行き過ぎるたびに、ボートが微かに上下に揺れるのが感じられる。

「今日、正午前に刑事がきたよ」

ガラスが汚れた丸窓を向いたまま、ロンがこともなげに言った。

「刑事って……」恭司は顔を上げ「水島さんの事件のことで?」

決まっているじゃないか、と言うように、彼は鼻で吐息をつく。どこか虚《うつ》ろな視線は窓の外の水面に投げられたままだ。

「もしかして、恭司君や兄貴のアリバイを確認にきたんじゃないの？　土曜の夜はロンの店にずっといた、という供述が正しいのかどうか」

美鈴が日本語で恭司たちに言ってから、ロンに英語で短く言い直した。ボートの主人は、「そうだよ」と二センチほど顎を引いて頷く。

「アリバイの裏をとられるなんて、嫌なもんだなぁ。それも異国の警察官に」

久能が呟く。仮病を欠勤の口実にしたと言いながら、本当に顔色がすぐれない。彼も恭司や美鈴と同様、声に張りを欠き、いかにも元気がなかった。

「刑事にはちゃんと答えてくれただろうな？　どう答えたのか、復唱してみてくれよ」

だらしなく崩れるようにシートに掛けた遥介が、どこか不真面目な調子で言った。そう、彼だけは、お通夜の空気を掻き回す力を宿しているようなのだ。馬が合わなかった水島の死を、まさか歓迎しているわけもないだろうが。

ロンはにこりともせず、本を棒読みするように——

「友人であり、空手のインストラクターであり、馴染み客でもある正木遥介は、彼と私の共通の友人である山尾恭司を伴って、土曜日の午後八時前にやってきた。仕入れの都合等で店休日だったのだが、二人を客ではなく友人として招いたのだ。恭司はドラッグをやり始めたばかりなので、遥介と私があれこれレクチュアをしながら彼にごちそうをふるまい、エンジヨイさせた。恭司はそれを大いに楽しんでくれたようだった。そのことに喜んで、遥介と私も夜中までがんがんキメまくった。そろそろお開きにしよう、となったのは、日付が日曜日に変わってから。二人が馬鹿笑いをしながらボートを降り、自転車を小学生のようにジグザグに走らせて帰っていったのは、零時半だった」

最後の件《くだり》を聞いて、まるでコンパで羽目をはずした大学生だな、と恭司は少しバツが悪かった。もう、そういうことが似合う齢《とし》は過ぎている。ましてや年長の遥介は、なのだが、当人はけろりとしていた。

「そうか。上機嫌で帰った時刻まで正確に話してくれたわけか」

「正確に、と言うが、店を出たのを覚えていたのかい？」

ロンに問われて「もちろん」と遥介は答える。

しかし、あの夜の恭司は時間の観念をまるっきり喪失してしまっており、星空の下をうかれながら帰ったということしか、言い切ることができなかった。そのことを正直に刑事たちに話した時、彼らは「だろうね」と意外なほど理解のある応答をしてくれたのだが。ドラッグが正常な時間感覚を奪うことを、よく承知しているのだ。

「何という名前の刑事でしたか？」

恭司は生欠伸《なまあくび》を嚙み殺しているロンに訊く。また棒読みのような返事が返ってきた。

「ヘルトヤン・スタフォルスト。フランク・ノーナッカー」

「ああ」

美鈴と遥介が同時に声を発した。

「アトリエにもきたわ」

「ヘルトヤン・スタフォルスト警部な」遥介は日本語になって「紳士的で風采のええ方のおっさんがそんな名前やったな。えらいまた偉そうな名前やなぁ、て感心したんで覚えてる。ノーナッカーていうのは、でこに傷があるプロレスラーみたいな大男やな。――久能さんとこにも行ったんでしょ？」

「いや」と久能は首を振り「自宅にきたのは違うコンビでした」

「手分けして関係者のところを回ってるわけやな」

彼は英語に戻ってロンに、

「上出来だよ。そんなふうに話してくれたのなら、俺や恭司が事件に関与していないことを、刑事も納得してくれるだろう」

「そうですか？」

「あれ、久能さん、異議があるの？」

コンピュータ・セールスマンは「いえいえ」といったん否定してから、

「いちゃもんをつけよう、というんじゃありませんよ。ただ、水島さんがいつ殺害されたのかという正確な日時が判明していないんだから、潔白を完全に証明するのは難しいんではないか、と思うだけです」

「ふぅん。それはそうやけど、土曜日の夜の行動がはっきりしてたらええんやないのかな」

「彼は土曜の夜から消息不明なわけですから、まぁ、そうなんでしょう。しかし、夜中に何をしてたか、なんてことは証明しようがない。眠ってました、と答えるしかないんだもの。信憑性《しんぴょうせい》は低くみられようとも、女房が日本に帰ってなかったら『この人は家にいた』と言ってくれたはずなのに、それもかないませんでしたしね。かみさんが里帰りして独身に戻った亭主っていうのは、よからぬことをやってるんじゃないかって、色眼鏡で見られたりするでしょ？」

「人にもよりますよ。せやけど、少々羽を伸ばすことはあっても、独身に戻ったら人殺し、なんて野郎はいないでしょうが」

遥介がからかうのに久能は取り合わず、

「そんなわけで、僕は土曜の夜のことを訊かれても寝ていた、としか答えられなかったわけです。でも、遥介さんや山尾さんにしても、店を出るところまでしかアリバイを証言してくれる人がいないじゃありませんか」

「俺の場合は、久能さんがおっしゃるとおりです。遥介さんとはすぐに別れて自分ちに帰りましたからね」

「遥介さんはそうじゃないんですか？」

「他人に迷惑をかけてたおかげで、ね」

　後で聞いて恭司は呆れたが、彼は一人でアトリエへ引き返し、創作に戻ったのだそうだ。大声で歌いながらハンマーやガスバーナーを振り回したものだから、同じフロアはおろか一階《いちもく》からも苦情が出たのに、朝までやめなかったという。相手がハイになっていることは一目瞭然《りょうぜん》だったし、空手の使い手と知っている被害者たちは、やむなく一夜の不幸に耐えたのだろう。刑事の聞き込みに対して、彼らが口を揃えて遥介の不作法ぶりを証言したのは当然のことだ。人間、何が幸いするやら判らない。

　遥介にしても、水島と相性がよくない、というだけで殺人の嫌疑をかけられる筋合いはないと思うのだが、久能まで疑われているようなのが恭司には意外だった。

「久能さんも土曜の夜のことを訊かれたんですか?」

「はい。あまり言いたくなかったんですが、実はうちにも今朝、刑事がきたんです。『会社に電話をしたらお休みで、自宅にいるだろうと聞いたもので』てなことを言いましたね。パジャマにガウンという恰好じゃなかったので、きっと仮病で休んだってばれたでしょうね」

「自宅まで、わざわざアリバイ調べに?」

「いえ。それは付随的な用件だと思いますよ。そう信じたい。水島さんが立ち回りそうな先の心当たりはないか、という質問がメインだったみたいです。『ミカド』を出てからの足取りがまるでたどれないいんじゃないかなぁ。女はいなかったのか、とも……」

「女がどうかしましたか？」

久能は何でもない、というように声の調子を上げる。

「いえ、彼ら、妙なことを言ってたんですよ。美鈴さんと水島さんが、いわゆる恋人の関係にあったんではないか、と誤解していたようで。美鈴さん以外に女はいなかったのか、という訊き方をしてきたんです。私はストップをかけて、自分の知る限りにおいて彼と美鈴さんはそういう関係ではなかった、と訂正しておきました。美鈴さん、それでよかったんですよ……ね？」

もしやよけいな訂正だったのではないだろうな、と不安になったらしく、語尾が弱々しい。

美鈴の返事はそっけなく、幾分ぶっきらぼうでもあった。

「訂正していただいて結構でしたよ」

「あ、そうですか。なら、よかった」

久能は、気圧《けお》されたように口をつぐんだ。

恭司は、ひそかに胸を撫《な》でおろす。だが、どうして刑事たちは美鈴のことを水島の恋人だと推察したのかが、よく判らなかった。何かそれを暗示させる証言でもあったのか、と気にかかる。

美鈴の横顔を盗み見ても、答えはそこになかった。やがて、コーヒーカップを両掌の中でもてあそびながら、彼女は洩らす。

「恋人と間違われたわりに、刑事が私を見る目は冷ややかだったわ。いや、そう思われてたからかな。土曜日の夜、どこで何をしていたのか、とシビアな質問を受けた」

「君も?」

ロンの眼球がするりと滑るように動いた。

「ええ。痴情のもつれから情人を殺してバラバラにした、という大衆紙好みの物語を頭に描いたのかもしれない。勝手にすればいいわ。私だって夜は眠るんだもの。まともな人間は、ベッドに入る」

「まともでない人間は眠らない」

遥介はすっかり長くなった髭をいじりながら、逆らうように言う。

「そう、兄貴は眠らなかった。土曜の夜だけじゃなく、日曜の夜も。アトリエで騒音をたてて、大勢の仲間の安眠を妨害しながら、馬鹿げたオブジェを創ってた。——何か使ってたの?」

恭司には、彼女の質問の意味が判らなかった。遥介が鼻の穴に人差し指をつっ込むポーズの意味も。

「コカイン?」

「そう」と兄は妹に向かって頷く。

「嘘よ。コカインで二徹もできるはずがない。スピードをやったんでしょ?」

スピードが覚醒剤を指すスラングであることぐらいは恭司も知っていた。

兄は、苦笑いで肯定を表明する。

マリファナは酒や煙草よりはるかに健全だ、と主張してやまない久能がわずかに表情を曇らせたのを、恭司は見逃さなかった。ドラッグには心を鎮めて安らぎに導くダウナー系のものと、対照的に精神を刺激して高揚、興奮を引き起こすアッパー系のものとがある。久能が愛《め》でるのはもっぱら前者であり、後者に対しては嫌悪の念を抱いているのだ。いつだったかの演説によると、アッパー系の愛好者は魂の自由や安寧、ひいては他者との幸福な連帯に無関心なのだ、という。覚醒剤などというものは、セックスや博打《ばくち》の快楽をひと晩中、意地汚く貪りたがる連中か、きつい終夜の労働の苦痛をてっとり早く除去したい連中が手を出す不自然で野蛮なドラッグと言わざるをえない。自制心が摩滅して犯罪を誘発するおそれがあるし、それは避けられても耽溺《たんでき》性―身体的依存性が強いから、やがては当人の肉体と精神の荒廃という悲惨な事態に至ることが明らかだ。ダウナーは人を幸福にし、アッパーは不幸にする。よりによって覚醒剤なんていう最も愚かなドラッグが流行《はや》ることからして、トリップしてまで「がんばろう」という日本人の意地汚さ、パワーの欠如、ドラッグへの無理解、幸福への縁遠さが窺える、と、はてはドラッグの嗜好《しこう》から見た日本人論にまでいってしまった。

――つくづくそういうところへ話をもっていくのが好きらしい。

「兄貴にスピードをやらないで」

彼女は毅然《きぜん》として、ロンに言った。相手はまた丸窓に目をやっていた。

「是非、と乞われたものでね」

「あなたの店にあってはならないものよね。おかしなものを扱ってると、今度は店に麻薬捜査課の刑事がくることになるわよ」

「おい、美鈴、脅さないでくれ。たまたま手許にあっただけなんだ。判った。もう遥介には渡さない」

約束させて気がすんだらしい彼女は、くるりと顔を恭司に向けた。

「好奇心もほどほどにね。どうも兄貴はあなたにクスリをやらせるのに熱心すぎる。ハードなのはやめるのよ」

短く「ああ」とだけ応えた。

身を案じてもらって感謝したいところだが、少しひっかかった。どうも兄貴はあなたにクスリをやらせるのに熱心すぎる、とはどういうことなのだろう？　恭司自身には自覚がないが、遥介のドラッグの勧め方が彼女の目には不自然に映っているのだろうか？　まともに経験したことがない、とこぼしたのを聞き留めてドラッグ入門パーティを開いてくれたこと、土産だと言ってひと晩遊べる程度のグラスをくれたこと、そしてロンの店に連れていかれたこと。その三回だけなのだが。

遥介の反応はと見ると、照れ隠しのように首をすくめているだけだ。まるで、恐妻家ぶって余裕を取り繕おうとするおっさんのようだ。そんな姿をあまり見たくないと思ったか、久能が話題を転じようとする。

「警察がわれわれを本気で疑っているとは思えません。何しろ殺人の動機がないんですから。身近にいた日本人だというだけで怪しまれるのなら、ロッテルダムに住んでいる彼のお兄さんだって条件に当て嵌まるでしょう。いえ、その人が実の弟を殺すと考える方が無理があるのは承知していますけれど、彼のところは資産家だったそうですから、内輪でもめごとがあったかもしれない」

誰も同意するそぶりを見せないので、彼は鼻白む。

「こうなってみると、私たちは水島さんのことを大して知っていなかったのが判る」

美鈴がぽつりと呟いた。

「そういうことやな。彼がどんな人間と付き合《お》うてたかも判らん。土曜日に『ミカド』を出た後、夜のアムスのどこに消えたか、答えられるはずもない。——月並みだけど女、かなぁ」

最後のひと言を聞いた美鈴の眉が、わずかに動く。唇は固く結ばれたままだった。

ひょっとすると水島は美鈴と一緒だったということはないのだろうか、と思ったりするが、質せることではない。尋ねる勇気を持ち合わせていないからだ。それに、彼女が殺人犯人だと疑っている、と誤解されても困る。美鈴にあんなことができるはずがない。そんなことがあったと想像するより、あれはドラッグで錯乱状態にあった自分が夢遊歩行して行なったことだ、と考える方がまだリアリティがある。

——本当にお前がやったんじゃないのか？

頭の中で、問いかける声があった。

——動機だって、なくはないだろ？

あるもんか。

そもそも、あり得ないことだ。自分は一人きりではなく、夜半まで遥介とロンと一緒にいた。ボートを降り、いずこにいるとも知れない水島を求めてふらふらと街をさまよったりすることなど、できなかったのだ。

あり得るとか、あり得ないという次元の話ではなく、そんなことをした記憶は自分にはない。深酒に泥酔して前後不覚になっていたわけではないのだ。ただただ、日常では出遭えない眺めや調べと戯れていただけで、トイレに立った以外は椅子から腰を浮かしもしなかった。どれほどの時間をあそこで過ごしたのかが認知できないだけだ。それだって二時間なのか五時間なのか判らない、というレベルのことで、一昼夜か二昼夜か判別できないわけではない。真夜中過ぎには店を出て、夜のどん底のような時刻にフラットにたどり着いていたとも。それから再び外に出たりしていない。

ずっと、小説を書いていたのだから。

そう。刑事には嘘をついたさ。しかし、ベッドのすぐ脇から離れなかったのだから、眠っていました、と答えて何の不都合もなかったはずだ。

水島に中途まで読んでもらった後、みっともない書きかけのままだったあのいかれた小説を完成させたのだ。世にも馬鹿げた結末を書いて顔を上げたら、窓の外がみるみる明るくなっていくところだった。北教会の尖塔《せんとう》が朝日を浴びて紫色のシルエットと化していくのを眺めながら、黄金の夜明けという言葉が思い浮かんだ。

そうとも。夜が翼をたたんで飛び去るまで、自分は小説を書いていたのだ。ささやかな孤独の王国にこもっていた。

証拠だってある。速記まがいの乱筆で書きなぐった小説は、今、自分の傍らにあるリュックの中のノートにちゃんと遺《のこ》っているのだから。

ドラッグが運んできた小説。

バラバラにされる男の物語。

それを水島に読んでもらう機会は永遠に失われた。彼とだけ楽しめた軽口のキャッチボール。そのボールも、もうどこかに転がっていって見当たらない。

ふと、スポットライトのような街灯に映えていたアニタの白い顔が甦った。

――私が電話を欲しがっていたって伝えてね。

水島には伝えた。彼はオーディションの後にでも、ちゃんと電話をかけてやったのだろうか？

*　　*　　*

こめかみのあたりが熱く感じられて、玲哉は視線を出窓に滑らせる。が、そこには、剥製の梟《ふくろう》があるばかりだ。今にも、ほぅ、とひと啼きしそうな、しかし生命の宿っていない梟が。

彼は額にふつふつと湧いてくる脂汗をハンカチで拭って、語りだす。

「繰り返しになりますが、奥様の遺体の一部――右の脚が発見されたのは十一月八日の午後二時。殺されてから切断されたもので、死後十二時間から二十時間が経過していることが検視で判明しました。つまり、犯行が行なわれたのは七日の午後六時から八日の午前二時の間。その日、あなたは大阪市内の書店と図書館で文献を探して午後八時頃に帰宅した。奥様がいないことを不審に思い、大いに心配したけれど、強盗が押し入った形跡があるでもなし、何か突発的な急用ができでもしたのか、それなら何故メモの一つも置いていかないんだ、と思い悩みながら眠れない一夜を過ごした。――そうおっしゃっていましたね？」

暮林は無表情で頷く。

「博士。あなたにはアリバイがありません」

破顔という言葉そのままに、相手の硬い表情が崩れた。

「何を言いだすのかと思うたら、私のアリバイの有無ですか。そんなことはこれまでに何度も訊かれて、その都度、丁寧に答えてきたやないですか。ええ、私にはアリバイはありませんよ。でも、それがどうしたっていうんです？　香苗が不在なのを幸いと、女性でもうちに招けばよかったんですか？　私はあなたが言ったとおり、今に電話が入るのではないか、と耳をそばだてながら眠れない不安な夜を送ったんです。それを証明することはついにできませんでしたが、虚偽の証言や立証することも不首尾に終わったはずやないですか」

しゃべっているうちに、暮林の笑みはするすると縄をたぐるように退《ひ》いていく。

「おっしゃるとおり、あなたはここにいらしたんでしょう。そして、奥様も」

「いませんでした。いた、という証拠でも見つけたんですか？　――警察の調べによると、香苗は夕方の五時頃にハイヤーを呼んで駅に向かったということでしたよ」

「はい。残念ながらその後の足取りはつかめていない。ですから、奥様はあなたに呼び出されてどこかで落ち合うために外出したのかもしれません。そして、あなたが運転する車で帰宅した」

「それから私の手にかかったんですか？」

「そうです」

博士は右耳の周辺の白い髪をひと房いじった。何かの呼吸をはかっているかのようだ。

「よろしい。——香苗の命を奪った弾丸を発射した拳銃は私の手許になかった、という矛盾はどう説明するんですか？」

またこめかみが熱くなる。玲哉はつまらない錯覚を払うために軽くかぶりを振ってから、核心へと話を進める。

「奥様を殺害した凶器は、内海刑事が所持管理していた拳銃ではなかった、と考えるしかありません。被害者の額に穿《うが》たれた小さく深い穴は、別の道具でこしらえられたものなんでしょう」

博士はもう、にこりともしない。

「銃創やったんでしょう？　そこから弾丸をほじくり出したんでしょう、あんたたちが？　おかしなことを言う人や。——何ですか、その別の道具っていうのは？」

「私には判りません」

「判らん？　ええかげんなことばっかり言うなぁ、あんた」

次第に相手の言葉遣いがぞんざいになっていくのを、玲哉は恐ろしく感じていた。土下座をして無礼を詫びるか、逃げ出すのなら今だ、という思いが閃光《せんこう》のようによぎったが、体は硬直し、口だけが別の生き物のように動き続けた。

「私には特定できませんが、適当なものはこの世にいくつも存在するでしょう。あなたはそれを奥様の額に射ち込んで殺した。そして、遺体をバラバラに切断して、翌日、あちらこちらにバラ撒いていったんです。――ただし、頭部だけを手許に残して。頭部には別の細工をする必要がありましたからね。そう。憎い内海刑事に濡れ衣を着せるため、彼の拳銃を強奪して、そこから発射された銃弾が奥様を殺害したようにする細工です。あなたは十一月十日に内海から銃を奪い、奥様の命を一度奪うためにつけた跡めがけて、慎重に弾丸を射ち込んだんだ。そして、その頭を棄てた」

「アホか。お前、アホとちゃうか」

博士の眉の両端が、ディズニーアニメのようになめらかな動きでゆっくりと吊り上がっていく。

「けっ、香苗は七日の深夜に殺されたって言うたやないか。死後切断の脚が八日に見つかってるし、腕や胴体も十日までには発見されてたんやからな。で、額に遺ってた銃創が致命傷なんやろ？　せやったら、十日にわしが内海の拳銃を盗んで、香苗の額を射っても意味がないやろ。ただ遺体によけいな傷がつくだけや」

「遺体ではなかったとしたら？」

「何やて？」

　玲哉は叩きつけるように、

「あなたが額を射った時、奥様が生きていたんだとしたら、どうです？」

「けっ、アホ。このアホ。あいつが首だけで生きてたとでもぬかすんか？　腕も脚も胴体もなしで生きてたやて？　――ふん、ええわい。そんなこともあるかもしれん、と認めてやってもかまわん。SFに出てくるみたいに特殊な培養液につかってな。けど、や。お前ら警察、何て言うた？　香苗の胴体、腕、脚は死んだ後で切断されたもんやと鑑定したんやなかったんかい。えっ、どうなんじゃい？」

　暮林の人格は、何かと入れ替わったかのようだった。あるいは、こちらが本性なのか、それは玲哉が知るよしもない。

「ですから、それは――」

　言葉を選ぼうとした瞬間、暮林の右手が白衣の大きなポケットに入ったかと思うと、電光石火の早業で何かが取り出された。あれは、と見定める間もない。

　白くて濃密な霧状のものが顔に噴きかけられる。

　非力な老人だと油断したのが失敗だった。暮林が大口を開けて哄笑《こうしょう》するのを、瞬時、見た。

　とんでもない不覚をとった、という後悔に抱きくるまれたまま、意識はどこまでも深い闇の底へ垂直に落下していった。

＊

うるさい。

さっきからずっと、不快な音が鼓膜を振動させている。近くなったかと思うと遠くなり、また接近してくる。無数の羽虫が耳のすぐそばでしつこく旋回を繰り返しているかのようだ。五月蠅《うるさ》い、という文字をぼんやりと思い出した。一体、何が飛び回っているのだろう？

いや、どうやら虫のたぐいではなさそうだ。この耳障りな音は、実体のあるものがたてているのではなく、自分の頭蓋《ずがい》の中から生じているように感じられる。何かニュアンスの似た音があったはずだぞ、と考えているうちに、昔、家にあった旧式のラジオのチューニングをする際に聞いた雑音がそれだと気づいた。俺の頭は年代もののラジオになってしまったのか、と訝《いぶか》る。

羽虫の大群が、また遠ざかる。それがブーメランのように引き返してくるまでの短い間に、今度は別の微かな音が、ごぼごぼと排水口で汚水が逆流するような音が聞き取れた。やはり、頭の奥から。

どうも変だ。――ところで。

ここはどこなのだ？　どうしたことか、瞼《まぶた》を開いているつもりなのに何も見えない。ただ薄ぼんやりとした濃淡のある白い光が揺曳《ようえい》しているだけ。

俺は何をしていたんだった？

ぼんやりしていられない。それを早く思い出さなくてはならないような状況にあったのではなかったか？　意識を失う直前――

どうして意識を失ったかをとっかかりに思い出そうとしたところへ、誰かの声が聞こえてきた。水の壁を通して聞こえてくるような、歪んでくぐもった、老人の声。

「……聞こえとらんのかな。薄く目は開いとるけど。おい、聞こえてたら瞬きでもしてみんかい」

暮林だ。あのマッド・サイエンチストが譫言《うわごと》を言っている。

いや、もしかすると、自分に話しかけているのか？　何か反応を示してやろうとしたが、声帯を操ることはおろか、瞬きをすることもできなかった。すべての運動機能が失われてしまっているようだ。

「まぁ、ええか。聞こえてるんやったらそれでよし。聞こえてなかっても、かまわん。長々しゃべるわけやないしな」

混濁しきった視界を、もやもやとした影がカツコツという靴音を伴って、右から左に横切った。博士か？　影は今度は反対方向から現れて去る。自分の前をゆっくりと行ったりきたりしているらしい。

「高村刑事」

呼びかけられて、わが名を思い出す。

「とりあえず、あんたに拍手を送っとこうか。ようそんな荒唐無稽《こうとうむけい》なことを考えついたもんや。しかも、それをわしのとこまで言いにくる度胸には感服したわ。わしを狂ったフランケンシュタイン扱いする近所のアホどもの妄言を、よくぞ本気で採用した。あんたも常軌を逸してるな」

博士の声は聴き取りにくいのに、堅い靴の響きだけは雑音に負けず明瞭で、耳に心地よい。

「しかしまぁ、生命というのは全くもって神秘的なもんやな。そもそも、生と死の区別というのは何をもって決まるのか、あんたは答えられるか？　深昏睡《こんすい》、自発呼吸の停止、瞳孔《どうこう》の拡大と対光反射および角膜反射など反射運動の消失、脳波の停止がこの国のお役所が認めている脳死の判定基準や。この上、血流が停止したら心臓死ということになる。当然のこと、警察の監察医もそんな手引きに則《のっと》って検視たらをするんやろうな。しかしや。そんなもんは、個体がどの時点で完全な死に至るのか便宜《べんぎ》的に定めておかんことには社会の運営に支障があるから、と恣意《しい》的に引かれた線にすぎんのかもしれん。もちろん、恣意的とは言うても、死ぬというのは呼吸することも動くこともなくなって、血流が止まって冷たくなることだ、というのは大多数の人間が自然に受容できる通念ではある。脳死という概念が出てくるまで、死の線引きについて一般人が考え悩むということもなかった」

脳死がどうしたって、と玲哉は疎ましく思う。そんなしち面倒くさい議論は医学と法律の専門家と、ついでに宗教家に任せておけばいい、が信条だったので、基礎的な知識もありはしない。

「いや、脳死なんて微細な問題について話してる場合やなかったな」

おや、そうなのか？

「心臓死か脳死か、という問いかけは、心臓と脳幹のどっちが重要性が大きいのか、と秤《はかり》を持ち出してくるみたいなもんで、心臓も脳幹もそれ自体が生命であるはずがないわな。死は、心臓や脳にだけ訪れるもんやない。ほれ、見えるか？　わしが手の甲をちょっと掻いたら、ぽろぽろと皮膚の一部が剝《は》がれて落ちる。死んだ細胞や。ひっ掻いたから死んだんやのうて、実のところ人間という奴を覆っている外皮はすべて死んだ細胞や。人間は死んだ細胞の衣をまとって生まれてきて、それをまとったまま過ごすわけや。日々、新しい細胞が生まれて体の表面にせり上がってきて、死んだ細胞にとって換わる。それだけやない。われわれの体の中では、毎日毎日、何千万という細胞が生まれては死ぬ新陳代謝を繰り返してる。胎児が羊水につかってる時からそれは始まっとるわ。死は生きた人間の中でも絶え間なく生じる。逆に、心臓も脳も活動を停止した後も、生き続けて自己再生する細胞がある。心臓死の後も爪や髪の毛は伸びるやろ。生と死の間に確固とした断絶はない。両者は蔓草《つるくさ》のようにからみ合ってて、分けることができんのやないか？」

だから、何なのだ？

「生命なんて、ほんまに正体が判らんもんや。命あるものと、ないもの。有機物と無機物の区別さえ頼りないもんやからな。そもそも、人間も石ころも、ごく限られた分子が寄せ集まってできてるだけやわな。還元すれば同じ分子やのに、組み合わせ次第で一方は有機物、他方は無機物と峻別《しゅんべつ》する根拠とは何なんや？　自己再生能力の有無なんかでは割り切れんやろ。地上には自己再生不能の動物かていてるんやしな。意識の有無というのも馬鹿げてる。意識を定義するやなんて、デカルトが開き直ってぶち上げたコギトで行き止まりや。それに、無機物に意識が宿ってるかどうかも不可知でしかない。考えれば考えるほどわけが判らん、というのが生命や。生命を定義できんで、どうして死が定義できるんや。死は生の欠如としか言い表すことができんのやからな」

だから、それがどうしたというんだ？

靴音はいつしかやみ、おぼろな影は自分のすぐ鼻先で止まっている。声は、頭の上から降ってきていた。

「事件の話に戻ろう。立ってるのが疲れてきたわ。ぼちぼちすませてしまおか」

事件の話とは？

ああ。暮林香苗のバラバラ殺人事件のことか。もちろん、そうだ。記憶を、意識を急速に取り戻しだす。

「あんたは正しかった。わしは十日の夜、この場所、地下の実験準備室で殺した。あるものを――限りなく薬物に近いある微生物を鼻孔から脳に注入してな。殺したと言うより、眠らせたと言うべきか。あんたは死んだ。それからバラバラに切断した」

おかしなことを言うな、と叫んでやりたかったが、微かに瞼が動いただけだった。

「おや、ちゃんと起きて聴いてるんやな。けったいなことをぬかすな、と言いたいんやろう？　殺したと眠らせたでは大違いや、はっきりさせんかい、とかな。けど、わしにしたら死も眠りも決定的に違うことやない。目覚めのない眠りが死であったらな」

また靴音がして、影が少し遠くなった。木が軋む音。椅子に掛けるか、何かに倚《よ》りかかったのだろう。

「麻酔というのがあるやろう。あれ、どういう仕組みになってるか、理解してるか？」

知っていたとしても、答えるすべがない。

「麻酔をかけられた生物は、身体の様々な機能を低下させ、少しだけ死の領域に移動する。せやから、匙加減《さじかげん》を間違うたら大変なことになる。そのデリケートな麻酔という奴は、何がどうして効くのか、どんな医者も理解してないんやぞ。ただ、どんな薬物をどう調合して投与したら望む効果が実現するのか、という技術があるばかり」

　思考力が回復するにつれて、羽虫の群れは去っていった。チューニングが合いだしたということなのだろうか？

「わしは眠りやのうて、死をもたらす麻酔を見つけだした。死を招き、その後、また覚醒させることを可能にしたんや。判るか？　今のあんたの頭で理解できるか？」

　できない。どんな状態で聴いたって、そんな抽象的な説明で理解できるはずがない。

「十一月八日、わしは香苗にその処置をほどこし、十日まで殺しておいて——この言い回しに慣れてくれよ——頭部と四肢を切り離して、両腕、両脚、胴体を適当な場所に遺棄した。そして、十日にあいつの死を覚ます前に、内海のボケの拳銃を奪った。この爺《じい》さんがどれほど手際ようやったか、さっきあんたも経験したわな」

　木の擦れる音。

「香苗の死が覚めるなり、わしは内海の拳銃であいつの額を射った。今度の死は、覚めることのない死や。判るか？　あんたらが判りやすいように言うたら、生き返らせてから、もういっぺん殺したんや。培養液につけてたわけやない。香苗は二回死んだんや。——あんたら、腕や脚は死後切断されたもんやとか、頭の銃創が致命傷やとかは鑑定したけど、頭が死後切断されたもんかどうかは調べてないやろ？　常識では調べるまでもないことやからな。ざまぁみい」

　どうやら抽斗を開いたらしい。そして、何かを取り出すゴトリと重い音が聞こえた。

「なんでそんなことをしたか、判るやろ。人間は一度しか死ぬことができんと信じて疑うことのない警察が、香苗が殺されたのは十日より前やと断定して、その結果、拳銃を管理下においていた内海にしか犯行は行なえんかったと誤認してもらうため、や。

　呆れたか？　信じられんか？　生と死の往復を可能にする奇蹟を発見したというのに、たかが、たかが、それしきのことにしか利用できんかったわしを狂人やと思うやろう？　人類はついに生死を超える方法を手に入れたというのに、その発見者がこんな男やったことが番狂わせやな。

　もはや生も死もない。二つの絶対的領土の間に横たわってた深淵は埋まった。細胞分裂によって自己再生する単細胞生物は連続性を保持することによって不死やが、個別性を具備したまま不死であることも可能な世界を、わしは開くことができる。人類は悲しい領土から逃れて、遊牧民《ノマド》になれる。――いや、なれたかもしれん。香苗がわしを裏切りさえせんかったら」


……狂っている。

「ほぅ。声が聞こえたぞ。一人芝居をしてたんやのうてよかった。信じられん、と言わんところも素晴らしい。――ま、そらそうか。あんた自身、この奇蹟をある程度は見破れるほど狂うてたんやから」

博士が再びすぐ前に立つ気配があった。

ジャキリ、と歯車が嚙み合うような音がする。額から、ほんの数センチしか隔たっていないところで。

「信じるも信じんもない。あんた自身が証拠であり証人や。首から上だけで瞬きをしたり、わしを狂人呼ばわりできとるんやから」

歯車ではない。回転式拳銃の撃鉄が下がり、弾倉が回る音だ。

「高村刑事。あんたは五日前から死んでた。ついさっき、死から覚めたばっかりや。その間に、勝手ながらあんたの首から下は五ヵ所に分けて棄ててきた。そのうちの二つ三つは、発見されたと新聞に載ってたわ。さて、首はどこに棄てられたんでしょう？　正解は――まだ棄てられておりません。ここで呼吸をしてございます」

……射つな。

銃口らしきものが、ぼんやり見える。

「あんたはわしに射たれて死ぬ。二度目の死や。いや、生き返ったんは頭だけやから、それ未満か。1$\frac{1}{6}$度目の死とでもしとこうか」

……射たないでくれ。

「何と、みじめな奇蹟」

轟音《ごうおん》とともに銃口が火を噴く。

おのれの脳漿《のうしょう》と頭蓋骨の欠けらが紅色の血に混じって飛散するのを、玲哉の目は一瞬だけとらえた。

9

店内にはひずんだエレキ・ギターの音が充満していた。紫の煙《パープル・ヘイズ》がどうした、というおよそ美しくない歌声がそれにかぶさる。スタフォルストは平然としていたが、ロック嫌いのノーナッカーはやれやれというように口許を歪めてみせた。客は五人。

靴音も高く乗り込んできたスタフォルストとノーナッカーに、カウンターの中の中年男が非難がましい目を向けた。薄くてないのも同然の眉毛が、やけに底意地の悪い顔に見える。

他に店の人間とおぼしいのは、トルコ人らしい若い男がテーブルの片づけをしているだけだったので、カウンターの男がマスターであることは容易に見当がつく。

「ここのご主人ですね。アムステルダム市警の――」

相手は唇の前で人差し指を立てて、スタフォルストを黙らせてから、周囲の客が今のひと言に反応していないかを探るように、きょろきょろと左右を見た。それから、右手で刑事たちを奥の部屋へと招く。雑然としたその事務室にも店の喧騒は流れてくるが、この小振りなボートの中に他に適当な場所はないのだろう。三人は丸テーブルを囲んだ。

店主のオットー・スターンはまず抗議とも弁明ともとれる口調で、

「うちは健全な店なんです。そうだからこそ、警官が出入りしているところを客に見られたくないんですよ。何かいかがわしいことやってるのか、と誤解されたらかないませんからね」

「気が利かなくて申し訳ありませんでした」と警部は詫びた。「ここが健全な店で、あなたが善良な市民であることは承知していますよ。ある殺人事件の捜査をしていて、ちょっとお訊きしたいことができたものでね」

丁重な言葉遣いに、マスターはひとまず満足した様子だった。

「へぇ、殺人事件ですか。犯罪捜査への協力は善良な市民の義務だから、答えられることなら何でも話します。平穏そのものという暮らしをしている身だから、どんな話をすりゃいいのか見当もつきませんけど」

「水島って日本人を知ってるだろ？」

気の長くないノーナッカーが、顔写真をコートの内ポケットから取り出し、早速、本題に入った。

「名前は知りませんでした。顔には見覚えがありますけど」

「常連客だったのかい？」

「うちにきたのは二度だけです。最初はかれこれ一年ほど前かな。次が今年の八月だった」

「ほぉ。二度きただけの客をよく覚えているじゃないか。しかも、一番近いのが三ヵ月も前なのに」

巡査部長は店主を正面から見据える。

「あんなお上品で小洒落《こじゃれ》た恰好をした日本人がきたりすれば、嫌でも印象に残りますよ。カメラを首からぶらさげた若い日本人観光客がドラッグを試しにこういう店に入ることもあるでしょうけれど、うちみたいに見栄えのよくないハウスボートの店となると、おっかないのか、なかなかきません。だから記憶に残っていたんです。――もしかして、この人が殺された事件について調べてるんですか？」

「そうさ。運河バラバラ殺人事件だよ。テレビや新聞で騒いでるから知ってるだろ？」

「もちろん知っていますとも。あの事件の捜査なんですか」

オットーは俄然《がぜん》興味をそそられたようだ。

「あ、そうだ。テレビのニュースによると、殺されたこの水島という日本人は音楽家だったそうですね。あの人、うちにきた時、ヴァイオリンのケースみたいなものを持っていたことがありますよ。間違いありませんね」

いいかげんなことをしゃべっているふうではない、とスタフォルストは相手をとりあえず信用することにした。

「この男が客として最後にここにきたのは八月だということですが、それは確かですか？」

「客としてしかきたことありませんよ。ええ、確かです。地球温暖化だか何だかで、今年も暑かったじゃないですか。『暑いね』『日本はこんなもんじゃありませんけどね』なんてちょっとだけ口をきいたのを覚えています」

「かなりドラッグが好きそうでしたか？」

「そんな印象はありませんね。お奨《すす》めのものを出してくれ、とか言われました。ビギナーでしょう。シンセミアの上物を少し味わっただけじゃなかったかな」

「二度とも一人できたんですか？」

「はい」

水島はドラッグにさほど興味を持っていなかった、と何人かが証言している。ほんの気まぐれにふらりと入っただけなのかもしれない。さて、ここからが肝心の質問だ。

「土曜日の夜、彼がここにきませんでしたか？」

「いいえ。——どうしてそんなことを尋ねるんですか？」

「被害者の財布にメモが入っていたんです。土曜日の九時という時刻と、『ブルームーン』という店名が書いてありましてね。『ブルームーン』という名前の場所は、アムスでここしかないんですよ」

　運河から引き上げられた財布はすぐに丁寧にあらためられたので、クレジットカードの裏に手帳を破いたものらしき紙切れが畳んで入っていることは判っていた。いかにも意味ありげではあったのだが、当然ながら文字が日本語だったことと、万年筆のインクがひどくにじんでいたことが原因で、今日になるまで判読できなかったのだ。スタフォルストとノーナッカーは今朝一番でロン・ヤヌスの店に足を運んだ。そして、そこを出て本部に連絡を入れたところ、『ブルームーン』に向かえ、との指示を受けたのである。今朝はその他にもいくつかの新事実が明らかになっていた。

「そういうことですか。事情は判りましたけれど、返事は変わりませんよ。土曜日の夜は、彼はもちろん、日本人の客なんて一人もいなかった」

「重要なことなんです。本当にこなかったんですね？　他の従業員の方にも訊いていただきたいんですが」

「他の従業員ったって、一人しかいませんけどね」

彼は店への扉を開け、「ムスタファ」と呼んだ。先ほど見かけた男が、急ぐそぶりもなくやってくる。サダム・フセインを若返らせて丸顔にしたような風貌《ふうぼう》をしていたが、瞳にきらきらといい輝きを宿している。こんなところで紫の煙に包まれているより、陽光を浴びる公園の屋台でショアルマでも売っている方がよほど似合いそうだ。

トルコ人のウェイターも水島を記憶に留めていた。運河に浮かんだバラバラ死体が彼だったという事実にひとしきり驚いてから、土曜の夜のことについては、きっぱり「いいえ」と答えた。彼は流暢《りゅうちょう》な英語を使った。

「あの人はきていません。九時にはこなかったし、その前後の時間にもこなかった。ちょっとドアを開いて、待ち合わせの相手がいなかったから入らずに帰った、ということがあったかどうかまでは自信がありませんけれども」

「ふぅん。そういうことならありえたわけですか。——じゃ、逆に、土曜日の夜の客の中に気になった人物はいませんでしたか？　身形《みなり》や態度がどこか妙だった客だとか、人待ち顔で座っていてすっぽかされたふうな客だとか」

オットーとムスタファは、クイズショーの解答者のように揃って首をひねっていたが、特に思い当たる人物はいないとのことだった。

「客の呼び出しを頼む電話なんかはどうだい？」

ノーナッカーは、収穫がないことに苛立ったような声になってきている。

「ありませんでした。何もない、平和でハッピーな夜だったんです」

ムスタファの言葉を「平和でハッピーね」と復唱しながら、巡査部長は憮然とする。

「観光客やフリじゃなくて、ここの常連の日本人というのはいないんですか？」

最後の質問にも彼らは「いいえ」と答え、スタフォルストはこの聞き込みが空振りだったことを悟った。

ボートを出るとノーナッカーは煙草をくわえ、「こっちは無駄足ばかりだ」と曇った空に毒づく。まだ死体発見の翌日だというのに、珍しく焦燥《しょうそう》に駆られているようだ。自分たちがいない間に本部に新しい情報がぽんと入ることが面白くないのだろう。

まず、メモが解読されたこと。もう一つは、土曜の午後六時半に『ミカド』を出たところで切れていた被害者の足取りが、わずかだが判明したことだ。水島智樹は日本料理店を出た足でアムステル川沿いのカフェに向かい、そこで本を読みながら一時間半ほど過ごしていた。今朝になって、「お役に立つことかどうか判りませんが」と店の主人が捜査本部に電話で伝えてきたのである。彼はその店ではまぎれもない常連客だったので、人違いではない、と通報者は発言したそうだ。連れはおらず、一人でゆったりと時間をつぶしているようだった、という。カフェから『ブルームーン』までは徒歩で二十分ほど。九時に『ブルームーン』に行くことになっていたのなら、時間に余裕がありすぎるようだが、あちらこちらのショーウインドーをひやかしながら歩いたのかもしれない。あるいは、カフェで長尻をするのにくたびれて、早いのを承知で出た、とも考えられる。

「水島のメモにあった『ブルームーン』っていうのがここじゃないとしたら、何なんでしょうね。当夜、そんなテレビドラマや映画をやっていたわけでもないらしいし、まさか人の名前ってことはないでしょうね」

「ニックネームか」

「娼婦《しょうふ》の営業用にも使えないこともないでしょう。めったにないような《ワンス・イン・ア・ブルー・ムーン》いい気分にしてあげるってね」

違うだろうな、と警部は思った。被害者が美男だったせいか、みんなすぐ艶《つや》のある方に想像をふくらませたがっている。

「水島は二度だけだが、この店にきたことがあった。メモの『ブルームーン』はやはりここを指しているんだと思う。しかし、店主とウェイターが嘘をついていた様子でもない。となると、水島が予定を変更したのかもしれないな」

河岸に駐めた車に戻るため、シンゲル運河沿いに国立美術館の方へ肩を並べて歩きだす。掌《てのひら》大の楡《にれ》の枯葉がスラックスの裾にまとわりついたままなのを、警部は払わずほうっておいた。ノーナッカーは煙草の灰をこぼしながら、

「メモを財布に入れていたわけだから、誰かとの待ち合わせだったと考えるのが自然です。水島が九時に『ブルームーン』に姿を見せなかったということは、彼が予定を変えたのかも

しれないし、待ち合わせの相手の都合が悪くなって、会う日時か場所が変更になったのかもしれません」

「そうかもな。八時にカフェを出るのがごく自然な時間と場所に変更になったという可能性はある。しかし、『ミカド』でもカフェでも彼は終始一人きりだったし、彼宛《あ》ての電話や伝言はなかった。予定が変わったのだとしたら、『ミカド』にくる以前に変更になったわけだろ。古いメモが財布にあって、新しい方が見つからないのは何故だろうな。メモするまでもないと暗記したからか？　それとも犯人が処分してしまったのか？」

「さぁて。そのどっちかなんじゃありませんか。だとしたら、『ブルームーン』とは何なのか、なんて悩んでも無駄というわけです」

「手掛かりの糸はまたしてもプツリ、か」

車が見えるところまできてから、警部ははたと思いついたように、

「どうだい、昼食をすませておかないか。川の向こうに雰囲気のいい店があるんだ」

「賛成ですね。実は腹ぺこでして」

二人は橋を渡って、きた方角に引き返しだした。なるほど、空腹だったらしく、昼食と決まってノーナッカーの表情がさっきまでとはうって変わって明るくなった。正直なものだ。

しかし、頭は事件のことから離れないらしい。

「警部は昨日、おかしな話をしてくれましたっけね。ある種の殺人犯が死体をバラバラに刻

むのは、罪の意識に耐えかねて死体から人の形を奪おうとしてるんだ、とか」

「ああ。あまり納得してもらえなかったけれどね」

「頭が固くてすみません。あの後も気になって、家に帰ってからもずっと考えていたんです。そうしたら、全く理解できないでもない、と思うようになりました。人間は理屈に合ったことだけをする動物じゃありませんからね。――しかし、です」

相棒は古傷のある額を掻きながら、手持ちの語彙《ごい》をまさぐる。

「私なら、やっぱりバラした死体の部分をあちこちの運河に撒いたりしませんね。森の奥で別々に埋めるでしょう。合理的、非合理的を問わない何かの理由があって死体を人目にさらしたかったとしても、運河はよします。どうしてだか、気味が悪いんです」

繊細ぶることのない男が奇異なことを言う。警部は黙って続きに耳を傾けた。

「私なら六つにバラした部位を梱包《こんぽう》して、無作為に選んだバラバラの場所に向けて発送してしまうでしょう。頭はケープタウンへ、左脚はマドリードへ、右腕はアテネへ、とでもしますか。あるいは、深夜の中央駅の天井にでも忍んで上がって、出発を待っている長距離列車の屋根に頭や腕を一つずつ落としていって、頭は東に腕は西にと運ぶのを委託する、なんていうやり方の方が、まだ抵抗がありません。アムステルダムの運河に託すよりもね。どうしてでしょう？

私が考えるに、運河に頭や腕を投げ棄てるということは、死体を散々《ちりぢり》にして、その存在の忌まわしさを薄めることにはつながらないから気色悪いんです。だって、迷路みたいに入り組んだこの街の運河は、ほんの数キロも流れればすぐ海に注いでしまうでしょう。あちらからたぷたぷと右腕が、こちらからは左脚が漂ってきて、ようようと再会を喜ぶ、なんて光景が思い浮かびます。ですから、もし私がバラバラ殺人犯だったなら、手間をかけてまで運河に頭や腕を撒こうとはしない。そんな行為は死体を消し去ることじゃなくて、むしろバラしたものをつなぎ合わせようとする作業のように見えてしまうんです。つながったりしちゃ、苦労して厄払いをした甲斐《かい》がありません」

　思いがけない見解だった。「いかがですか？」と問われ、スタフォルストはしばしロごもり、ひっかかったフレーズをぼそぼそと繰り返す。

「頭はケープタウン、左脚はマドリード、右腕はアテネ……」

「ああ、小包みにして発送するなら、ですか。その送り先はほんの譬《たと》えですよ」

「譬えなのは判ってる。しかし、どうして頭はオスロ、左脚はアテネ、右腕はマドリードにしないんだ、フランク？」

　調子が狂ったのか、ノーナッカーは「はあ？」と嚙みつくように大口を開けた。

「なるほど、意識せずに例をあげたというわけだ。しかし、君が想定したおのおのの荷物の送り先は、きれいにそれが本来あった場所を転倒させているよ。人間は頭が上、地図では北が上だろ。頭が南で、左が右だ。君のデリケートな無意識は、せっかくバラした死者が蘇生《そせい》しないよう、万全の注意を払ったのかもしれない。各部位をただやみくもに引き離しただけじゃなく、慎重にシャッフルして」

「それは……偶然でしょう」

戸惑った様子の彼の肩を、枯葉がさらりとなでて落ちた。

「なかなか面白かったよ。この事件の犯人の行動にどんな意味があるのか判らないが、私がたてたバラバラ殺人の本質論からも逸脱した曖昧さ、齟齬《そご》があるというわけだ。頭の隅に入れておこう。——ただ、こんなイメージのこしらえ合いをすることによって、わけが判らない事件を、私たちはよけいわけが判らないようにしているのかもしれないな」

「その心配はありますね」

にやりと笑ったノーナッカーの肩越しに、さっき訪問した『ブルームーン』が見えた。ボートの腹では、青い夜空に浮かんだ銀色の三日月が、ジョイントをふかしながらウインクしている。二時間ほど前に見た『ウマグマ』のハウスボートの残像のようだ。違っているのは船腹のペインティングと、こちらにはオランダ国旗が翩翻《へんぽん》とひるがえっていることだった。

10

出勤時間をずらしてもらったので、その日、恭司は九時の閉店まで客席の間を飛び回ることになった。めったにないほど客の多い宵《よい》だったが、水島の事件について、判るはずのないことを考える余裕を奪ってくれるという意味で、繁忙なのは煩わしいどころかむしろありがたかった。

最後までいた三人連れの客は銀行マンらしかった。話題から推測したのではなく、金融関係か商社かメーカーか、日本人ビジネスマンの業種ぐらいは観察で見当がつけられるようになっている。ビールのがぶ飲みで赤ら顔になった三人連れは、割り勘の計算をしながら卑猥《ひわい》な冗談の応酬を始めていた。年嵩《としかさ》の男は数日だけの出張できているらしく、後輩らしい二人に「アムステルダム名物に案内してくれ」と頼んでいる。名物とは、日本語の呼び込みがあちこちに貼られた紅灯の店を指していることは明らかだった。悪所に行きたけりゃ一人で行けよ、根性なしめ、と恭司はカウンターから冷ややかな目を向けていた。

銀行マンのくせに一万円ちょっとの割り勘が愚図愚図とまとめられない男たちを眺めているうちに、そのアムス名物の悪所で久能と出会った時のことを思い出す。クーラーなしでは少し寝苦しいという頃のことだった。

恭司は遥介と二人で、夕涼みと称して夜の街をぶらついた。ダム広場から旧教会へ、そしてそれに連なる飾り窓地帯へとそぞろ歩きながら、悪所特有の甘酸っぱくも人間臭い匂いを楽しんでいたのだ。街にすっかり馴染《なじ》んだ彼はもう旅行者にはとても見えなくなっていたし、空手着を肩に掛けてゴム草履履きの遥介は、時折道行く人を振り向かせながらも、堂々たる土地っ子ぶりだった。青やピンクのネオンに染まった飾り窓の中の女の子——あるいはおばさん——に手を振ったり、からかわれたりしながら通り抜けかけたところで——

「何をするんですか！」

背後で日本語のどなり声がした。反射的に振り返ると、つい今しがたすれ違った四人連れの日本人が、道の真ん中で何か言い合っている。どうしたのか、と訝《いぶか》る間もなく、近くの店から屈強そうな男が四、五人、血相を変えて飛び出してきて、スーツ姿の彼らを取り囲んだ。たちまち険悪な空気が路上に立ちこめる。

「すみません。彼は過ってシャッターを押してしまったんです。謝罪します。申し訳ない」

一人が叫ぶように言ったので、いきさつは判った。彼らの一人が故意かそうでないか知らないが、アムス名物のショーウインドーをカメラに収めようとしたのだ。そういえば、フラッシュが前方のウインドーで反射するのを見たような気がする。このあたりで写真を撮影することがご法度《はっと》なのは街の常識だから、日本のガイドブックなどにも注意事項としてたいていは明記されている。それを破った場合は、謝ってすむという保証はなかった。

「すみませんでした、間違いです」

銀縁の眼鏡をかけた一人の男だけが弁明を繰り返している。彼の連れは、どうしていいか判らず硬直しているようだ。もしかすると、銀縁眼鏡氏だけが土地の事情を知っていて、あとの三人は事態が把握できていないのかもしれない。まずいな、と思いながらも、割って入る気にはならない。度胸と腕に覚えがあるはずの遥介はどうするつもりか、と見ると、欠伸《あくび》をしながら向き直って立ち去ろうとしていた。

「――！」

恭司には聞き取れない怒声とともに、二の腕に人魚の刺青をした男が、銀縁眼鏡氏の胸を突いて、地面に転がした。思わず踏み出した時、遥介が太い腕を水平に出して止めた。恭司は倒れた男を助け起こそうとしただけなのだが、勝手も判らないまま仲裁に割って入ろうとしたと誤解したのだ、と後に遥介から聞いた。

「待て。謝ってるだろう」

彼はぺたぺたとゴム草履を鳴らしながら、もめている一団に近寄っていく。気の荒そうな男たちは、何だ、とにらみ返してきた。行く手の男たちはいずれも一メートル九十センチ前後の上背があり、壁のようだったが、遥介はひるむことなく進んでいく。さして幅の広くない道路の通行はいまや遮断されてしまい、どうしたどうした、と野次馬の輪が形成されつつあった。

「ここのマナーを知らずにやったらしい。許してやれよ」

どことなく関西弁のアクセントのある英語で、彼は穏やかに話しかけた。長身の男たちは互いに顔を見合わせて、何だこいつは、というように首をひねったり肩をすくめる。スーツたちは最初は困惑げだったが、すぐに時の氏神の出現と知って、微かに安堵の表情を覗かせた。遥介の風貌と落ち着いた態度から、この通りの住人だと思ったのかもしれないし、日本人同士のよしみにすがりつこうともしたのだろう。ただ、恭司の手を借りて立ち上がった銀縁眼鏡氏だけは、ズボンのほこりも払わず、遥介の登場前にも増して不安そうな顔で様子を見ている。

「すまないですむか、くそったれ。ルールを守らない野郎にはむかつく」

人魚の刺青が凄んだ。よく見ると五十を過ぎた年配のようだが、生意気なだけのそこいらの若いチンピラぐらい一発で叩き伏せてしまいそうな殺気を放っている。殴り合いにでもなったら加勢しなくては、と恭司は肚《はら》をくくる用意を始めていた。

遥介はくるりと振り返り、胸の前でカメラを抱えている男に手を差し出した。

「カメラ、こっちに貸せや」

顎をがくがくさせて頷き、騒動の張本人はニコンの高級品らしきそれを渡した。遥介は「どないなってんねん、こいつ」と呟きながらカメラをいじっていたが、やがて蓋《ふた》を開くことに成功し、中のフィルムを一気に引き出した。持ち主は「ああ……」と切なげな声を出す。

「ほら」遥介はフィルムを運河に投げ棄てて「これでいいだろう。悪気はなかったんだから勘弁してやれ。田舎者のしたことだ」

「悪気がなかったはずがない。ここは動物園じゃないんだぜ。そんな田舎者をかばうのは大馬鹿野郎だ」

他の男たちはさておき、刺青の男だけは気が治まらないようだった。二、三発殴らせろというところなのだろう。場の緊張はまた高まり、恭司の体内でアドレナリンの分泌が活発になる。遥介の方は左肩の空手着をぶらぶらさせながら、いたって冷静な様子で、またスーツたちを見た。

「か、彼らは、どうしろと言ってるんだね？」

一番齢をくっているらしい扁平《へんぺい》な顔の男が訊いたとたん、遥介がどなった。

「はよ真面目に謝れや、アホ。お前ら、ほんまの礼儀知らずじゃ。このボケが！」

彼はカメラを持ち主の胸にぶつけるように押しつける。スーツたちはその剣幕に一瞬、呆然となったが、日本語が理解できない刺青の男たちも毒気を抜かれたように口を半開きにした。

「部長が謝罪してください。相手をちゃんと見ながら」

銀縁眼鏡氏にも言われて、カメラの男はたじろぐ。が、やがて観念してそれに従った。

「アイム・ソーリー」のひと言で片がつくかどうか、恭司はなおも身を硬くしてなりゆきを見守る。

銀縁眼鏡氏は、部長とやらがカメラを向けたのであろう飾り窓の奥に、真摯《しんし》だが卑屈でもない物腰で頭を下げた。深紅のカーテンがわずかにそよいだのは、中の女が応答したのかもしれない。

刺青の男は、映画の腕白坊主のように「ふん」と鼻を親指の付け根でこすり上げて、ひと言だけ短く言った。

「失《う》せろ」

重苦しかった空気が去り、恭司は胸を撫で下した。スーツたちの顔にも血の気が戻り、口々に遥介に感謝の言葉を浴びせる。空手着を右肩に移した彼は、不機嫌そうにそれを無視した。

「助かりました。ありがとうございます」

ただ、銀縁眼鏡氏のその言葉にだけは、軽く頷いて応えて、

「あんたはこのへんのルールについて、おっさんらに事前に注意してたんやろ?」

「私の不注意です」

彼はうなだれたが、上司を面前で非難するのをはばかっているのが明らかだった。彼は背後の上司や同僚を気にしながら遥介と恭司にさっと名刺を渡し、個人的にお礼がしたいから、と小声で二人の連絡先を尋ねる。遥介は鬱陶《うっとう》しげに手振りでノーを表してから、気が向いたらムント広場の日本料理店のアルバイトにチップをはずんでやってくれ、と冗談ぽく言い、恭司を小突くようにしてその場を去った。

その男、久能健太郎は翌日にさっそく『ミカド』にやってきた。律儀なのだ。

そのまた後日に遥介をまじえて会った。あの騒動の後、トラブルの張本人が「与太者みた

いな奴にどなられた上、勝手にフィルムを棄てられた」とぼやいたので、さすがにプツンと切れて「私の注意にそむいて非常識なことをしたからじゃありませんか」と一喝したそうだ。それにしてもよくとりなしてくれました、という感謝の言葉に遥介は「あいつら、俺の空手着に気がついて過剰にびびっただけでしょ」と笑った。その後、あの界隈をぶらついていると、「よぉ、空手マン」と例の刺青の親父やら、見覚えもない女衒《ぜげん》ふうの男に挨拶されるのだという。ゴム草履の日本人、で有名になってしまったのだ。

「領収証くれる?」

勘定をレジに出しながら客が言うので、恭司はわれに返り回想を断ち切った。案の定、宛名はさる大手都銀の名前にしてくれ、だった。割り勘なのに領収証がいるらしい。

「ありがとうございました」

橘と唱和して最後の客を送り出すと、思わず溜め息が出た。時計の針はちょうど九時を指している。マネージャーは首に掛けた手拭いの両端を握って、

「くたびれてるだろうから、もうあがりなよ、山尾君。レジ締めはいいから」

「気を遣ってもらわなくても平気ですよ」

と応え終わると同時に、遠慮がちにドアが開いた。閉店の札に気がつかない客か、と思って断りの文句を吐きかけたが、顔を覗かせているのは美鈴だった。

「もう、あがりでしょ?」

彼女は橋にぺこりと会釈してから、恭司に訊く。彼が返事をするより早く、橋が「はい」と応え、ぽんと恭司の背中を押す。

「明日は十一時から頼むよ」

「すみません。じゃ、お先に失礼します」

洗面所に行く間だけ美鈴を待たせてから、彼は店を出る。あらかたの商店がクローズした広場の人通りは少なく、木枯らしが紙屑を吹き散らしていた。

「どこか行こうか?」

意味のない言葉で話しかける。ケルミスの夜に水島と入ったカフェを頭に浮かべながら言ったのだが、美鈴は首を振った。どこにも行かないとはどういうことだ、と思っていると、彼を見上げて、

「恭司君のとこへ行くか、私んとこへこない?」

何か話があるのだろう。自転車の錠をはずしながら、部屋のちらかり具合は許容範囲だったかな、と考える。美鈴はかなり冷たくなっているであろう両手を体の前で組んで傍らに立ち、返答を待っていた。

「自転車は?」

付近になさそうなので訊くと、

「ないの。昨日、スーパーで買物してる間に盗《と》られて。ぼけっとして、錠をかけ忘れちゃっ

てね」

　それならば美鈴のフラットに行く方がいい、と決まった。夜が更けてから彼女を歩いて帰すわけにはいかない。幸いなことに、彼の今度の愛車には油をさしても消えない音がついているだけでなく、荷台が備わっている。

「美鈴さんとこへ行こう。——乗りなよ」

　彼女が後ろで横座りの姿勢を整えるのを確かめてから、恭司は漕ぎだした。自転車の二人乗りは中学以来。女の子を後ろに乗せたことは、自転車でもバイクでも経験がなかった。アムスの自転車は車道を走らなくてはならないので、慣れない二人乗りで神経を遣う。冷たい風が正面からまともに吹きつけてペダルが重いが、太股に感じる抵抗がむしろ快かった。その太股の筋肉が美鈴を抱え上げて運んでいるかと思うと。

「きついんじゃないの?」

　どんな顔でだか、美鈴が背中で言う。

「全然。軽いもんだよ。翼がついてりゃ、このまま空を飛べる」

　彼女が笑ったのか、白けたのか、知るすべはなかった。

「遥介さんもいるの?」と訊いてみる。

「ううん。あいつはまたアトリエに泊まり込むんだってさ。今度の作品って、兄貴にすれば見え透いたありきたりのものなのに、どうしてあんなに入れ込むのか判らない」

「見え透いてありきたり、は辛辣《しんらつ》だな」

「だってそうだもの。あざといだけでさ」

辛辣だが、前衛の造形芸術については批評眼に自信がないので、逆らうことはしなかった。黙って、これから美鈴と部屋で二人きりになれることを幸運に思う。すると、彼女も呼応するように口を閉ざしてしまい、二人は無言のまま車の流れの間をすり抜け、運河を四本渡った。

薬屋の隣りの抹茶色のフラットに到着するまでの間、一度たりとも地面に足を着かなかったことに、恭司はそっと感嘆した。初詣《はつもうで》で引いたお神籤《みくじ》が大吉だったことほどの値打ちもないが、吉兆のように思えて。

前輪と後輪に錠をかけてから、美鈴とともに階段を上がる。ここにきたのは盆栽クラブの夕べ以来のことだ。ダイニングのコーナーテーブルにはあの時と同じく、栄光の手や麻の葉を連想させる燭台が立っている。

「寒いぐらいだったわね。熱いのを淹れようか」

恭司に希望を尋ねたのではなく、そう言いながら彼女は冷蔵庫からインスタントコーヒーの瓶を取り出し、湯を沸かしだした。

「何か話があるのかい?」

飲み物も出てこないうちから用件を尋ねるなんて不粋なことだ、と思いながら、訊いてしまっていた。別に用があったから会いたかったわけじゃない、という返事を期待するあまり、先走ってしまったのだ。

美鈴は煙草を一服つけ、「まぁ、ね」などと言う。

そこで電話が鳴った。

灰皿を電話の脇に移して、彼女は出る。

「アニタ?」

そのひと言に、恭司はぎくりとした。受話器を手にした美鈴と目が合う。彼女も一瞬驚いたらしいが、落ち着いた声で「あなた、大丈夫?」と問いかけた。アニタがどう応えているのか、もちろん恭司には判らない。ただ、美鈴の表情から会話の内容を推し量るため、彼女の反応を注意深く見つめるだけだ。

「いいわよ。明日にでも会いましょう。全部聞いてあげるから。——ええ、そうね。——そう。——どうして? 何故そんなふうに思うの?——感じるじゃ判らないわよ。何か根拠があるんでしょ? ——ええ。——だからこわいって、何が? 判らない。——でも……うん、仕方がないわね。——ええ、会って聞くわ。その時間なら私一人だし」

美鈴は途中から恭司に背を向けた。表情を読まれないように、という意図はなく、単に自然にそうなっただけなのだろう。煙草を指に挟んでいることさえ忘れて話し込んでいるらしく、灰が床にぽろぽろとこぼれ落ちた。

一分ほどの短い電話だった。

「アニタは元気そうだった?」

美鈴は煙草を消す。

「暗い声をしてた。何かにおびえてるみたいなの。私と会って話をしたがってた」

「おびえてるって、何に?」

「会って言うつもりなのか、話してくれなかった。精神状態が不安定になってるから漠然とした不安なんだろうとは思うんだけど。——自分の身に危険が迫っているとかいうんじゃなくて、凄く悪いことがまだこれから起きそうな気がするらしいの」

嫌な表現だった。足を一度も着かずに自転車でここまできたささやかな幸運など、消し飛んでしまう。

「水島さんが殺されたことよりも悪いことが?」

「そんな言い方はしなかったけど、それに匹敵しかねないことを想像してるのかも」

「自分の身の周りで?」

「水島さんと関わりがあった人たちの間で、と言っていたわ。だから、盆栽クラブのメンバーは含まれるんじゃないの」

つまり恭司も含まれているわけだ。

「明日、学校に行くふりだけして、午前中にここにくるって。その時、遥介はいないんでしょうね、と念を押したわ。内密の相談ってわけよ」

気になった。

「彼女が何に対しておびえてるのか、差し障りがなかったら後で教えて欲しい」

「アニタの了解が得られたら話す。——ああ、もうお湯、沸いてる」

コーヒーはうまかったが、会話ははずまなかった。何故だろう、と考えて、美鈴が自分の問いへの答えを保留したままなのを思い出す。

「それで、美鈴さんは俺に何の話があったんだっけ？」

彼女はカップをそっと置いて、ほっそりした首筋に右手をあてた。西へ向かう列車の音が、静寂の中を横切っていく。

「話がしたかったんじゃない。今夜は一人きりでいるのがやりきれない気がしたの。兄貴がつまらないものをこしらえてるアトリエに行くのも鬱陶しかったから、誰かと一緒にいたくて」

「誰でもよかった？」

「そんなわけないでしょ」

ひがみっぽく聞こえたのなら失敗だった、と恭司は悔いる。

どかどかと足音を響かせて、何人かの男女が階段を上がってくる音がしたので、また会話がしばし中断する。酔っているのか声が不自然に大きく、馬鹿笑いが混じっていた。けたたましい声と足音は部屋の前を通り過ぎて、二つ隣りあたりのドアが開閉するのが聞こえた。それで静けさが戻るかと思いきや、哄笑が小さく聞こえる。たちまち隣室のドアが荒々しく開いて、陰気な詩人がどなり込んでいった。ラジオドラマで喜劇を聴いているようだ。

美鈴は戸棚の抽斗《ひきだし》から何かを出してきた。オルゴールのような小函。蓋を開けると、ジョイントが何本も入っていた。

「やろう。一緒にやってよ」

思いがけない誘いだった。誘いというより、彼女の目は哀願している。何故、と訊くほど愚かなことはなかった。

恭司は黙って立ち、燭台の五本の蠟燭にライターで火を灯した。美鈴は部屋の反対側に歩いていって、明かりを消す。向き直った二人の視線が仄《ほの》暗いダイニングの中央で、触れ合うようにぶつかるのが恭司には判った。

彼は燭台をテーブルまで運ぶ。美鈴はそこからジョイントの火を受けて、一度深くふかしてから差し出す。吸い口の部分に、ごく薄くルージュの跡がついていた。

「君も何かをこわがってる。俺だけが鈍感で判らない不吉な気配に、君もアニタも気づいてる」

「そうよ。こわい。不治の病の宣告が待ってるような、残忍なほど嫌な予感がする」

自分の分に火を点ける彼女の指は、顫えているように見えた。

「それは遥介さんから学んだ予知じゃないだろうね」

「水島さんがああなることを予知できなかったの、と兄貴に訊いたわ。視えなかったんだってさ。役立たずが、平気な顔して言ってた。視えなかったけど、視えてても止められなかったかもしれないとか、なんか、ほざいてた。ふざけてると思わない?」

猛禽《もうきん》が啼くような嬌声《きょうせい》。バタンと開く隣室のドア。詩人の罵声《ばせい》。喜劇は続いている。どこか、よそで。

「ああ、ふざけてるよ」

それを聞いた美鈴はしばらく貝のように口をつぐんだ。悲しみ、憤り、そして何かをひどく後悔しているようだった。

六本吸い終わるまでの間、詩人の部屋のドアは三回開閉したが、そのうち迷惑な騒ぎが続いても反応しなくなった。諦めたのだろう。

「小説の続きはできた?」

けだるげな声になった美鈴が耳許で尋ねる。向かい合っていた彼女と彼は、いつしか肩が触れるように椅子を並べていた。

「読まない方がいい。ひどい出来だから」

素晴らしい出来であったとしても、バラバラ殺人の物語など読ませられないではないか。書いた時点では水島があんな無惨な殺され方をしていたとは知らなかったとはいうものの、自分があれを書きなぐっていたまさにその時、彼が鋸で刻まれていたのかもしれないと思うと、あまりに不快な暗合にやりきれなくなる。

「気持ち、いい？」

これはクスリの効き目についてだろう。

「気持ちいい。頭がふらふらしてる。まだ翔《と》べないけど」

美鈴の頭が魚や鶏に変身《メタモルフォゼ》することもなければ、天使や奇怪な数字が虚空に浮かぶこともなかった。彼女は、水平線の上に昇る汽船の煙のように遠く視える。両手は風船になったように軽く、視野の隅に一瞬で消える幻がいくつもよぎった。ただ、麻痺《まひ》した四肢が心地よい。

――ああ、誰かがそんな歌を歌っていたような気がする。

「愛し合いたい」

美鈴が崩れるように上半身を投げ出してきた。潤《うる》んだ目が、彼をつらそうに見上げる。

「愛し合いたい。すごく、そうしたい」

恭司は彼女に右腕をつかまれ、寝室へと誘《いざな》われた。互いに相手の服をむしり合い、ベッドに倒れ込む。組み伏せられた美鈴は、まるで殺されることを覚悟しているかのごとく、どこか凄絶《せいぜつ》な目をしていた。殺し合うように、二人はもつれた。汗が両目に流れ込み、背中を伝い、彼女の胸にしたたり、恭司はまるで泳いでいるような錯覚にとらわれる。そのうち、溺《おぼ》れているのだ、と思い直した。ドラッグの翼で水を叩きながら。

高く盛り上がった波濤《はとう》が崩れ落ちるように果てる瞬間、彼は、自分が凝縮した生命の塊であることを実感し、彼女とともに産声《うぶごえ》に似た声をあげた。

体の芯《しん》を灼《や》く炎が消えた後。

二人は、渚《なぎさ》に打ち上げられた溺死体《できしたい》のようになって横たわった。

汗で濡《ぬ》れた髪が、額と頬にまとわりつくのがくすぐったかったが、それを搔き上げるのも恭司は億劫《おっくう》でできない。壁際の美鈴の方を見ると、彼女は枕に顔の半分を埋めていた。長い髪は、肩にも幾筋か貼りついている。

彼女が何を考えているのか判らなかったが、その右手がシーツの上を這うのを恭司がとらえると、指をからめてきた。激しく情熱をぶつけ合ったばかりにしては冷たいその指は、言葉を出さないで、と彼をたしなめているかに感じられた。

遠い酔漢の声。

西へ向かう夜行列車の音。

恭司は夢もない泥のような眠りに落ちていく。そして、空が朝焼けに染まるまで、一度も目を覚ますことがなかった。

＊

やがて。

おぼろな朝の光を瞼に感じながら、彼は薄く目を開く。北向きの窓辺に斜めから射す朝日が、壁と床を穏やかに照らしていた。いつもの眺めではない、と一瞬だけ戸惑ってから、美鈴の部屋で一夜を過ごしたことを思い出す。傍らを振り返ると、裸の白い肩をさらして壁を向いた彼女の寝姿があった。

すやすやという寝息が洩れている。彼は、甘い音楽でも聞くかのごとく、しばらくそれに耳を傾けていた。

朝の光を拝もうと思い、そろりとベッドを降りて裸足《はだし》のまま窓辺に歩く。美鈴の安らかな寝息は途切れることなく続いていた。

静かに窓を押し上げて眺めた東の空に太陽はまだ低く、町は静寂に支配されていた。道ゆく人の影もない。ひんやりと冴《さ》えた空気が気持ちよくて、大きく深呼吸をしてみる。

昨夜の出来事を反芻《はんすう》しているうちに、酔って不作法に騒ぐ隣室に何度もどなり込んでいた詩人のことを思い出した。騒ぎがいつ頃まで続いたのか恭司の記憶にはまるでないが、あの神経質なもやし男は何とか睡眠にありつけたのだろうか、と西側の彼の部屋に目を移すと

——

荷物を吊り上げるために軒下から突き出した滑車つきの桁——ハーク。

朝日を浴びたハークの先で、頸をくくった詩人が揺れていた。

11

詩人は飛び去ってしまった。

朝の光をまとって、どこかへ。

美鈴を起こさないように注意しながら警察に電話をしたのだが、気を鎮めるよう努めて受話器に説明をしている間に、外でけたたましい女の悲鳴があがった。通行人があれを目にしたのだろう。電話を終えて部屋に戻ると、美鈴が寝呆《ねぼ》け眼《まなこ》をこすりながら、「今の何？」と訊く。

恭司の説明を聞いた彼女は、ぽつりとこう呟いただけだった。

「また警官に会わなきゃならないわね」

縊死体《いしたい》はどうにも自殺としか考えられない状態だったし、ノイローゼ気味だった生前の彼が「騒がしくされると死にたくなる」を口癖にしていたことを、何人ものフラットの住人が証言したおかげで、恭司と美鈴はただの第一発見者にすぎないと認められた。詩人を死に至らしめる騒擾《そうじょう》を深夜まで繰り広げた隣人たちが、警官から詳しい話を求められることだろう。

二人が事情聴取から解放されたのは、かれこれ九時が近くなってからだった。仕事に出る前にシャワーを浴びるぐらいはできそうだ。

「帰るよ」

彼はリュックを手にする。美鈴は髪を束ね直しながらキッチンに立って、

「何か食べていきなさいよ」

「腹がへってない。それに、アニタがくるんだろ」

「まだこないんじゃない。それに、内密の相談にくるんだとしても、あなたと顔を合わせるぐらいは平気でしょ」

「嫌がるかもしれない」

「ここで朝食を食べてるのをアニタに見られたくないの?」

引き留められて去りがたい気持ちになり、恭司は荷物を椅子に置いた。

「コーヒーだけもらうよ」

美鈴は新しいカップを食器棚から出す。ダイニングのテーブルの燭台では、五本の蠟燭がすべて溶けて、蠟涙の塊と化していた。触ってみると、燃焼の残滓《ざんし》は冷えて堅くなっている。やるせないような手触りだった。

湯が沸くまでの間に、昨夜と同じように電話が鳴った。アニタからか、と思ったが、違った。美鈴は素早く送話口から唇を離して、「警察」と言う。

自殺した詩人の件ならばまだ二つ隣りの部屋に刑事たちがいるので、水島の事件についてだろう。捜査に進展があったのかもしれない。

「『ブルームーン』？　いいえ、知りません」

何ごとかに彼女はきっぱりと答える。相手がさらに一つ二つ問うのにも、知らない、を繰り返していた。

「思い当たることがあればご連絡します。兄にも訊いておきますから。では——」

通話を終えた美鈴に「何だった？」と尋ねた。彼女は右の頬を掻きながら、

「アトリエにきたスタフォルストって警部。水島さんに関して、『ブルームーン』という言葉を聞いたことはないか、という質問だけをしにかけてきた。そんな名前のコーヒーショップがシンゲル運河にあるらしいけど、それについて彼から聞いたことはないか、とか、そんなふうに呼ばれていた人間に心当たりはないか、とか」

「どうしてそんなことを訊いてきたんだろう」

「水島さんの所持品から、ブルームーンだの土曜日の九時だの書いたメモが見つかったんだそうよ」

彼女は興味なさそうに言い、コーヒーを淹れた。興味がないのではなく、朝から続けて死の匂いを嗅がされて気分が沈んだのかもしれない。

「いつか、晴れた日に遠出してみないか。電車で国境を越えて、ブリュッセルかブリュージュにでも」

美鈴はコーヒーにちょっと口をつけて、カップを置いた。

「水島さんとアニタと三人で、ブリュージュに日帰りで行ったことがあるわ。レンタカーを借りて」

彼に先を越されていたのか、と残念に思うとともに、三角関係の三人がそれと知らず車に詰め込まれている様子を想像して落ち着かない気分になる。

「ブリュージュはよかった?」

楽しかったか、ではなく、そんな訊き方になった。

「静謐《せいひつ》で美しい中世そのままの古都。運河と橋の町、ブリュージュ。——行ってみたら、観光客がうじゃうじゃぞろぞろ歩いてたわ。いわばヨーロッパの京都だから日本人もいっぱい。いかにも日本人が好きそうな町だもんね。鐘楼《しょうろう》のあるマルクト広場の真ん中なんて、駐車場になってるんだから、ローデンバッハの小説にあった死の都の面影を探しに行くと失望するわよ」

町に八つ当たりをしているような口調だった。その日帰り旅行で不愉快なことでもあったのだろうか、と思うほど。

階段を誰かが上ってきて、ドアがノックされる。アニタだった。生意気で快活ないつもの彼女とは違い、心に喪服をまとっているようではあったが、それでも花が咲いたような可憐《かれん》さで戸口が華やぐ。縊死体の残像と比べて、のことかもしれない。

「表に警察の車が駐まってるけど……」

恭司がいることを不審がるより、まずそちらが気になるらしかった。

「ちょっと事故があったのよ」美鈴は曖昧にごまかして「コーヒー、あるわよ」

「恭司も何か用があってきたの？」

コートを掛け、アニタは彼の向かいの椅子に座りながら、目を見て尋ねてくる。やはりごまかすしかないだろう。

「近くを通ったんで、カフェがわりに休憩に寄っただけだよ」

「彼、昨日の夜、泊まっていったのよ」

嘘を許さず、美鈴が背中を向けたまま さらりと言った。暴露されて狼狽するほどのことでもないものの、恭司には不必要で不自然な告白ではある。アニタが「へぇ」と涼しい顔で聞き流してくれたのも、おそらく彼と同じように感じたからだろう。

「俺は失礼するよ。コーヒー、ごちそうさま」

邪魔にならないようにと考えているのに、アニタが制する。

「私がきたからって、慌てて帰らなくてもいいでしょう。久しぶりなんだし」

「十日ぶりぐらいだけどね。――ここ数日はつらい日々だった」

アニタは何も応えなかった。出されたコーヒーにも口をつけず、深い井戸の底を覗くような遠い目で、湯気が立ち昇るカップを見下ろしていた。やがて、恭司の顔を見ずにそのままの姿勢で、

「昨日、ロンに会ったでしょ?」

「会ったよ」

「彼に何か変わったところ、なかった?」

質問の意味が判らなかった。水島の死に傷つき、微熱を出したと聞いてアニタ自身を案じてはいたが、ロンの様子など気に留めていなかった。

「いいや」

「ふだんと同じで、何を考えているのか判らなかったのね。恭司は、いつかそう言ってたもの」

美鈴が焦《じ》れた。

「何が言いたいの、アニタ?」

返事がない。彼女が抱えている心配ごとというのは、もしかしたら兄に関することなのではないか? 恭司はそう思ったが、迂闊《うかつ》にしゃべって、美鈴との電話の内容を承知していることをばらしたくない。

「やっぱり俺は帰ろう。アニタは君と話がしたくてきたんだから」

美鈴に日本語で言って立ったのだが、再びアニタに止められた。

「待って。恭司にも聞いてもらった方がいいような気がしてきた。あなたはとても頭がいい男性だから」

「だそうよ。座ったら」

美鈴の言葉に、彼はすとんと椅子に腰を落とした。立ったり座ったり、優柔不断の見本のようで恥ずかしくなる。

「あなたは、こわい、と電話で言った。得体が知れない不安感だって言うけど、見当がついてるから悩んでるんじゃないの？　それを私に聞いてもらうために、わざわざ教科書の入った鞄を提げてきたんでしょ。聞かせてちょうだい」

美鈴は煙草をくわえて、穏やかに言った。アニタは覚悟を決めたように話しだす。

「自分が何をこわがっているのか、本当に判らない。ただ、ロンのことなのは確か。彼は様子が変なの。智樹の遺体が見つかってから、私の様子を見るためだか、うちにきたんだけど、つべこべ言わず妙に態度が優しい。それだけなら妹をいたわっているだけだろう、と言う？　でも、どこか違う。よそよそしく、優しい。よそよそしくて、私の何かにおびえているみたい。すごく距離を感じるの。こんなことは、これまでになかった。ロンと私は、決してヘンゼルとグレーテルみたいによい子で仲よしじゃなかったけど、お互いのことを理解し合った兄妹だったのに」

具体的な話がないので、どうにも応えようがない。本人が胸を痛めていることしか伝わらない。

「君は水島が好きだったんだろ？」と訊く。

アニタは、はっきりと頷いた。

「一方的に好きだっただけみたいだけど」

「ロンはそのことを知っていて、君をいたわったのか？」

「そうかもしれない」

「水島から、電話はあったかい？」

彼女は目を閉じて首を振った。恭司は、あるはずのない責任が自分にあるような気がして苦々しかった。

アニタは「ねぇ」と二人に呼びかける。

「『これでよかった』って、何のことだと思う？」

恭司は「え？」と訊き返した。

「言ったのよ。『これでよかった』って。ロンがぼそりと洩らしたの。智樹が死んでよかった、ということなんでしょ」

まさか、と二人は即座に否定した。

「あなた、ロンに確かめた？」

美鈴の問いに、激しく首を振る。

「訊けなかった。リビングに入っていった時、経済ニュースがついたテレビを向いたままのロンが呟くのを聞いただけだから、智樹とは関係ない、と言い逃れられるのに決まってた。

訊かずに、私は洗面所に走って、吐いた。悪寒で顫えた。そんな私の耳許で、『これでよかった』とロンがまた囁《ささや》いたような錯覚がして、泣いた。一体、これはどういうことなの？」

恭司にも不可解だった。ロンが水島の死を喜ぶ理由など、まるで思い当たらない。アニタがあらぬ妄想をして取り乱しているだけだ、と考えるのが妥当なのだろう。しかし、気のせいだよ、をうまく言うのも難しい。

「多分、あなたの気のせいじゃない。ロンについては、何もおかしなものを感じなかったわよ」

美鈴は煙草を持った手で、落ちてくる前髪を払う。

「気のせいよ、きっと。私は、うちの兄貴が変だと思ってる。それもこれも気のせいなのよ」

聞き捨てならない発言だった。恭司は、はっとして顔を上げ、アニタはぼんやりと美鈴を見返した。

「遥介さんがおかしいって、どういうことだ？」

「水島さんの事件があってから、やっぱり変なのよ。懸案が片づいて肩の荷が降りた、というように……」

「懸案だって？」

「それは譬《たと》えよ」

さすがに、まともに受け取られては困るとばかりに彼女は言い添えた。

「君たちは」

日本語で言いかけて、恭司は英語に切り換える。

「君たちは一体どうなってるんだ？　水島の事件にそれぞれの兄貴たちが関わっているとでも言ってるみたいだ。それも、ろくに根拠もなく。そりゃ、君たち二人の兄貴と水島は、あまり合わないタイプだろう。だからといって、まさか共謀して彼を殺した、なんて言うんじゃないだろうね。ほら、他人の俺の口からそんな言葉が出たら、いかにも馬鹿げているのがよく判るだろう？　二人には水島を殺す動機なんてない。おまけにアリバイだってあるんだから――」

一気にまくしたてた恭司は、自分の発言のどこかにひっかかりを覚えた。何だろう、と考えて、最後のあたりだと気づく。

アリバイだってある。

そのアリバイの証人とは誰か？　かく言う自分だ。しかし、少し様子が変なのではないか？

恭司は、水島を殺害したのはドラッグで理性をなくした自分自身ではないか、とちらりと想像したことがある。そんなことは絶対にありえない、と確信できたのは、ドラッグで現実から遊離していた自分のアリバイを遥介とロンが保証してくれているからだった。あの夜の八時から夜半まで、三人で『ウマグマ』にいた、という証言がある。

ところが今、その逆のことを恭司はしゃべった。遥介とロンのアリバイは自分が証言できる、と。アリバイというものは相互に証明し合えるものなのだから、別段おかしくもないはずなのに、妙な感じがした。するりと立場が入れ換わっている。まるで——詐欺にあったようだ。

そんな違和感に気づいたはずもないアニタは、跳ね上がった髪の先をいじりながら訴える。

「遥介はいいでしょう。真夜中まで恭司たちと一緒で、その後はアトリエにいたことをみんなが知っているんだから。でも、ロンは一人きりだったのよ。二人が帰ると、後片づけをしてからも、ずっと店にいたって話しているんだもの、彼が何をしていたか誰にも判らない」

「そんなことを言うんなら、君は俺のことも疑わなくっちゃいけない。遥介さんと違って周りに迷惑なことは慎む人間だから、一人で部屋にいたなんていうのは俺自身しか証人がいない。俺よりロンを信じる方がはるかにやさしいことだろ？　君は俺にもある程度の信頼は抱いてくれてるだろうけど、所詮《しょせん》は赤の他人の不法滞在外国人だ。インドだのトルコだのを経て流れてきた『さまよえるオランダ人』……じゃなくて『さまよえる日本人』か。どんな隠れた顔を持ってるかなんか判ったもんじゃないからな」

饒舌《じょうぜつ》になってるのを自覚した。舌は、漠然とした不安に対抗するために道具になる。

「私だって、本気で兄貴を疑ってるわけじゃないよ。あんなことをする理由もないんだから」

アニタはまだ混乱しているようだったが、話しぶりは落ち着きを回復してきていた。もう少し時間がたてばすむことなのだろう。それまで話に耳を傾けて、付き添ってやればいいのだ。

美鈴と目を合わす。彼女は、さっきはおかしなことを口走ったけど忘れてね、とでも言うように、少しバツが悪そうな笑みを浮かべていた。それでいい。

後は疑似姉妹の二人で話すのがいいだろう。出勤前にシャワーを浴びる余裕が欲しい恭司は、今度こそ帰るために席を立つ。

「近いうちにまた会いたいわ」

リュックを背負う彼に、アニタが言った。

「いつでも会えるよ。ただし、放課後にした方がいいな」

彼女は素直に頷いた。

「ところで」美鈴がアニタに「『ブルームーン』って聞いたことがある?」

「うん、ある。えーと、どこで誰から聞いたんだっけ」

恭司はドアに向かいかけて足を止めた。

「あ、そうだ。ロンが誰かに電話してる時に言ってたんだ。『ブルームーン』がどういうものかは知らないけれど、――ねぇ、何なの、それ?」

彼はさりげなく振り返った。美鈴がどう応じるのかと注目すると、彼女はつまらなさそうに新しい煙草に火を点けながら、

「私もよく知らない。アトリエに出入りしてる中国人の子が、面白いところだって話してるのを聞いただけ。今度、その子に訊くからいいわ。――コーヒー、もっと飲みなさいよ」

アニタが「うん」と答える。美鈴のでまかせを疑うそぶりもなかった。

「じゃあ、また」

軽く手を振って、部屋を出た。ドアが閉まる直前に見た美鈴の表情からは、深い困惑が読み取れた。

どう解釈すればいいのだろう？

狭い階段を下りながら、彼は考え込む。

水島の所持していたメモには、『ブルームーン』とともに土曜日や九時という言葉も記されていた。そして、ロンは誰かへの電話で『ブルームーン』を口にしていた。関連づけずにはおられないだろう。ロンの電話の相手が水島だった可能性はある。何の用があって彼が水島に電話をしたのかはよく判らないが。

『ブルームーン』とは、シンゲル運河に浮かんだコーヒーショップだという。『ウマグマ』のような店なのだろう。水島はそこに行っていたのか？　水島も自分も、同じ時刻に同じような場所にいたのか？　――いや、おそらく違うだろう。もし、土曜のその時刻に水島が『ブルームーン』という店を訪れていたのなら、刑事が『ブルームーン』に心当たりはないか、などという質問を美鈴にする必要がない。そのコーヒーショップの名前を書いたメモを持っていながら、水島はその店に現われていないのだ。だから、それが別の何かを指しているのでは、と迷っているのだろう。

しかし、ロンがその言葉を口にしたとなると、やはり『ブルームーン』はシンゲル運河の店のことなのではないか？　同じハウスボートのコーヒーショップであれば、同業のロンとつながりがあってもおかしくない。

恭司は腕時計を見た。九時四十分。シャワーや着替えを諦めれば、これから『ウマグマ』に寄ってロンに会うこともできる。行こうと決めたら、途中から階段を下りるのも早足になった。

派手に車輪を軋ませながら、彼は市街を横断するため急ぐ。二人乗りは不慣れだったが、ぶっ飛ばすのはいたって得意だった。人と車の間をすり抜け、いくつもの橋を渡って運河を越える。切妻屋根の町並みが、ぐんぐん後ろに飛び去っていった。

ムント広場をかすめて、土曜の夜と同じコースをとる。遥介が走ったのが最短コースだったかどうか疑問に感じもするのだが、下手な見当をつけてそれがはずれたら、大幅な時間のロスを悔やまなくてはならない。広場から放射状に通りが伸びるというヨーロッパ風の街に慣れたつもりでいて、ひどい勘違いをし迷子になったことが少し前にもあったことだし。

遥介と同じコースをたどったはずなのに、それでも迷った。左手には似たような切妻の家並みが連なり、右手の運河の対岸には公園の黄色く染まった楡の木立ちが単調に続いているのもさることながら、朝と夜で街の容貌《ようぼう》がまるで変わっているせいであろう。

本当にどこまで走っても代わり映えのしない家並みだ。三角、段状、釣鐘。少しずつ形を違えた切妻が隙間もなく並んでいる。そして、その一番高い窓の上には、あの滑車つきの桁。

――ハーク。ハーク。ハーク。

何十というハークが行く手に突き出している。そのすべてに、痩《や》せた詩人の亡骸《なきがら》がぶら下がっている幻が視えた。

――詩人。詩人。詩人。

あっけなく飛び去っていった男の顔は、記憶に霧がかかってどうしても思い出せない。ぶら下がって揺れているシルエットだけが脳裏に焼きついてしまったからなのか。不吉な幻影だ。

ハークから目をそむけ、運河に顔を向ける。鈍色《にびいろ》の川面は枯葉を浮かべたまま、ゆったりとアムステル川へ流れていた。

枯葉と、切断された腕を、脚を、胴を、水島の頭を浮かべたまま。運河が屍《しかばね》を運んでいく。腕が、脚が、胴が、頭があちらからこちらから流れてきて、海を目指す。死臭を水に溶かしながら、海へと。

――腕が。脚が。胴が。頭が。よせ。

もうたくさんだ。
アムステルダムよ、さらばだ。『さまよえる日本人』どころか、ただの貧乏旅行者が長居をしすぎてしまったのだ。明日にでも荷物をまとめて、さっさとどこかに発ちたくなった。できることなら、遥介がハンマーとガスバーナーで『見え透いた』芸術作品の創造に没頭している間に、美鈴をかっさらって国境をいくつも越えて逃げたかった。彼女の意志などどこかで落ち着いてから確かめればいい。山賊のようにさらうのだ。妹と同じ屋根の下で暮らして、弁当をせがむ兄貴なんてうっちゃればいいし、彼女の心を奪い合う水島はいない。

――水島はいない。

彼の死に背を向けられない。
今、逃げ出すわけにはいかない、か。恭司は正気を取り戻すために奥歯を嚙みしめた。ようやく見覚えのあるペインティングをほどこしたハウスボートを見つけた時には、十時半が近かった。これではろくに話もせず引き揚げても、職場へは遅刻してしまう。出直した方がいいようにも思ったが、ここまできてUターンするのもいかにも馬鹿らしいし、何より『ブルームーン』とロンの関係が気になってならない。心優しい橋に申し訳ないが、少々の遅刻は覚悟して、彼は橋を渡っていた。

時間が早すぎるかもしれない。

ボートのすぐ手前まできたところで、初めて思い至った。『ウマグマ』の開店時間が何時か覚えていないが、昨日も臨時休業した不真面目なオーナーの店だ。十時にオープンということはないだろう。とんでもない無駄足だったか、と嘆息しながらも、念のために様子を見てみることにした。

案の定、クローズの札が出ている。そこには、営業時間が十三時から二十二時まで、と小さな字であった。商売熱心でないロンの店なら、そんなものだろう。

どうして店ではなく、彼が暮らしているボートに向かわなかったのか、と自分の迂闊さを詰《なじ》った。ここから十分もあれば行けるところなのだろうが、道順がよく判らない。これからそちらに向かったりすれば、出勤が正午の繁忙の時間に間に合わなくなることは必至だ。

「ドジもいいとこだな」

声に出して、忌々《いまいま》しいクローズの札をにらんだ時、閉じた窓のカーテンがゆらいだように見えた。もしかして、土曜の夜のようにロンが泊まり込んででもいるのか、と思った恭司は渡り板を渡って、ドアを軽くノックしてみた。

静かだ。ノックの音が、遅い秋の空にまで響くようだ。

返事はなかった。カーテンが動いたのは錯覚なのかもしれない。そう思いながらも、ボートのデッキをぐるりと一周してみることにした。カーテンの隙間から中の様子を覗いて、誰もいなければ気がすむ。

反対側に回って、順に窓に鼻を押しつけていく。土曜にきた時と同じく、客のいない店内は寒々しくがらんとしていた。主の姿もない。

ここで派手にトビまくり、あの床や壁が奇怪に歪んだりしたんだな、と思いながら、なおもデッキを時計回りに巡っているうちに、細く開いた窓があるのを見つけた。うっかり閉め忘れたのだろう。多分、ここから吹き込んだ隙間風がカーテンをそよがせたのだ。現金はないにしても、大切な商品やオーディオ類が盗難にあえばそこそこの損失になる。物騒だから中から錠をかけてやろうか、と本気で考えて、苦笑した。そんなことをしたら、自分が出られなくなってしまうではないか。どうかしてる。

恭司はせめて窓をぴたりと閉めておこう、として、ふと思い留まった。ボートの内部を覗き見ているうちにぼんやりとした違和感を抱いたのか、単に悪戯心と好奇心がうずいただけなのか、後になって振り返っても定かではない。ただ、何となく思ったのだ。——中に入ってみたい、と。

彼はいったん閉めかけた窓をいっぱいに開き、窓枠に右足を掛けた。対岸の通行人に空き巣と間違われて警察に通報されては、と背後をちらりと見たが、去っていく人影が二つ三つあるだけだった。今がチャンスだ。

素早くボートの中に飛び降り、窓を閉じてカーテンを引いた。ロンがやってきたら不法侵入の言い訳がいるな、と思ったが、まずはやってこないだろうし、その時はその時だ。

忍者の真似をして入り込んだものの、目的があるわけではない。カウンターの内部や、商品を貯蔵したその裏手の小部屋を覗いてみたりする。操舵《そうだ》室にも首を突っ込んでみたが、そこはもはや、がらくたを詰めた段ボール箱の置場になっていた。舵《かじ》などありはしない。

そろそろ引き返した方がいいのだが、随分と飛ばしてきたので、椅子に掛けてひと休みがしたくなった。土曜の夜、盛大にトリップした記念の席に腰を下ろす。尻の下の感触に覚えがあった。幻覚の海の浅瀬で笑いながらもがいた夜の椅子。人生観が一変することもなかったが、人間の感覚の不確かさを思い知らされた体験だった。目に映るもの、耳に聞こえるものなど、いともたやすく変容してしまうことが判った。

マリファナ博士の久能が、オルダス・ハクスリーの『知覚の扉』の一節を暗唱してみせたことがあった。四百ミリグラムのメスカリンがもたらした超越的体験。曰《いわ》く。

——一本の薔薇は薔薇であり薔薇である。だがこの椅子の脚は椅子の脚であり聖ミカエルと全天使群であった。

実感をもって理解できる。すべてがすべてになりうるのだ。人間が見たり聞いたりしているつもりになっているものは、実体が地上に投げる影にしかすぎないのかもしれないのだから。

薔薇は薔薇であり薔薇である、とは限らない。それは屍の腕であり、脚であり、胴であり、頭でも——

肉色の花弁をもつ大輪の薔薇が脳裏に浮かんで、恭司は胸が悪くなった。

帰ろう。

立つ前に、心持ちずれているテーブルクロスの片端をひっぱって中心を合わせようとする。そんな何でもない動作が、彼にあることを気づかせることになった。

エッシャーの絵をデザインしたクロスは、テーブルのサイズに比して小さく、四隅には掛かっていない。彼の目が右手前の角にふと留まった。合点がいかず、視線はそのまま釘づけになる。

他の三つの角をあらためる。合点がいかない。

「何故だ?」

彼は椅子を鳴らして立ち上がり、店中のテーブルのすべての角を調べて回った。あるはずのものを求めて。しかし、それはどこにも見いだせなかった。

何故だ、どうしてないのだ?

思い違いをしているのではないかと考えたが、やはり納得がいかない。呑み込みかけたものが喉の奥で詰まってしまったような不快感があるばかりだった。

答えが知りたい。しかし、時間がない。彼はとりあえず一時間の遅刻を橘に乞うため、カウンターの電話を借りることにした。テレホンカード式でないので無断借用になるが、やむをえない。

「大丈夫かい？　つらかったら休みにしてもいいよ。今日は人手が足りてるから」

風邪で頭痛がする、というお粗末な理由を信じたマネージャーは、優しかった。ふだんから気を遣ってもらっている上に嘘までついて心苦しかったが、甘えついでに「じゃ、申し訳ありませんけど」と休ませてもらうことにした。

置いた受話器をすぐに取り、番号案内にダイアルして、久能の会社の番号を訊いた。マリファナ博士の職場に電話をするのは初めてのことだ。同姓が何人もいないだろうに、オペレーターに「セールス・マネージャーの久能ですか？」と訊き返された時には焦れて、「健太郎です」と呼び捨てにしていた。

「どうしたんです、山尾さん。何かあったんですか？」

久能はまずそう尋ねてきた。ろくなことではないだろうな、という心配が声から伝わってくる。

「お仕事中にすみません。教えて欲しいことがあるんです。——昨日、ロンのボートでみんなが集まった時、俺が土曜日にトビまくったって話したでしょう？」

「ええ。それが……どうしました？」

「シンセミアだのハッシッシだの色々やったんですが、マリファナってあんなもんなんですか？」

勤務中にいきなり電話をしてきて何という質問だ、と面食らっただろうに、彼はわけを訊かない。

「うーん、そう訊かれてもねぇ。他の品と違って、アレの使用感は人によって実に様々なんですよ。それがアレのユニークなところなんですけどね。だから、あんなもんもこんなもんもありませんよ。それに、お話を聞いただけでは」

さすがに言葉をぼかして、ドラッグの話をしていることを周囲に悟られないようにしている。内心、えらい迷惑だ、と憤慨しているかもしれない。

「オフィスで答えにくいことを尋ねて、申し訳ありません」

「いや、かまいませんよ。ただぁ……ただですねぇ……よし。部長が出ていったから日本語の判る人間はいなくなったぞ。もう何でもありだ」がらりと口調が変わった。「山尾さん、あなたはあの夜、色んな幻覚を視たんでしたね。どんなものだったのか、詳しく話してください」

診たてるためには、情報が不足しているらしい。恭司は通り過ぎていった幻覚、幻聴のたぐいを思い出して、ありのままを順に話した。やがて久能は、

「さっきも言いましたが、クスリの反応には個人差が大きいし、その時のコンディションにも左右されるから断定的に語ることはできません。でも、あなたがやったのはまるで幻覚剤

というか、精神展開薬みたいですね。アシッドみたいなサイケデリックス」

　さすがに最後のところでは声が落ちた。

「アシッドって、何でしたっけ？」

「エルですよ。LSD。覚醒剤と同じく、ロンの店にあってはまずいクスリですけどね。どうもそれっぽいなぁ。——彼や遥介さんはそう言わなかったんでしょ？」

「ひと言も」

　新宿や六本木で遊んでいて、ペーパーアシッドという言葉を聞いたのを思い出した。小指の爪の半分ほどの紙片をディスコのトイレで得意げに取り出したアマチュアバンドのギタリストは、「LSDが染み込ませてあるんだ。こいつをさ、舌の下に挟んでさ」と口にほうり込んでみせた。あんなものはロンに供されていない。

「でも……アシッドは粘膜から吸収されるんですか？」

「ええ。なめる、嚙む、しゃぶる、なんでもありですよ。食べても効くし無害です。——いや、僕は幻覚剤なんてハードなものは趣味じゃありませんから、ほんのわずかな経験しかありませんよ」

　恭司は件《くだん》のギタリストの様子を思い浮かべながら、

「服用しても、すぐには効きませんよね」

「一、二時間かかるみたいですよ」

久能が、どういうことなんだ、という質問を割り込ませたくてうずうずしているのが判る。判っていながら、今はそれを許したくない。

「『ブルームーン』というコーヒーショップはご存じですか?」

「いや、知りません。ねぇ、山尾さん、あなたは――」

「五ヵ月もアムスに住んでいて判らないことを訊きます。ハウスボートって、動くんですか?」

「動くものもありますし、動かないものもあります。何年かに一度は船底の防腐剤を塗り直さなくてはなりませんから、いずれにしても動かさなくてはなりませんけどね。船としての機能がなくなっているハウスボートは、曳航《えいこう》してもらうんですよ」

初耳だった。

「でも、電気、ガス、水道、電話がつながってるじゃありませんか。みんなはずして動かすんですか?」

「そんなもの、はは」久能は笑った。「オランダ人にかかれば、素人でもすぐにつないだりはずしたりできますよ。この国の男たちは、日曜大工で家の増築なんてのが平気なんですから」

「お仕事の邪魔してすみませんでした。詳しいことはあらためて話します」

あ、と相手が何か言いかけるのにかまわず、恭司は非礼を承知で受話器を置いた。そして、すぐにまた番号案内を呼び出す。

「シンゲル運河の『ブルームーン』というコーヒーショップの番号を」

12

ビルに入ったところで、恭司はぎくりとして足を止めた。その不自然な動きがかえって行く手にいる男たちの注意を引く結果になってしまった。

「あなたは山尾さんでしたね」

振り向いたプラチナブロンドは、遥介に偉そうな名前と言われたスタフォルスト警部だ。相棒のプロレスラーもどきがノーナッカー。二人の刑事に、北欧人のアーチストが挟まれていた。

「ちょうどよかった。少しお話を伺えますか。――ああ、あなたはもう結構です。ありがとう」

ゾディアックは「どういたしまして」と応え、適当に相手してやりな、というふうな目配せを恭司に投げて、エレベーターの方に歩いていった。刑事たちから、土曜日の夜の遥介のアリバイについて確認をとられていたのだろう。

「話すことなんてありませんよ」

「おい、質問を聞く前からそんな態度はないだろう。オランダの警察は優しすぎるか？」

むっとしたらしいノーナッカーを警部が宥《なだ》める。彼の質問とやらは、予想どおりのものだった。『ブルームーン』を知っているか？

「知っています。ここへくる時に見かけましたからね。ドラッグの店でしょう？」

「コーヒーショップって言うんだ」

恭司はノーナッカーに視線をぶつけた。

「それも知っています。とぼけてて、嫌いな呼び名だ」

巨漢刑事はぎょろりと目を剝《む》いた。口のきき方が気に入らないのだろう。警部はあくまでも穏やかに訊いてくる。

「入ったことは？」

「いいえ」

「水島さんが『ブルームーン』という店名を口にするのを聞いたことはありませんか？」

「一度もありません」

「事件について、何か思い当たったことはその後——」

「ありません。もういいですか？　用があってきたものですから」

「正木遥介さんに？」

「プライベートなことです」

ノーナッカーは額の古傷を撫でながら、犬のように低くうなった。

「急いでいるところを失礼しました。では、行ってください」

二人の脇をすり抜けたところで、「山尾さん」と背後からスタフォルストに止められる。声がホールに反響した。

「私たちに無断でこの街を出ることはやめてくださいよ、事件が解決するまでは」

「オーケー」と答え、肩越しに笑顔をプレゼントした。そして、彼らには通じない遥介のもの真似を日本語でつけ加えた。

「うるさいやっちゃな。判っとるわい」

警部は彼につられて微笑した。

廊下にはみだした作品は、この前にきた時よりも一段と長さを増し、ところどころでねじれたりとぐろを巻きながらエレベーター付近にまで先端を伸ばしていた。ビニール紐、電気コード、ピアノ線、磁気テープ、ゴムホース、鎖、その他諸々でできた怪物の尻尾。それを踏まないよう注意しながら、恭司はアトリエの戸口にたどり着く。遥介は冷たそうな床に座り込み、窓の脇の壁に寄りかかっていた。深い思索の中にあったかのような目をしている。

「よう。こんな時間にどうしたんや？」

どう声をかけようかと恭司が考えているうちに、向こうが訪問者に気づいた。

「突然に押しかけてすみません。どうしても遥介さんに訊かなくっちゃならないことができたもんだから」

彼はアーチストの二メートルほど手前まで進んで、両膝を突いた。心持ち相手を見下ろす目の高さになる。

「水島が殺された事件について、お話ししたいことがあります。俺が訊くことに答えてくれますか?」

警戒されるだろうか、と思ったのに、遥介は落ち着いたものだった。岩のように、どっしりと腰を据えて。

「話してみいや」

恭司は急に喉の渇きを覚えた。

「今、階下《した》で刑事と会いました。ゾディアックに何か訊いてたみたいですけど、ここにもきたんじゃないですか? で、『ブルームーン』という言葉を聞いてピンとこないか、なんて質問を彼らはしたはずです」

「した」と遥介は頷く。「みんなに訊いて回ってるらしいな」

「まだアニタには尋ねていないようですけどね。彼女は訊かれたら『はい』と答えますよ。ロンが誰かと電話で話している時に耳にした、と。――ドラッグをやらせるハウスボートの店名なんでしょう?」

遥介は無言のまま髭をひと撫でした。今度はいくらか動揺をしたふうだ。ということは、自分の想像はあながち的はずれでもないのかもしれない、と恭司は初めて実感した。うれしくもない。

「俺はここにくる前に『ブルームーン』に寄ってきました。ちょうど『ウマグマ』ぐらいのボートでしたよ。外見もよく似てて、ペインティングを変えれば二つが入れ換わっても気がつかないぐらいだ。ぼんやりと灯った街灯の下に浮かんでいるのを、ほろ酔いかげんでいる時に見たとしたら、そして、誰かに案内されたんだとしたら、なおさら取り違えかねない。まぁ、ごくありふれたタイプのボートだからでしょうけれどね」

遥介はどんな表情を作るべきか迷っているように見受けられた。そんな彼を見るのは初めてのことだった。うれしくも、面白くもない。

「『ブルームーン』の客になって、マスターに話を聞きました。刑事たちが昨日やってきて、水島が土曜の九時頃にこなかったか、と尋ねていったそうです。彼の遺品にそんなメモが遺っていたので、聞き込みにきたんですね。水島は『ブルームーン』に二度ばかりきたことがあるけれど事件の夜にはこなかった、というのがマスターの答えでした。そういう状況だから、メモにあった『ブルームーン』とは何を意味しているのか、と警察は悩んでいるんです。遥介さんには判りますか？」

「いや」

乾いた声だった。

「俺にも判りません。でも、刑事がまごついて、『そんな名前の人間も知らないか?』と尋ねてくるところをみると、『ブルームーン』なんて店はアムスに他にないんでしょうね。いや、ないんですよ。少なくとも、電話番号案内に問い合わせたら該当するものはなかった。とすると、水島はどこに行こうとしていたのか、ロンに訊くのが一番てっとり早いということになりますね」

「待て。ロンと水島が土曜の夜に会う約束をしてたとは限らんやろう。『ブルームーン』がどうたらいう電話をロンがかけてた相手が誰なんかは判ってないんやから」

それはそうだ。だが——

「遥介さんは、まるでロンの代理で弁明をしてるみたいだ」

「そうか? ——ところで、君がそう考えてるんやったら、どうして階下でスタフォルスト警部にアドバイスをしてやれへんかったんや? せっかくのチャンスやったのに」

「絶望的に深刻な事態になってしまっているのかもしれない、と不安だから告げ口しなかったんです。できなかった。まず遥介さんに確かめなくては、と思った。だって、ロンが事件に関与しているとしたら、遥介さんも無関係なはずはないんだから」

「どうして?」

恭司はぺたんと腰を落として、視線の高さを相手に合わせた。

「土曜日に俺が行った店は本当に『ウマグマ』なんですか? 違うと思う。違うんだとしたら、そこに俺を連れていった遥介さんは嘘をついてたことになる」

「あそこは『ウマグマ』や。疑うんやったら、これからもういっぺん案内してもええぞ」

「その必要はありません。迷いながらさっき行ってきました。ええ、『ウマグマ』って店はありましたよ。不用心なことに窓が開いてたから、中に入らせてもらいもしました。土曜日にごちそうになった店のようでしたよ。でも、非常によく似た……そっくりにしつらえられた別のボートかもしれない、という疑いを持っています」

「そっくりにしつらえられたって、瓜二つの別のボートやったて言うつもりか？」

「そうです。前を行く遥介さんについて自転車を漕いでたほろ酔いの俺には、あのボートが土曜の夜と今と全く同じ位置に係留されているのかどうか、判らない。あのボートはぽつんと一隻だけ離れていた。本来あるボートの手前に瓜二つの偽物が浮かんでいて、俺はそっちに乗り込んだのかもしれないでしょう」

「アホらしい」

遥介は片頬を歪めて嗤った。

「俺を酔わせたのは遥介さんだ」

突き放すように言うと、彼は少しむっとなったようだ。

「おいおい。君が勝手にがぶがぶビールを飲んだだけやろう。冷静になれや。双子のボートやなんて妄想をいつからどうして抱くようになったんや？」

「双子のボートが存在するのかしないのかは、まるで確証がありません。ただ、俺がへろへろになったボートと、今あそこに『ウマグマ』とペインティングされて浮かんでるボートとは同じものじゃない。それには根拠があるんです。さっき俺は『ウマグマ』の中に入ってきた、と言いましたよね。入ってみたら、俺が土曜の夜に座ったテーブルがなかった」

「どういうことや?」

　問い返す語気に鋭さがあった。

「どのテーブルについたかぐらいはしっかり覚えていました。そこに座って少し考えごとをしているうちに、あの夜、テーブルの隅に爪で書いた悪戯書きがないことに気がついたんだ。意味のない落書きなんですけどね」

——$1\frac{1}{6}$

「テーブルが移動したのかと思って店中のを調べたけど、どこにもなかった」

「それがどうした?　そのテーブルが傷んだか汚れたかして、ロンが入れ換えたのかもしれへんやろう」

　まただ。また彼はロンの弁護人のような発言をする。

「そんなことはありません。新しいテーブルなんてなかったんだから。まさか全く同じように使い古された同じ型のテーブルを調達してきて交換した、なんてことはありえないでしょう。そう考えるよりも、店中のテーブルが入れ換わっている、つまり店ごと入れ換わっていると考える方が自然です。俺が土曜日の夜を過ごしたボートは、さっき入った『ウマグマ』じゃない」

「瓜二つのボートやなんて簡単に作れるもんか」

「酒とクスリで酔った男をだませる程度のものでよかったんだから、少々の金と時間があればできましたよ。つまり、ロンとあなたが組めば可能だった」

遥介の口が開き、何か言いかけるのを恭司は遮って続ける。

「俺がへろへろになった『ウマグマ』はどこかに消えてしまってるんです。そして、水島があの夜に訪ねる予定にしていた『ブルームーン』も幻みたいになくなってしまってる。何か、魔法みたいなことが土曜日の運河では起きたんです。判りますか？　魔法ですよ。図と地が反転するエッシャーのだまし絵みたいな魔法です」

テーブルクロスのエッシャーの絵の図と地が、荒い呼吸をするように明滅するのを恭司は思い出していた。

反転。錯覚。逆転。だまし絵。幻。

「俺が連れていかれたボートは幻だった。水島が誰かと会う約束をしたボートも幻だった。一つは『ウマグマ』の幻。もう一つは『ブルームーン』の幻。幻だらけだ。そいつはどこに消えてしまったんですか？　知ってるんでしょう？」

「知らん。知るか」

遥介は数日来着たきりの汚れたワークシャツの胸ポケットからジョイントらしきものをつまみ出し、口に運ぼうとした。強い苛立ちに駆られた恭司は、衝動的にそれをはたき落した。遥介はころころとどこまでも転がっていく紙巻き煙草を見やってから、呆気にとられた表情で恭司を見返した。

「何するんや」

「そんな可愛いもんじゃなくて、もっと大人向けの奴で楽しんだらどうです？　ぱーっと意識が変容して、時間も空間もぐちゃぐちゃになるような奴。外界の刺激がぶっ飛んで、あらぬ風景と音の檻《おり》にこもれるような強烈な奴は持ってないんですか？　ほら、あの夜、俺にごちそうしてくれたようなクスリですよ。晩飯を食ったレストランで、トイレに立った間にでもこっそり盛ってくれたんでしょう？　『ウマグマ』に着いてまもなく効いてくるように」

遥介は反論しようとしなかった。しかし、狼狽や困惑をしているのでもなさそうだ。それが恭司の神経をさらに逆撫でする。

「妙に熱心に俺にクスリを勧める、と美鈴が言ってたけど、それは俺が利用しやすいとふんだからなんでしょう。初めての俺のトビを観察して、あなたはそう判断したんだ」

　――君は……

　――かなりうまくトビそうやな。


「利用って、どう利用するんや？」

　言わせたいのか、言わせるのか？

「ボートで一緒にへろへろになっていました、というアリバイの証人に仕立てたかったんでしょう。宵の口から真夜中過ぎまで、ずっと一緒で離れなかった。だから僕たち三人は水島智樹バラバラ殺人事件には一切関係がありません、というアリバイ工作。違いますか？　土曜の夜、『ウマグマ』で仲よくトリップしたというのは錯覚だ。俺はあの店にはいなかった」

「そうやとしたら、どこにおったんや？　偽物の『ウマグマ』やって言うんやったら、それでええ。その偽物が、本物のすぐ手前あたりに係留してあったんやとしても、われわれが一緒におったという事実には違いがないやろう」

　そうくるだろう、と恭司が予測した方に遥介は話を運ぼうとする。絶望より強く失望を感じた。

「ずっと一緒に腕相撲をしていたわけじゃない。あなたは何度かトイレに立ちもしたし、ロンは頻繁にカウンターの奥に消えた。俺の意識は時々ひどく遠くなったから、それがどれぐらいの頻度だったのか、どれぐらいの時間だったのかよく判らない。水島の遺体をバラバラにすることは無理だったとしても、彼を殺す時間ぐらいはあったでしょう。彼は、幻の『ウマグマ』で殺されたんです。そうするために偽物を準備したんでしょう？　本物は自力で航行できないけど、偽物は動くんだ。それには電気もガスも水道もつながっていなかったはずですが、明かりは蠟燭だけだったし、他のものはカウンターの内側の問題だから、ごまかしがきいたわけです」

「勝手に決めつけて話を進めるな」

「あなたは俺の話を聞かなきゃならない。聞いて、答えるんだ。ねぇ、あの夜、『ウマグマ』は動いたんでしょう？　俺が幻覚剤で正常な知覚をなくしている間に、するすると岸を離れて運河を走ったんだ。どこへ何をしに？　あらかじめ指定しておいた場所に、水島を迎えに行くためにです。それが『ブルームーン』だった」

「『ブルームーン』というコーヒーショップは実在してて、彼はそれを知ってたんやないのか？」

「二度ばかりふらりと寄っただけのボートですから、記憶が曖昧だったんでしょう。それを確認した上で、ずれた位置を教えたなら、彼に偽物の『ブルームーン』の渡り板を渡らせることもできた」

「そんなことをしてどうするんや？　水島に用があるんやったら、『ウマグマ』でもロンが寝起きしてるボートでも教えて呼んだらええことや」

「彼を警戒させないために『ブルームーン』を指定したんでしょう」

「警戒?」

「したのかもしれない。現に――」

「現に、あんたとロンとは彼を殺してバラバラにしたではないか……と言いたいわけか?」

恭司は目を閉じて頷いた。

「はい」

「君と俺は腕相撲をしていたわけやない。ロンをまじえて三人で手をつないで降霊術をしてたわけでもない。せやから、ちょっと席をはずして人殺しをする暇ぐらいはあった、か。使える時間はわずかしかないから、水島を言葉巧みに呼び寄せてな。なるほど。悪意を持って疑うたらどうとでも妄想できるもんや」

彼はあらためてジョイントを取り出し、恭司が邪魔をしないのを確かめてからくわえて、ガスバーナーで火を点けた。髭の先が少し、ちりちりと焦げる。

「君が翔んでる間に、ロンと俺は交替でカウンターの裏手に回って、水島を鋸で解体してたと信じてるのか?」

「バラバラにするのは俺が帰った後でもできたでしょう。あなたはボートを出てアトリエに戻って、ずっとそこで騒音をたてて存在をアピールしていましたから、ロンが一人でやったんだろうと思います。そして、手品のタネである幻のボートをしかるべき場所に隠しに行く途中で、遺体の部分を撒いて棄てた」

「かくして芸術的な完全犯罪の完成？」

「ええ」

「ひどいな」

遥介は鼻で溜め息をついた。

「『ウマグマ』の偽物があって、それは動く、とか君は言うたな。で、ぽかんとしながら聞いてたら、今度は水島にそれを『ブルームーン』というボートと勘違いさせておびき寄せたと言うんか。はっ。無茶苦茶やで。そんな器用に人がだませるか。そもそも、一体、どんなボートなんや、それ」

「見せてもらいたいですね」

「あったらな」

「どこかにあるでしょ？　アムスの街の中かもしれないし、上流まで運んでいったのかもしれない。もちろん、ペインティングは塗りかえて」

遥介の吐く煙が鼻を突いた。

「芸術的な完全犯罪だかどうか疑問ですけど、ボートのペインティングなんてあなたなら朝飯前のことだったはずです。アーチスト崩れのロンがやったのかもしれませんけどね。それは一体どんなボートなんだ、とお尋ねになりましたね。俺が考えるに、それは手品のタネであると同時に、悪い冗談としか呼べないものだったんでしょう。俺にとっても水島にとっても幻のボート。展覧会に出品するのなら、ロンの名前にもかけて『ヤヌスのボート』とでも名付けたらいいんじゃないですか？」

遥介はジョイントを横くわえにしたまま恭司を見返していた。まるで感情の読めない眼差しは、ガラス玉のようだ。

「ヤヌスの神には顔が二つあるんでしたよね。だから、『ヤヌスのボート』にも当然ながら顔が二ついていた。表が『ウマグマ』で裏が『ブルームーン』でしたっけ？　それとも『ウマグマ』が裏で『ブルームーン』が表ですか？　どっちでもいいか。そんなボートをあなたとロンはこしらえて運河に浮かべたわけですよ。ほら、さっき俺はエッシャーのだまし絵って言ったじゃないですか。反転図形だったんだ。日本式に言えば鵺《ぬえ》か。アムステルダムだからこそ作りだせた鵺だ。ハウスボートでなければ、そんなだまし絵は成立しません。ハウスボートというものは岸に接したまま動かない。だから、船体にどれだけ個性的なペインティングをほどこしても、対岸から眺めた時にしか観賞することができない。常に片側だけを外部にさらしていて、岸についているもう一方は隠されているから。そんな特性を利用して、一隻を二隻に見せかけたのが『ヤヌスのボート』という芸術作品なんだ。

そいつは『ウマグマ』の顔をして俺を拾い上げた。そして、あなたからあらかじめ飲まされていた幻覚剤で俺が酩酊してくるや、それはゆっくりと動きだしてシンゲル運河に向かい、途中で舳先をターンさせてから、水島に指定した場所に接岸した。その時は『ブルームーン』に変身しているという仕掛けです。水島は何も知らずに渡り板を渡り、そして、俺と顔を合わす前にあなたかロンの空手に打ち倒され、絞殺されてしまった。ことがすむと、ボートは今度は元の場所へとまた航海をしたわけです。あなたとロンが交替しながら走行させたんですよ」

「空想や」

空想だとも。空想だった。しかし、まくしたてている間に、恭司が脳裏に描くボートはみるみる輪郭を明瞭《めいりょう》にしていく。あまりに確固としたイメージが構築されたせいで、ついには現実にそれを目撃したような気がしてならなくなっていった。二つの顔を持つボートが夜の川面にさざなみをたてながら、静かに行くのを自分は視た。しかも、どうしてそうなるのか自分でも理解できないが、頭の中のそれの左右のペインティングが同時に視える。

「鶏骨《とりがら》みたいに痩せた空想や。人一人を殺すのに、そんなけったいなボートを動かしたら、目立って仕方がないやないか。人気《ひとけ》の少ない時間と場所を選んだにしても、アムスの街の中やぞ。方向転換するのを誰かに見られたら、左右のペインティングが違うこともばれてしまう。危険すぎる」

「アムスの運河には何だって浮かんでいるんです。外見がサイケなだけのボートがふらふらしてても、特別な注意を引くもんじゃない。それに、仮に目撃者がいたとして、その彼だか彼女が数日後に日本人青年バラバラ殺人事件の報道に接したとして、ペインティングが奇抜なボートを土曜日の夜に見たことと結びつけて考えることは、ほとんどないんじゃありませんか」

「本気で言うてる、ということやな？」

「当たり前です。だから本気で反論してください」

遥介は親指と人差し指でジョイントの先をひょいとつまんでねじり、火を消した。

「愚劣やな。まさか、君の頭にそんな探偵小説の虫のようなものが湧くとは思ってもみんかった。よう考え直してみいよ。へろへろの自分が爪でテーブルを引っ掻いてつけたはずの落書きが残ってないのが腑《ふ》に落ちん、という出発点に戻れ。それが錯覚、思い違いでないと断言できるはずがないやろう。わざわざ非現実的な虚構の犯罪計画をでっち上げる必要がどこにある？　ロンが誰かと電話で『ブルームーン』がどうしたと話してたことかて、別の何かを話題にしてたのかもしれんし、アニタの聞き違いでないという保証もない。そもそも、何でロンと俺があの生っ白《ちろ》いだけのおぼっちゃんを葬らなあかんのや？　アホらしい」

恭司の自信はゆらがなかった。第三者の判定を仰いだら軍配は遥介に上がるのだろう、と思いながらも、信じたことは微動だにしない。いや、それは信じたことと言うよりも、視えてしまったことだと言う方が正確だった。『ヤヌスのボート』の船影が脳裏を去らない。

「俺にだって判りません。もしかしたら、もしかしたら、あなたは、彼に美鈴さんを奪われることに耐えられなかったのかもしれない。それで、ロンを抱き込んで……」

　言いかけて、ロンが殺人に加担することに積極的な動機がなくては辻褄《つじつま》が合わないことに気づく。

「ロンはアニタを奪われることを恐れたんですか？　まさか。そんな狂った兄貴が二人揃うなんてことはない。もしそうだとしても、水島が現実に奪えるのは、あなたたちの妹のどちらか一人になるはずだし……」

　遥介は壁にゴンと後頭部を打ちつけるようにもたれた。薄く開いた唇の間から、やがて呟きが洩れてくる。導師の教えめいて、恭司を包み込みながら諭すような口調の呟きが。

「妹の恋路の邪魔をするほどロンも俺も退屈してない。どれだけ娘を溺愛《できあい》する父親も、そんなことをするもんか。美鈴を君のそばに置いてやって欲しい、と希うことはあってもな」

　一瞬、言葉が返せなかった。昨夜のことを彼が知っているわけがない。

「俺が切なげな顔で美鈴を見ているところを目撃でもしたんですかね。ええ、あなたに望まれなくても、そうしますよ。そんなことを話してたんじゃない。何故、水島を――」

「帰れ」

　遥介は世界を引きちぎるような声で吼《ほ》えた。恭司は立ちすくむ。

「君と話し合う気はない。帰れ。俺には、もう視えんようになってきた」

　瞼《まぶた》が合わさった。もう二度と開くまい、というように、堅く。

恭司は、全身に悪寒を感じて身をひるがえし、走りだしたくなるのをこらえてエレベーターに向かった。壁も、天井も、窓も、床に這うオブジェの尻尾も、手を触れたとたんにすっと消えてしまいそうで、すべてが現実感を喪失していた。ここはどこで自分は何をしていたのだろう、と頼りなく考える。うすら寒い。

エレベーターが上がってくるのを待っている間に、美鈴に会いたくなった。会って抱きしめれば凍りかけている血が溶けて流れだし、出鱈目《でたらめ》に満ちてはいるが確固とした現実が返ってくるに違いない。自分がロンと遥介に対してかけている疑いが正しいにせよ誤っているにせよ、頭の周りにぼんやりと漂っている雲か霧のようなものも晴れるだろう。

ビルを出た彼は自転車にまたがり、ハールレム街のフラットに向かうことにした。彼女は仕事がない日だったはずだから、たまたま留守にしていなければ十五分後には会える。いや、十分後に会ってやる。

恭司はペダルを漕ぎだした。角を曲がりしなにちらりと振り返ると、遥介が窓から身を乗り出して何か叫ぼうとしている。あ、と思ったがブレーキをかけそびれ、ビルは視野から消えた。話をするから戻ってこい、と呼びかけていたのだろうか？　気になるが、もう遅い。

追い風に背中を押されながら、自転車は快調に広場の人の間をすり抜けた。手回しのストリートオルガンが奏でる『ウインナー・ワルツ』のメロディが、夢のように耳許を飛んで去る。車輪の軋む音は、瀕死《ひんし》の馬の嘶《いなな》きのようだった。

プリンセス運河沿いに出たところで、乳母車を押す女性がよそ見をしながら歩いているのを避けるため、一日停止した。「メルシー」と微笑して通り過ぎる母親を、手を振りながら見送る。と、左斜め後ろ、広場の角を曲がって一台のワーゲンが現われるところだった。運転席の大男は、まっすぐにこちらを見ている。

恭司は舌打ちとともに、ペダルを思い切り踏んだ。ぶつけどころの判らない憤りが、胸の奥から突き上げてくるのを感じながら。パワーを解放される歓喜に打ち顫えたか、車輪は甲高い悲鳴をあげた。

街が後ろに飛ぶ。懸命にペダルを漕ぐにしたがって、風景もどんどん早く飛んでいく。手回しオルガンを回しているようだ。世界はペダルの漕ぎ方次第で様相を変える。

——しっかりついてこいよ、フランク。まかれて警部に小言をくわないように。

疾走する自転車に危険を感じた通行人たちは、慌てて道を開けてくれた。恭司はそれに感謝しながら、ますますスピードを上げていく。後ろを見る余裕はなかったが、刑事たちの車がうなりをあげて加速する気配があった。面白いじゃないか、と頬がゆるんだ。自分をつけ回せば何か出てくる、とでも彼らは思ったらしい。どうしてそんな見当はずれな捜査ができるのだろう？　しかも、逃げたから追うだなんて、これはもう犬の習性をなぞっているだけではないか。

減速しない無理なコーナリングで欄干にぶつかりかけながら左折し、橋を渡った。シンゲル運河を越え、続くヘーレン運河の手前で今度は右に曲がりしなに追っ手を見ると、逆上したように尻を振りながら橋にさしかかったところだった。アクセルを踏み込みかけていたらしいが、獲物が急に右折するのに反応して慌ててブレーキをかけたため、金切り声のような音がする。

——どうして逃げたんだ？

烈火のごとく怒り狂うノーナッカーの顔が今から想像できた。

——彼女と早く抱き合いたかったもので。

実行できるわけもないのに、そんなへらず口を叩く自分も思い描く。

行く手には広く道が開けていた。けたたましい音をたてて正気とは思えないスピードで走ってくる自転車と、それを追うワーゲンが平和な昼下がりを引き裂いているのだ。どいてください、危ないですよ。映画の撮影中なんです。恭司は息を切らしながら、胸の中で叫んだ。サドルから尻を浮かしたまま、立って漕ぎ続ける。沿道のカフェの親父が彼に向かって拳を振り上げていたが、罵倒《ばとう》されたのか声援を送られたのか判らなかった。

右に左にせわしなく曲がって走れば、振り切ることができそうだった。そうまでしなくても、この先で左折してカイゼル運河を越え、一方通行を逆行してやればイチコロだろう。まさか警察無線で応援を要請したりもするまい。

勝算を得た彼は、左に折れてカイゼル運河を渡り、プリンセン運河も越えて、細い道が多くて勝手知ったヨルダン地区にもぐり込むことにした。そこをジグザグに走り抜ければ、車はまずついてこられない。ローゼン通りを目前にしたところで、彼は勝利を半ば確信した。

真っ赤な薔薇の花束を抱えた老人が、視野の左隅からにじむように出現したのは、その瞬間だった。梅干しのように皺《しわ》だらけの老人に薔薇の花束。日本では珍しい組み合わせだな、と思うと同時に、このままでは彼と自分の進路が直角に交錯することが判った。

彼は慌てて両手でブレーキをかけようとしたが、自転車は全く減速しなかった。不覚にも、とっさに自分がまたがっているのが日本製のものと取り違えたのだ。

ビルの窓で叫ぼうとしていた遥介の悲痛げな形相が脳裏で瞬く。このことを視て、止めようとしたのか？

大きく目を見開き、立ちすくむ老人の両腕から花束がこぼれ落ちる。恭司はハンドルを左に切って、猛スピードのまま街灯に突進していった。体が空中に飛び、何かにぶつかり、それから地面に叩きつけられる。脳裏で、薔薇の花びらが何枚も弾《はじ》けて散った。


――薔薇《ローゼン》通りの薔薇。薔　薇。　薔　　薇。


激痛を感じることもなく、意識が遠のいていく。

聞こえるはずもないムント塔のカリヨンが、何かの終決を告げるように鳴り響くのを聴きながら。

大 阪

OSAKA

1

京都での仕事を急いで片づけて車を飛ばしたものの、大阪に着いた時にはもうとっぷりと日が暮れていた。おまけに高速を下りてから道を取り違え二十分を無駄にしたため、電話で伝えていた時間に遅れてしまったことが、恭司に一抹の気後れを感じさせた。彼が迷った中《なか》川西《がわにし》というありきたりの名前の町は、かつて猪飼野と呼ばれていたと彼女は記していた。遥介が祖父や母と生きた町だ。

猫の額ほどのささやかな児童公園と操業停止中らしい町工場に挟まれた五階建てのマンションヨン。運河に沿ったそれをようやく捜しあて、車をその裏に駐めて、二階まで階段を上る。一番手前の部屋には、確かに正木という表札が掲げられていた。

チャイムに応えてドアが開き、美鈴が現われる。一年半ぶりに対面する彼女は、髪を短く切りそろえていた。少し頰の肉が落ちて、やつれた印象なのが気になる。

「久しぶり。さぁ、入って」

恭司はどう挨拶するか決めかねたまま、「ああ」とぶっきらぼうに言って靴を脱いだ。マンションの外観から想像していたよりは、かなりこぎれいな部屋だった。パイプベッドの傍らのソファを彼に勧めてから、美鈴はキッチンに立つ。アムスのフラットでもそうやってコーヒーを淹れてもらったことを、なつかしく思い出した。

「これ」

碁盤のように小さなテーブルにコーヒーカップを並べる美鈴に、ぎこちなく手土産のワインを差し出した。彼女は「ありがと」と短く言って、それをポトスの鉢の脇に置く。会話の糸口をどちらも見つけられないでいる、と恭司はもどかしく感じた。

「大阪にいるなんて意外だったでしょう」

けだるげに右の肩を落として、美鈴から話をしかけてきた。

「隠遁《いんとん》の身だから転居先は誰にも教えないでおこう、と思ってたんだけど。何通も手紙をもらっといて返事をしないのも失礼だし、母親に手紙の転送をさせるのも嫌だったから住所を書いたの。一年前からずっとここよ。質素で年金生活者の部屋みたいよね。幼稚なアクセサリーもないかわりに、本棚なんて暑苦しいものもない」

「悪くない部屋だよ。――遥介さんが育った町だからここに？」

「この町で兄貴を知ってた人を、私は知らない。兄貴が育った土地はどんなところだったんだろうって興味も多少あったけれど、本当は東京から離れたところならどこでもよかったのよ。またすぐ外国に出よう、とも考えてたしね。でも、もうそんな気力もなくなったみたたね」コーヒーを啜って「編集プロダクションとかに勤めてて、あちこち飛び回ってるんだっい」

「勤めてるってもアルバイトの待遇さ。京都で仕事があったんで、ここまで足を延ばしたんだ。――君は何をしてるのか、手紙には書いてなかったね」

「けなげな時給で働いてたこともあったんだけどね。今は、父親の遺産を食いつぶして生きてるの。大阪中を隅から隅まで散策して、公園のベンチで不審がられながら半日過ごしたり、ぼけっと橋の上から川を流れてくごみを眺めたりというのが、ここしばらくの日課。立ち腐れていってる」

冗談には聞こえなかった。

「ねぇ、元気にしてた?」

「元気かどうかが判らない。冴えない顔をしてるだろ? あれ以来、まぁ、こんなもんなんだけどね」

「頭を打って以来?」

「遥介さんのことがあって以来さ」

美鈴はかつてあった長い髪を掻き上げるようなしぐさをした。

「あなたがそんなにショックを受けることはないじゃない。彼に気があったわけでもないでしょ?」

無理をして作った笑い声は、乾いてざらついていた。コーヒーに何も入れず飲む。

「率直に言うと、君もあまり元気には見えないな。海外にいる時に面倒をかけられた古い友だちに、隠遁先まで押しかけられているからなのかもしれないけれど」

「住所を教えたらこんなこともあるかな、とは思っていたわよ。一度は愛し合った仲だもの、ね」

「やめてくれよ」

苦い想いが口の中いっぱいに広がった。せめて言葉は慎重に選んで欲しい、と思う。

「兄貴が水島さんを殺したんだと疑ってたんでしょ？　あいつが死ぬ前の日に、話してくれたわよ。あなたはノイローゼなんだって、心配してた。だから、理由もないのに警察の車とカーチェイスごっこなんて無茶なことをしたんだって。そう言う自分もおかしな作品に入れ込んで目の下に隈《くま》なんて作ってたけど。それで、次の日には運河にドボンで水死だもの。クスリ、いくつもチャンポンにしてやってたんだって。自殺みたいなもんよね。馬鹿らしくて、お似合いの死に様かもしれないけど、溺れる時は苦しかったのかな、ということだけがちょっと気になる。ぶっ翔んだまま、わけも判らないうちに楽に死ねたのならいいんだけど」

恭司が遥介の不慮の死を知ったのはその事故から数日後。自分が退院する日だった。快気祝いの日に言いにくいんですが、と車で病院まで迎えにきてくれた久能から聞いたのだ。入院のため半月の間留守にしていたわが家に送り届けてもらう途中、車窓を流れる街の風景は、初めて見るもののようによそよそしかった。すべての葉を落として裸になった街路樹を眺めながら、冬服を揃えなくっちゃ、と見当はずれなことを考えていたのを覚えている。微かな耳鳴りがしていたことも。

「もしかして恭司君、まだ兄貴が殺人犯人だったんじゃないかと思ってる?」

もう、どうでもいいことだった。事件が迷宮入りになろうが担当刑事でない自分には関係がないことだし、犯人が捕まらなくては水島が浮かばれない、という気持ちにもならない。

とは言うものの、退院後しばらくして、彼は『ウマグマ』を訪れた。遥介とロンを疑うきっかけになったあの落書きの有無を確かめるためだ。やはりそれはどこにもなかったが、記憶違いではないのか、という遥介の指摘がその時になって真実味を帯びて感じられ、情けない気分になった。

――『ブルームーン』について誰かと電話で話したことなんてないね。

問うと、ロンはこともなげに答えて、最新のメニューを開いて見せようとした。彼は何も頼まず店を後にし、それっきりロンと会うことは二度となかった。

やむをえないことながら、水島の事件に関して彼は痛くもない腹を警察にさんざん探られなくてはならなかった。どうして逃げたりした、と訊くスタフォルスト警部には「警官をからかってみたかっただけです」と答えておいた。やがて、事件についてはシロだと認められたらしいが、そうすると今度は早く祖国《くに》に帰れ、と小言をくってしまった。警部とノーナッカー巡査部長に最後に会ったのは、クリスマスの少し前だった。「今日は娘の誕生日だから、これからプレゼントを買って家に直帰するよ」と警部は幸せそうな笑顔を見せ、巨漢の部下は「双子の娘さんだからえらい出費ですな」と言っていた。ヤヌスの顔をした双子のボートのことを思い出しかけたが、その幻影はもうすっかり色褪《あ》せていた。

――ロンがよろしくと言ってたわ。

年が明けてから、アムステルダムを発つ彼を空港まで見送りにきてくれたアニタは、申し訳なさそうに言った。彼がこないことは予想していたが、それでも少しほっとした。波紋の治まりかけた池に石を投げてもらいたくなかったから。アニタは軽く彼の体を抱いて、別れを惜しんでくれた。帰国の旅費を貸してまでくれた橘と久能と美鈴と握手を交わし、出国ゲートをくぐったところで振り返って、みんなに一礼しながら、会おうと思えば誰とだってまた会える、と自分に言い聞かせていた。身辺の整理がすべて終わったら遥介の遺骨とともに帰国する、と言っていた美鈴とは、すぐに日本で再会できるものと信じていたのだ。――実際は一年半近くかかった。

「俺が遥介さんとロンを疑ったのは、君とアニタのせいもあるんだよ。二人でさんざん『兄貴の様子がおかしい』と騒いでたじゃないか。あれは何だったんだ、と言いたいね」

抗議すべきことを、ふと思い出して口にした。美鈴は眉根を寄せる。

「よく思い出せないけど、水島さんが死んだことを兄貴が祝福してるような気がしたことがたまらなかっただけでしょ。アニタも同じだったんだと思う」

「二人の兄貴はどうして水島の死を歓迎したりするんだ？　妹を奪われるのを恐れたわけでもないだろうに」

彼女は二つのカップを持って立ち、キッチンでお代わりを注いだ。

「そんな馬鹿げた話は聞いたことがないわよね。でも、もっととんでもないことをあいつは考えていたかもしれない」

具体的な何か思い当たることがあって、それを持て余しているようなニュアンスの言葉だった。恭司は「例えば？」と追及する。

「あいつは何も話さなかったから、判らない。でも、水島さんを憎んでいたのだとしたら、それはきっと何かを視たからでしょう。彼が大きな災厄をもたらすという未来を視たのよ」

遥介に備わっていたという特殊な能力のことを、恭司は久方ぶりに思い出した。美鈴は小鼻に皺を寄せながら、二杯目のコーヒーを苦そうに飲んでいる。

「彼がもたらす災厄っていうのは？」

「何か」

「水島が遥介さんに何をするって言うんだよ」

「何なのかは兄貴だけに視えていたんでしょ。それがどんな形のものなのか、誰と誰にとって災いなのか、私には答えられない」

恭司はしばらくの間、彼女が話していることがまるで理解できなかった。やがて、決して理解できないことを告げているのではないか、と思い至って愕然《がくぜん》とする。根拠もなく、いつか災厄をもたらす者として誰かを憎む。そんな憎悪があるものだろうか？　想像することも難しい。ましてや、そんな殺意など——

「ねぇ、未来の大シナリオライターさん。こんな話を聞いたことはない？　あるところにこれから起こることを幻視する超能力を持った男がいた。彼はある時、大統領選挙に出馬しようとしている議員の未来を視てしまう。その議員が当選したなら、彼はいつの日か人類を滅亡させる核戦争のボタンを押す運命にあった。恐ろしい未来を知った超能力者は、頭を抱えて悩む。議員の未来の罪を知る者はもちろん世界中に彼しかおらず、それを予測する者もいない。当の議員自身ですら自分がそんなことをするなんて夢にも思っていない。悩み苦しんだ末、超能力者はついには悲愴《ひそう》な決断を下す。世界を破滅から救うため、暗殺者の汚名をかぶり、裁かれることを覚悟した上で、議員を狙撃することにするの」

美鈴の肩が顫えているのに気づいた。恭司も悪心《おしん》に襲われかけている。

「水島は大統領候補なんかじゃなかった。ただの気のいいヴィオラ弾きだ。美形のおぼっちゃんだったじゃないか」

「そんなこと、関係ある？　その彼が核戦争のボタンを押す可能性は限りなくゼロに近いけれど、どこまでいってもゼロではない。いいえ、本気で彼がミサイル発射ボタンを押す可能性もあったなんて私は思ってないわよ。でも、違った種類のより現実的な災いを引き起こす運命を担っていたかもしれない。そして、それは間違いなく実現する、と信じた人がいたなら、どうやってその予言者を翻意させられる？　手をひっぱって精神科医に診せに行ったとしても、彼の信念はゆるがないかもしれない。むしろ、ほら、この迫害こそが予言者の栄光の宿命だ、と陶酔しかねない。殉教の決意を固めるだけかもしれない」

「人間は……そんなふうに誰かを憎めないさ。あり得ないよ」

「人間は殉教する生きものよ」

美鈴はどこか昂然《こうぜん》として言い放った。

「そんな妄想だけで人を殺したりできるもんか」

「殺すことが相手にとっても慈悲になると信じれば、できる」

「できない」

「兄貴には、あのクソ男にはできたかもしれない」

五月の宵だというのに、二人は顫えていた。まるで氷室の中にいるかのように、顫えをこらえることができずにいた。

「やっぱり、遥介さんが水島を殺したのかもしれない、と君も疑ってたんだな。それも、俺には想像もできなかった動機があると考えて。——あの人は犯人じゃないよ。今なら断言できる。君の妄想を聞いてよかった。そんな馬鹿げた殺人なんて起きたはずがない。ロンが手を貸すわけがないものな」

彼女は泣き笑いのような表情を浮かべた。

「あなたは判ってないのね。彼は、兄貴の信者だったのかもしれないじゃない」

「信者？　はっ。じゃあ、遥介さんは教祖様か？　頭がおかしい野郎が一人じゃ足りないから、ペアだったことにするのか？」

「誰がどんなリアリティを持つか、計り知ることはできない。――もうやめましょうか。私だってしゃべりながら呆れてるんだもの、不毛よね」

「勝手にやめないでくれ。もしも、あれが遥介さんとロンの信念に基づく犯罪だったのなら、死体をバラバラにしたことにはどんな理由があるって言うんだ？　アリバイ工作用のボートを回送するついでに気まぐれに撒いただけなんてことはないだろう」

「判らない。何かの供養だったのかもしれない。ケガレを祓《はら》おうとしたのか、浄化されての復活を祈ったのか知らないけれど、彼らなりにリアリティのある儀式だったんでしょう。私に訊かないで」

「水島が好きだったんだろ？」

自らの喉に針を刺すような痛みをこらえながら、彼は尋ねた。美鈴は首肯する。

「どうして俺と……」

「あの夜のことを怨んでいるのなら、ごめんなさい。気が狂いそうで、あなたに頼りたかったの」

「『愛し合いたい』と言われた」

「その言葉をさっきも遣っちゃったわね。だから許して」

「寝たい、とでも言われたのなら——」

「赦《ゆる》してちょうだい。あなたは、そんなふざけた言い回しが大嫌いなのよね。コーヒーショップという呼び方も嫌っていたものね。ごめんなさい」

長く重い沈黙が、冷えた部屋を包んだ。その静寂を嘲《あざけ》るように耳鳴りがしだした。アムスで完治したはずなのに、最近になって時々彼を憂鬱にさせるのだ。次第に治まってきたところで、今度はどこからか手回しオルガンの調べが流れてくるような気がした。まさか、と彼が顔を上げたとたん、「恭司君」と美鈴が呼んだ。

「今、頼んだら、私と寝てくれる」

彼はゆっくりと首を振る。

「じゃ、殺して欲しいと頼んだら？」

「考えてみてもいいね」

お互いがもっと元気な時に言い合うべき戯言《ざれごと》ではないか、と思いながらそう答えた。

「あなたは、そんなことをするために、わざわざきたんじゃないのにね。殺してだなんて、面倒なことを頼むのは、あつかまし過ぎるよね」

「あんまり馬鹿言うなよ。君は鬱病なんじゃないのか？」

彼女はまた、幻の髪を掻き上げた。

「一緒にいるのがつらくなってきた。帰ってもらっていい？」

胸の中心にぽっかりと大きな穴があくのを感じながら、恭司は「ああ」と答えた。腰を上げ、未練がましいところを見せないように努めて、ドアに向かう。靴を履く彼の背中に、美鈴は「ねぇ」と声をかけた。

「私、すごく欲しかったものが、昨日手に入ったの」

「何だか知らないけど、いいこともあってよかったね」

「うん」

「それじゃ」とだけ短い別れの言葉を投げる。彼女は唇を噛みしめていた。

「あなたがどうしてこんなにつらい目に遭わなくっちゃならないのか、判らない」

それが、最後に聞いた美鈴の言葉だった。

マンションを出たところで、夜風に吹かれながら煙草をふかした。一本ではまだ気持ちが鎮まらず、もう一本。効き目はなかったが、それ以上することもなくなったので、車まで戻った。キーを取り出しながら、後にしてきたばかりの部屋の窓を見上げる。

明かりが消えていた。

全身の裏側が痒《かゆ》くなるような不安に襲われた。彼はマンションに駆け込み、二段飛ばしで階段を上る。チャイムを押す前にノブをひねると、簡単に開いた。

別れてから十分とたっていない。なのに、部屋の中には見たことのない風景が広がっていた。彼が持参したワインのボトルが開いており、それを注いだグラスは床に転がって、灰色のカーペットに深紅の染みを作っている。そして、そのグラスに手を差し伸べるような姿勢をした美鈴が、目を閉じて倒れていた。テーブルの上のコーヒーカップは片づけられて、薬の包みらしきものが。

——私、すごく欲しかったものが、昨日手に入ったの。

それが何なのか、問いもしなかったことを猛烈に後悔した。

俺は騒々しくし過ぎたのだ、とも。

＊

美鈴の傍らに座って細い手を握ったまま、彼は何時間も過ごした。彼女の体温が無情な何かによって奪われていき、彫像のように堅く硬直していくのを感じ続けることは、死ぬよりつらく思えた。

「思い出すよね」

アムステルダムの日々を回想しながら、彼は白い横顔に話しかける。久能のマリファナ講義、アニタの可愛い不良ごっこ、水島と戦わせた芸術論、ケルミスの観覧車から見下ろしたイルミネーション。どれもこれも前世の記憶のように、はるか遠かった。

さらに数時間がたってから。

彼は美鈴の手をひと撫でして立ち上がった。キッチンを捜すと、おあつらえ向きのものが見つかる。よく磨《と》がれた包丁は、清々しいほど涼しい光を反射させた。彼はそれをしっかりと握り、美鈴の許に戻る。彼女の衣服を剝《は》ぎ、裸の体を切り刻むために。

——あなたがどうしてこんなにつらい目に遭わなくっちゃならないのか、判らない。

いいんだよ。俺はちっともかまわない。

まず右の腕が、次に左の腕が胴を離れた。自分の身を刻んでいるような気がする。自分も、もう死んでいるように感じられる。既死感とでもいうような遊離した気分。

右脚の切断が半ばまできたあたりで、肩から二の腕にかけての筋肉と包丁をきつく握りしめた右手にかなりの痛みを覚えだしていたが、休憩をとることもしなかった。一度休めば気力が萎《な》えて、朝までにすますことができなくなってしまう。

歯を食いしばりながらの作業は、午前四時近くに無事完了した。六つになった美鈴のそれそれを、キッチンで見つけたビニール袋で包む。

「行こうか」

彼女の首に呼びかける。外へ出ると、朝靄がたなびいていた。

両腕とともにシーツにくるんで車に運び、トランクに収めた。シーツを持って再び部屋に戻り、次に両脚。最後の胴は、抱えにくい上、さすがに重くて、トランクに入れて青いシートをかぶせ終えた時には、汗びっしょりになっていた。

朝焼けがまだ遠いことを祈りながら、彼は車を出す。どの方角に向かうかは、道路地図を見て決めなくてはならなかった。

靄はなかなか晴れない。

今朝
ぼくの立つところからは
岸にいちばん近い
島々さえ見えないほどだ

ローザクの詩の最後の一節を思い出した時だけ、瞼が少し熱くなった。

「アムスへ帰りな。水島のところへ、俺が送ってやるよ」

彼は適当に選んだ地点で車を停め、美鈴の体の部分を無作為に運河に投じていく。こんなことをしてどうなるんだ、という疑問が湧きかけるたびに、すべての川はつながっている、と呪文を唱えた。

十七歳の水島智樹はある恋を諦めるため、一枚の写真を水分れ公園で破き、日本海と瀬戸内海に流したという。だが今、自分がしていることは違う。これは再生と再会のためのセレモニーなのだ。

大阪城近くで首を投げた頃に空が白みだしたが、夜が明けてもかまうものか、と彼は運河を巡った。

アムスへ帰って、水島と会うんや。きっとやぞ。

遥介の想いも同じであろう、と念じながら左の腕を投げ落とそうとする彼に、誰かが声をかけた。

ちょっと、あなた、だと？

ぼんやりと霞《かす》んだ薄墨色の影が二つ、こちらに向かってくる。

何だろう？

かまわず、彼は手にしたものを運河に投じた。

あとがき

九四年の秋、オランダで暮らしていた弟夫婦を訪ね、アムステルダムを案内してもらった時に視た幻のようなものをとっかかりに連載小説を書いたらこんな形になった。本格ミステリであることにいつもほどこだわらず、どこまでも自由に筆を走らせることができた。

作品ができるまでの事情や作者の意図などここで書くつもりはないが、連載最終回分を書いている最中、ジル・ドゥルーズの訃報《ふほう》（それも飛び降り自殺）に接したことが、強く印象に残っている。

＊

執筆にあたっては、「週刊小説」編集部の石川正尚《いしかわまさたか》氏のセッティングで、オランダ会の皆さんに雨の中をお集まりいただき、色々なお話を伺った。食事をご一緒しながら有益な情報を提供していただいただけでなく、取材であることを忘れるほど楽しい時間をすごせたことにとても感謝している。

代表の猪瀬脩一《いのせゆういち》さんからは資料をあれこれお貸しいただき、河合浩《かわいひろし》さんからはユニークな実体験をエピソードに拝借し、オランダ大使館の皆越尚子《みなこしひさこ》さんからはそのご著書も参考にさせていただき、森岡由紀子《もりおかゆきこ》さんからは連載中にもミスの懇切なご指摘をいただいた。ありがとうございました。

この小説がアムステルダムの魅力を少しでも描けていれば、と思う。

＊

そして、雑誌連載中にあれこれお手を煩わせた石川さんと、単行本に際してお世話になった辻美紀子《つじみきこ》さんにも心よりお礼を申し上げます。おかげで書きたかったものを形にできました。

一九九六年二月二九日

有栖川有栖

（この「あとがき」は、単行本刊行時のものをそのまま再録したものです。）

実業之日本社文庫版あとがき

この小説は、実業之日本社の『週刊小説』誌上で一九九五年七月二十一日号から同年十二月二十二日号にかけて連載されたもので、翌九十六年四月に単行本化された後、講談社ノベルス、講談社文庫になった。この度、実業之日本社文庫の一冊となり、初出から二十一年を経て里帰りした恰好《かっこう》である。

それだけ年月が経過すると、オウム真理教が起こした地下鉄サリン事件（一九九五年三月）が作品に影を落としていることも読者に伝わりにくくなっているだろう。日本を含む西側諸国で右傾化が目立つようになり、寛容の国オランダでも排他的な極右勢力が抬頭しているなど小さくない変化があるが、この小説の読まれ方にはさほど影響がないようにも思う。

どのようにお読みいただくかは読者の自由だから、作者の意図などを書くのは慎《つつし》む。ただ、完全に口を噤《つぐ》んでしまうと「あとがき」にならないので、自分自身を突き放して感じることを少しだけ記してみたい。

『幻想運河』は、本格ミステリを創作活動の中心とし、怪談も手掛けるこの作者にとって異色作（本格ミステリでも怪談でもない）にあたるが、見方によれば「書こうとしているものはいつもと同じ」である。

この作者は、何かが二つに切断されたり、バラバラに散ってしまった状態にまず焦点を合わせ、それらがあるべき形（あるいは求める形）を完全に失ってしまったことを確認した後、つないだり組み立てたりしようとする。その過程と結果を描くことが彼にとっての小説であるかのようだ。

掻《か》き集めた手掛かりから推理を巡らせ、真相にたどり着こうとする本格ミステリを愛好するうちにそんな志向が身に着いたのか、もともとそのような志向があったから本格ミステリに惹かれていったのかは、本人にも判らないのだろう。

そんな作家性が顕著に表われたのが『幻想運河』だ。単行本の「あとがき」に「どこまでも自由に筆を走らせることができた」と書いているのも頷ける（って、こんな書き方は一種の自作自演ですが）。

この小説を読んで心が肯定的に動いた方がいらしたら、作品を通じて作者とつながったことになるのだが、その発生を作者が知る術はない。「つながった」と感じられるのは読者の側だけなのは作者にとって少し残念だが、それは宿命である。どこかで誰かとつながれるかもしれない、と信じてこれからも書いていくしかない。

Q-TAさんのコラージュと鈴木久美《すずきくみ》さんの装丁によって、うっとりするようなジャケットで飾られた本になりました。作者は幸せです。

解説の関根亨《せきねとおる》さんには、有栖川有栖《ありすがわありす》の作品世界を横断しながらこの作品を掘り下げていただいたことに深謝を。

そして、実業之日本社文芸出版部の砂金有美《いさごゆみ》さんに大変お世話になったことへの感謝を記して擱筆《かくひつ》いたします。

二〇一七年三月五日

有栖川有栖

参考文献

『オランダ雑学事始』皆越尚子（彩流社）
『オランダ暮らしの便利帖』（在オランダ日本商工会議所）
「03〔特集〕アムステルダム」'90年11月号（新潮社）
『マリファナ・X』マリファナ・X編集会（第三書館）
『ドラッグ・内面への旅』真中史雄（第三書館）
『危ない薬』青山正明（データハウス）
『犯罪症候群』別役実（ちくま学芸文庫）
『意識の進化と神秘主義』セオドア・ローザク著／志村正雄訳（紀伊國屋書店）

解説

関根《せきね》 亨《とおる》
（評論家・編集者）

有栖川有栖《ありすがわありす》はしばしば、自作内で大阪について物語る。

臨床犯罪学者・火村英生《ひむらひでお》シリーズがまずそうだ。火村シリーズの語り手「私」である推理作家・有栖川有栖（著者と同名の語り手）は、大阪の夕陽丘《ゆうひがおか》（なんと味わい深い地名なのだろう）のマンションに住んでいるのだ。

火村自身は京都在住だが、しばしば、大阪府警のもとめに応じて、府下で発生した殺人事件に立ち会う機会多数。

火村シリーズ第一短編集『ロシア紅茶の謎』（一九九七年講談社文庫刊）の第一作「動物園の暗号」からして、大阪府立阿倍野《あべの》動物園という、実在しない動物園内の猿山で発見された死体の謎に端を発している。

近年の火村ものでは、『鍵の掛かった男』（二〇一五年幻冬舎刊）が、中之島のクラシカルなプチ・ホテルを舞台にしている。同ホテルで起きた自殺らしき事件を、多忙な火村に代わって私（有栖川）が再調査を始めるもので、中之島を含み、大阪が歴史ある水の都であることが語られている。

ノンシリーズ物やエッセイも見てみよう。

『壁抜け男の謎』（一一年角川文庫刊）所収「猛虎館の惨劇」では、阪神タイガースファンゆえに書き得た〈首なし死体〉事件を扱っている。歴史と風情豊かな坂道〈天王寺七坂〉から想を得た『幻坂《まぼろしざか》』（一六年角川文庫刊）も、鎌倉時代から現代日本まで、天王寺区で寺町を形成する七つの坂を舞台にした人間味ある怪談作品集である。

初期エッセイ『赤い鳥は館に帰る』（〇三年講談社刊）では、〈大阪中毒〉と題した一文が興味を惹く。大阪は使い勝手がよいそうである。

また有栖川と演劇評論家・河内厚郎《かわうちあつろう》の対談集『大阪探偵団』（〇八年沖積舎刊）の語りも必読である。


『幻想運河』は、水の都としての大阪とアムステルダムの共通項を軸に、人間心理の深淵に迫る。〝裏ミステリベスト1〟とも称された作品が、この度、二一年ぶりに実業之日本社より文庫として復刊された。

本作は元々、実業之日本社の小説誌「週刊小説」で連載され、一九九六年に単行本で刊行された。〝裏ミステリベスト1〟との評判は、筆者の記憶では刊行当初からあり、二〇〇一年刊行の講談社文庫版裏表紙にも、この呼称が紹介されているほどである。

もちろんその理由は、シリーズ探偵である火村英生や江神二郎が登場しないノンシリーズであることが第一であろう。しかし大きな、第二の理由とも考えられる要素がある。それには『幻想運河』の真相の一端に触れる必要があるため、本稿結末に回したい。

本作プロローグ「大阪」パートでは、運河が張り巡らされたがゆえの地理事情が、深い影を落としている。

大川、淀川、平野川、安治川《あじ》……大阪を走る運河に、バラバラ死体の各部位を投棄した三十歳前後の男。黒いシャツをまとい、長めの髪を真ん中で分けたこの人物が、警官に投棄の瞬間を目撃されるところから始まる。

この衝撃的な場面は、早速にミステリファンをいざなう。すなわち、バラバラ死体遺棄犯とおぼしいこの人物が、以降の「アムステルダム」パートに登場する人物の誰に当たるのか、あるいは無関係なのかという興趣を掻き立てられるのだ。

さながら、アムステルダムに滞在する登場人物たちが、合法ドラッグの魅力に引き寄せられるかのようだ。

本編大半の舞台にあたるアムステルダムもまた、運河で形成された街であり、大阪との親和性は高い。大阪の運河で切断死体が投棄されたところから事件は始まり、アムステルダムでは、運河の彼方から不可解な事件がたゆとうて来たからである。

ヨーロッパ各地を経てアムステルダムに流れて来た山尾恭司は、元々シナリオライター志望。根無し草のような生活もまた創作の益になると受けとめている。

この夜も、アムス在住の日本人を中心とする仲間とハッシシを楽しむパーティーにやってきたのだ。

ソフトドラッグに関しては、本作執筆当時も、二〇一七年現在もオランダでは違法扱いされていない。コーヒーショップという名のソフトドラッグ供給店も四百軒ほど存在しているくらいである。よって、ドラッグを楽しむ恭司たちの仲間にも、退廃的な匂いはしない。

仲間とはまず、会合の中心的立場にある、空手家にしてアーチストの正木遥介とその妹の美鈴。恭司がもっともシンパシーを感じる二人のようだ。さらにコンピュータ・メーカーの営業マンである久能健太郎に、一八歳のアニタ。彼女の兄であるロンは、運河に浮かぶボートハウス型のコーヒーショップを営んでいる。さらに、この日は都合がつかなかったヴィオラ奏者の水島智樹である。

ドラッグを介在して楽しげな夜会をもつ彼らの登場は、巧妙な導入部とも言える。なぜなら、限られた人間関係の提示が、後に事件関係者となる予兆とも取れるからだ。集まった人間の中で、知的な会話が自在に操られる場面は、読者もその場にいるような参加意識すらも高める。まさに本格ミステリ的に仕立てられた夜会とも解釈できるだろう。

恭司の仲間たちは、同国のドラッグ事情から端を発して、ドラッグカルチャーとも言うべき芸術論へと話題を展開させていく。マリファナを堪能しつつ、天文学やバレエなど、発想が翼を広げていく。

　こういった会話の中に、後半の大きな驚愕につながる内容がさりげなく織り込まれている。ドラッグにおける夢想感が、結果的に後半の現実感と対比されることになるので、有栖川有栖はやはりぬかりない。

　翌日、恭司は水島と会い、自作小説の出だしを読ませ、感想を求める。恭司作のミステリは、前日のドラッグの影響で突如彼の頭に降ってきたものだ。恭司の短編小説はいわば作中作として、本編の間に挟み込まれている。本編と作中作、両者はどのようなつながりを見せてくれるかもまた興味深い。

　恭司と水島は、インドネシア料理店で働く美鈴の退店時間を見計らって彼女を誘い、ダム広場の観覧車へと向かう。ゴンドラが頂上に達したところで、三人の会話は、大阪とアムスの共通点である運河からユング心理学へと至る。

「ただ、アムスと大阪の何本もの運河は、海を通じてつながっていることは間違いないよ」

「そんなこと言ったら、すべての町、すべての川はつながってるじゃないのさ」

「そう。みんなつながってる。町だけやない。人間かて、無意識の根っこでは一つにつながってるんやから」

近くの人間も彼方の人間も無意識下でつながるという存在論は傾聴に値する。国際的に排外主義的論調が台頭する一七年の昨今、あらためて見直されてもいいのではないかと筆者は感じた。

だが、人間同士のつながりを説いた水島は、皮肉にもバラバラ死体となった。アムスの運河に投擲《とうてき》された彼の死は、殺人事件としてスタフォルスト警部らが捜査に当たる。

もちろん捜査対象は恭司たちである。恭司は警部たちに、水島の交友関係とともに、殺害当日の行動を聞かれ、衝撃と悲嘆にくれるのだが……。

有栖川は講談社文庫版あとがきで、「本格ミステリであることにいつもほどこだわらず」と書いている。しかし、投棄犯出現から幕開けする冒頭、恭司たちの会話における伏線の妙、水島殺害犯の「フーダニット（誰が犯人か）」およびアリバイ証明など、なかなかどうして、本格ミステリの読みどころにあふれているではないか。

もう一つ触れておくべきは、作中作の効果である。恭司が水島に読ませた短編は、不可能犯罪とアリバイ、そして本編と相似形をなすバラバラ殺人事件が一体化している。

作中作は、大阪で発見された、バラバラ死体の被害者女性の夫を、高村刑事が訪ねるところから始まる。夫の暮林は豪壮な屋敷に居を構え、マッドサイエンチストと陰口をたたかれる人物であった。

容疑は、被害者の暮林香苗と不倫関係にあった内海刑事にかかっている。内海の同僚である高村は、内海以外に犯人がいるとの目算があった。その考えを暮林に直接ぶつけるべく、屋敷を訪れたのだが……。

作中作の仕立ては、本編との共通性をなしているが、肝心なのはトリックである。こちらも今日から照射するに、トリックとは直接関係はないが、高村の置かれた状況については、将来的先端技術では実現可能性のある描写が含まれ、恭司の発想は少なくともマッドを超越してすらいた。

最後になったが、『幻想運河』がなぜ〝裏ミステリベスト1〟と評判を呼んだのか。読了後、以降の見解に思い至った時、大げさながら筆者は戦慄を覚えた。

以降の解説は、『幻想運河』の真相には触れておりませんが、本作品読了後にお読みいただくことをおすすめいたします（筆者）。

ベスト1の前に〝裏〟とついた第一の理由は、前述の通りノンシリーズの傑作であったこと、そして、主人公や登場人物たちが感じるドラッグの幻想感や、彼らが語る芸術論などを総合してのものであろう。

しかし、最大の理由と言うべきは、犯行動機に由来するものではないだろうか。

ミステリ諸要素には、先に触れたような「フーダニット」以外に「ホワイダニット（なぜそのような犯行がなされたのか）」という用語がある。

美鈴が三四三ページで語る言葉に、作中の水島事件に関する「ホワイダニット」が集約されていると言っても過言ではない。動機自体の迷宮感そのものに対して〝裏〟という言葉が付与されたと推測される。

筆者自身、この犯行動機は九六年の親本刊行当時でもあり得ると感じていたので、同時に〝裏〟という呼称はどうかという思いはくすぶり続けていた。

一七年初頭の国際政治情勢に接し、偶然同時期に本作ゲラを読み返した時、筆者は思わず「まさか」という言葉を発した。いわば動機はきわめて不穏当な表現ながらも〝表〟になったのではないかという衝撃ゆえである。

かくして、真の意味での戦慄が筆者へもたらされた。読了後、本解説をここまでお読みになった読者は首肯してもらえるだろうか。

有栖川有栖の構築したホワイダニット自体に、きわめて質の高い、時代を見る予見性が存在していたのだ。

正木兄妹が育った大阪の運河やアムスの運河からは、常に事件の鍵となる要素が流れてきた。『幻想運河』刊行から未来にあたる今日、〝ホワイダニット観点としての表ミステリベスト1〟という流れが、本格ミステリの運河に見え隠れするのではあるまいか。

一九九六年四月　実業之日本社刊
一九九九年十月　講談社ノベルス
二〇〇一年一月　講談社文庫刊

本作品はフィクションであり、実在の個人・団体とは一切関係がありません。
（編集部）

地図製作・ジェオ

実業之日本社文庫　最新刊

有栖川有栖
幻想運河
水の都、大阪とアムステルダム。遠き運河の彼方から静かな謎が流れ来る――。バラバラ死体と狂気の幻想が織りなす傑作長編ミステリー。（解説・関根亨）
あ151

五十嵐貴久
可愛いベイビー
38歳課長のわたし、24歳リストラの彼。年齢、年収、キャリアの差……このカップルってアリ？ナシ？大人気「年下」シリーズ待望の完結編！（解説・林毅）
い33

風野真知雄
「おくのほそ道」殺人事件　歴史探偵・月村弘平の事件簿
俳聖・松尾芭蕉の謎が死を誘う!? ご先祖が八丁堀同心の若き歴史研究家・月村弘平が恋人の警視庁捜査一課の上田夕湖とともに連続殺人事件の真相に迫る！
か16

河治和香
どぜう屋助七
これぞ下町の味、江戸っ子の意地！老舗「駒形どぜう」を舞台に描く笑いと涙の江戸グルメ小説。料理評論家・山本益博さんも舌鼓！（解説・末國善己）
か81

倉阪鬼一郎
料理まんだら　大江戸隠密おもかげ堂
蝋燭問屋の一家が惨殺された。その影には人外の悪しき力が働いているようで…。人形師兄妹が、異能の力で巨悪に挑む！書き下ろし江戸人情ミステリー。
く44

文日実
庫本業
社之 あ151

幻想運河《げんそううんが》

2017年4月15日 初版第1刷発行

著 者 有栖川有栖《ありすがわありす》

発行者 岩野裕一
発行所 株式会社実業之日本社
〒153-0044 東京都目黒区大橋 1-5-1
クロスエアタワー8階
電話 [編集]03(6809)0473 [販売]03(6809)0495
ホームページ http://www.j-n.co.jp/
印刷所 大日本印刷株式会社
製本所 大日本印刷株式会社

フォーマットデザイン 鈴木正道(Suzuki Design)

ISBN978-4-408-55348-1（第二文芸）